宋史三部曲之

庆历四年秋

夏坚勇 著

译林出版社

图书在版编目（CIP）数据

庆历四年秋/夏坚勇著．—南京：译林出版社，
2023.4
（宋史三部曲）
ISBN 978-7-5447-9405-3

Ⅰ.①庆… Ⅱ.①夏… Ⅲ.①散文–中国–当代
Ⅳ.①I267

中国版本图书馆CIP数据核字（2022）第167536号

庆历四年秋　夏坚勇 / 著

责任编辑　焦亚坤
装帧设计　韦　枫
校　　对　蒋　燕
责任印制　颜　亮

出版发行　译林出版社
地　　址　南京市湖南路1号A楼
邮　　箱　yilin@yilin.com
网　　址　www.yilin.com
市场热线　025-86633278
排　　版　南京展望文化发展有限公司
印　　刷　南京爱德印刷有限公司
开　　本　890毫米×1240毫米　1/32
印　　张　10.625
插　　页　2
版　　次　2023年4月第1版
印　　次　2023年4月第1次印刷
书　　号　ISBN 978-7-5447-9405-3
定　　价　59.00元

版权所有　·　侵权必究
译林版图书若有印装错误可向出版社调换。质量热线：025-83658316

"庆历四年春,滕子京谪守巴陵郡……"范仲淹的一篇名文,让人们对北宋历史上的这个时间节点耳熟能详。

由春而扯到秋,这只是一种习惯性的文人修辞,并无深意……

——题记

目录

第一章　将进酒　　　　　　　　001

第二章　年号那些事　　　　　　023

第三章　六州歌头　　　　　　　045

第四章　吹皱一池春水　　　　　084

第五章　干卿底事　　　　　　　120

第六章　声声慢　　　　　　　　171

第七章　添字丑奴儿　　　　　　　　209

第八章　菩萨蛮　　　　　　　　　　251

第九章　秋水江湖　　　　　　　　　291

第一章　将进酒

一

西风寒水，秋老中州。京师护城河边的槐树和柳树仿佛在一夜之间就落尽铅华，萧索中透出几分孤傲之气。大街上，达官贵人的马鞍已经换上了狨座。狨是一种比老鼠大不了多少的猿猴，长可六寸。越小的东西往往越值钱，用狨尾编成的鞍鞯谓之狨座，皆来自辽国，极名贵。但这种名贵的鞍鞯也不是你有钱就可以享用的，要看身份。本朝制度，有资格享用狨座的，须是文官"两制"以上，武官节度使以上；每年九月乘，二月撤。至于什么时候乘，什么时候撤，倒没有明确的规定，但潜规则还是有的，那就是须得等宰相先用了，其他人才可以用。撤亦如是。曾有位老兄久居卿监，想来早晚必迁"两制"，就预先购置了狨座放在家里，结果被人告发，因"躁进"而罢斥。[1]可见在官场上，不光要看领导的脸色,有时候还要看屁股的,所谓逆风尿三丈,那是爬到一定的位置才可以显摆的,你没爬到那个位置,对不起,只能夹住尾巴,慢慢等。

宏观地俯视京师的地理形胜,可以把横向的汴河和纵向的御街作为两条坐标轴。汴河是京师的生命线,东南财赋,尽赖此河输挽入京。京师的旧称汴梁亦得之于汴河。当年吴越王钱俶初次到汴京朝见太祖,进献了一条宝犀腰带。太祖说:"朕有三条宝带,与此不同。"钱俶请示其详,太祖笑称:"汴河一条,惠民河一条,五丈河一条。"这样的胸襟和气魄,让本来就诚惶诚恐的钱俶大为叹服。[2]汴河与御街交会于州桥,从州桥向北,御街东侧为著名的大相国寺,西侧则是接待辽国使节的都亭驿。都亭驿是真宗年间建造的,原先接待辽使的驿馆在封丘门外的陈桥,也就是太祖黄袍加身的龙兴之地。澶渊之盟后,因为和辽国通好,朝廷在靠近皇城的核心区新建都亭驿接待辽使,从这里经御街向北不远就是大内的宣德楼,很方便。而作为辽使进入京师必经之地的陈桥驿则改名为班荆馆。班荆者,班荆道故也,朋友途中相遇,共话旧情,典出《左传》。这样的命名,自然有宋辽两国是老朋友,愿世代修好的意思。从都亭驿到皇城的右掖门,中书省、枢密院、尚书省、开封府、大晟府、御史台,星罗棋布,都是炙手可热的大衙门,要说天子脚下,辇毂繁华,这里才是名副其实的天子脚下。而在这些大衙门的夹缝中,却有一处不大起眼的小单位——进奏院。[3]

京师的大街小巷里,大抵一年四季都会听到叫卖香印的锣声,入秋以后尤甚,因为这时候各家衙门都要举行赛神会酬神仪式,酬神当然要烧香,香印销售由是大增。这种用模子印制的带有造型的香料,唐代已很流行,这从唐人的诗句中可以看到不少,所谓"闲坐烧香印,满户松柏气"[4],说明香烟不仅缭绕于祀神的殿堂,也弥漫在民间的日常生活中。但要说商贩在街上"叫卖"其实是不确切的,因为他们并不吆喝,"香印"两个字的发音和太祖皇帝的圣讳"匡胤"相近,为了避讳,商贩不敢呼叫,就用敲锣代替。[5]秋风吹送着纷飞的落叶,也吹送着远近有一声没一声的锣声,大大小小的衙门里,一年一度的赛神会次第开场。

名义上是酬神,实际上是人的节日,或者说是假借神的名义举行的一次聚餐。而各家衙门敬奉的神祇也不尽相同,这与他们各自的职能有关。例如这家不起眼的进奏院,其职能主要是掌管各种官府文书的上传下达。中央文件下来了,他们要以最快的速度组织抄写甚至印刷,然后下发地方;各地进呈中央的奏章,亦要经由他们分送有关部门。进奏院的选址也是基于这种职能的特殊性:毗邻皇城,在中书省、枢密院、尚书省等中央机构的几何中心,既便于政府各部门文书的传递,又可以防止机密信息的泄露。但毕竟是一个小单位,品级不高,一号长官(监都进奏院)也不过从七品或正八品,在冠盖云集的京师,恐怕连芝麻绿豆也算不上。一百二十多号人,大多是抄抄写写的胥吏,一年到头,屁股嘬板凳,忙得灰头土脸的,也只是养家糊口而已。进奏院的神祇是苍王,这个苍王究竟是哪路神圣呢?说出来估计大家都不会陌生,就是苍颉。苍颉是中国文字的始祖,苍颉创造了文字,才让

003

他们有了这份饭碗,他们用小木龛把苍王供奉在门厅里,称之为"不动尊佛",每天一上班就先朝拜一番。[6]苍王就苍王,为什么又称之为"不动尊佛"呢?要知道,在最神圣的朝拜背后,往往潜藏着最世俗的诉求,因为这些人最关心的就是保住自己的饭碗,"动"往往意味着下岗,因此他们的最高理想就是"不动"。这年头,官越是做得大的,越是想着"动",往上爬;而这些养家糊口的小吏所念兹在兹患得患失者,只是保住自己的饭碗不下岗而已,这种小公务员的卑微心态,实在可悲可叹亦可怜之至。

上面已经说过,酬神说到底就是大家聚在一起吃顿饭。吃饭不是问题,因为各单位都有小金库。至于小金库的财源,则各有各的来路。就拿时下流行的"三班吃香,群牧吃粪"来说,这个"吃香"就是吃"香",动宾结构,并不是后来人们形容的有世面、吃得开的意思。三班本是武职,掌管低级武官的铨选和差遣,所谓"吃香"是他们创收的一种手段。每年的乾元节(皇帝生日),他们就发起组织祝圣道场,为皇上庆寿,并以此为由头向方方面面收取赞助费,谓之"香钱"。一个是颂圣,一个是敬神,这样的由头谁还敢不掏钱?财源滚滚,除用于和尚尼姑的劳务费外,结余的部分就"滚"进了单位的小金库。再说"吃粪",群牧司是主管国家马政的部门,牧场上的马粪晒干了可以做燃料,谓之"粪墼"。卖粪墼的钱也堂而皇之地进了单位的小金库。但进奏院是个清水衙门,既没有香钱,也没有马粪,他们"吃"什么呢?都说水过地皮湿,经手三分肥,他们"经手"的只有公文,下发的要抄写印刷,上奏的要改装封题,"经手"过后,剩下的只有一堆废纸。废纸当然也可以卖钱,日积月累,一年也有好几十贯,虽然只是小钱,区区之数,但吃一顿饭也差不了多少。

那么就吃吧。

二

进奏院虽然是个不大起眼的小单位,但这一任的监进奏院却不是无名之辈。

苏舜钦,字子美,太宗朝名臣苏易简之孙,诗文和书法的名头都很响。在宋代文学史上,苏舜钦的诗文和梅尧臣齐名,一"舜"一"尧",并称苏梅。至于他的书法到底怎么样,我们不妨听听两个人的评价。一个人说自己研习草书三十多年,始终不脱俗气,晚年学了苏舜钦的字,"乃得古人笔意"[7],从此进入了一个新的境界。话说得够谦卑了吧?要知道,说这话的可是北宋书法四大家之一的黄庭坚。另一个人形容苏舜钦的书法"如五陵少年,访云寻雨,骏马春衫,醉眠芳草,狂歌玩乐"[8]。这种张扬着审美直觉和艺术想象的评价出自米芾——和黄庭坚一样,他也是名列北宋书法四大家之一的高手。老天对苏舜钦真是太慷慨了,除去超迈的才华,他还是个美男子。他虽然是蜀人,却身材魁伟,据说"与宋中道并立,下视之"[9]。与别人站在一起,居然要"下视之",就算那个宋某人比较矮,但苏的身高大概也不多见。再加上一副在文学青年中非常时髦的美髯，要多帅有多帅。综合以上种种优势，再顺便说出他的另一重身份，人们大抵都会觉得再正常不过了：他是当朝宰相杜衍的女婿。如果把"富"理解为学识和才华，苏舜钦是名副其实的"高富帅"，一点也不用将就。

高富帅属于稀缺资源，在当时的朝堂上，称得上美男子的大臣还有几个，例如韩琦和富弼。但韩、富都是中央高官，苏舜钦虽然有着显赫的家世和出众的才华，又是进士出身，却一直沉沦下僚，在远离京师的基层任职。他是个有政治抱负的人，曾多次向当局上书批评时政，有些意见且得到采纳。前不久，他刚由范仲淹举荐调入京师，现在他名片上的头衔是：大理评事、集贤校理、监进奏院。宋代的官职很复杂，有的是职称，有的是级别，最后一个才是每天上班打理的差事，这我们且不去管他，反正也就是个正八品吧。但京师毕竟是京师，那种张扬的士风和议政的热情让苏舜钦如鱼得水，在文人的诗酒雅集中，他很快就成了风云人物。人们有理由相信，在这位政治新星面前，一条鲜花着锦的青云之路已经铺开。

现在苏舜钦开始筹备赛神会的聚餐了。他是个朋友人，也是个好热闹的人，调入京师以后，又欠了文友们的好些人情，他想利用这次活动，把文友们请来一起聚聚。但小金库里就那么点钱，为了把场面搞得风光些，就自己拿出十贯钱贴进去。那些受到邀请的朋友体谅他的难处，也多多少少赞助了一点。文人嘛，向往的就是那份诗酒风流的氛围，谁还在乎吃喝什么？当然也不是你愿意掏钱就能参加的,至少必须意气相投吧。例如有一位叫李定的老兄,听说这里有文酒之会,就跑过来说,他也出份子,希望能"忝陪末座",被主人毫不客气地拒绝了,理由是:"乐中既无筝琶筚笛,坐上安有国舍虞比。"〔10〕意思是说,我这里的酒席上既没有妓乐助兴,参加者怎么会有"国舍虞比"呢?所谓"国舍虞比",就是国子博士、太子中舍、虞部员外郎和比部员外郎,这四种人皆属于"任子"。任子是宋代官场恩荫制度的产物,当朝五品以上大臣的子弟和后人,可以推恩补官,每三年一次。但这种"恩补"的官员一般不安排重要职位,多是"国舍虞比"一类闲差——除非你后来参加科举取得了功名。这个李定大概就属于"任子"吧,不然主人不会这么说的。平心而论,苏舜钦这样打发人家,于人情世故是不大妥当的。有道是"揭人不揭短,打人不打脸",你可以拒绝,但也完全可以说得委婉一点,犯不着当面寒碜人家。他太率性了,也太自负了。

起初我看到李定这个名字,觉得有点眼熟。不错,神宗年间也有一个叫李定的人,曾当过翰林学士和御史中丞一类的高官,但真正让他青史留名的不是他做过什么官,而是他干过一桩很露脸的事,他曾向皇帝打小报告,揭发苏东坡的诗中有影射和攻击现实的政治问题,让苏东坡差点被杀头(后来被流放黄州),历史上把这次文字狱称为"乌台诗案"。那么,他和现在这个想到进奏院来蹭酒喝的李定是不是同一个人呢?从时间上看,前后相距二十多年,并不能完全排除。我查了一下,发现不是。现在这个李定是洪州人,后来那个诬陷苏东坡的李定是扬州人,查实了以后，心中似乎轻松了几分，俗话说：宁得罪君子，莫得罪小人。谁愿意碰上那种无事生非的宵小之徒呢？

外单位的文友一共请了十几位，身份多为馆职，也就是昭文馆、史馆、集贤院和秘阁的文学侍从。这些人虽然级别不高，但馆职向来被称为储才之地，皇上要用人了，目光首先会落在这些人身上，因此官场上都把馆职视为终南捷径，前程普遍看好。若是日后能"侍从"到学士甚至翰林学士那个份上，就进入了中央核心机构。翰林学士其实就是皇帝的私人秘书，不仅地位尊崇，收入也非常可观，除俸禄而外，还有不少外快，这是制度允许的，不算灰色收入。例如每次"承旨"起草官员的任命书，照例都有一笔不菲的润笔，特别是起草册立后妃、太子、宰相的文书，所用的文具——砚匣、压尺、笔格、糊板、水滴之类——"计金二百两，既书除目，随以赐之"[11]。如果文书中的用典或用语惊艳出彩，皇上一高兴，还会有特别的赏赐。有时任命宰相后，皇上顺便就让草制诏书的学士顶替宰相原先的职位（一般是参知政事，也就是副宰相），世人谓之"润笔参政"[12]。你说，这份"润笔"该有多丰厚。当然"承旨"那活儿也不是好干的，须得有落笔成章文不加点的捷才。例如有一个叫盛度的学士，是个大胖子。当时朝臣中有所谓"盛肥丁瘦"的说法，"盛肥"即指盛度，而另一位翰林学士丁谓则长得身小体瘦，脸如刀削，故谓之"丁瘦"。一次皇帝叫盛度起草诏书，胖子一般都比较迟钝，文思也比较慢，他怕当堂出丑，就找了个借口，说自己身子臃肿，伏下来不方便，请求给他找一张大点的桌子。等到桌子找来时，学士的腹稿已经打好了。[13]大块头有大智慧，他是个聪明的胖子。

秋光正好，新酒呈祥，欢迎各位文友光临进奏院。请！请进！快请进——

朝廷诸公中，有必要先说说王洙，因为他是级别最高的一个，其他那些人大体都在"校理"这个层面上，处于馆职的中下层，在此之上，还要经过直院、修撰等好几个台阶才能爬到学士。王洙级别高，直接原因是参与监修《国朝会要》，今年四月刚刚获得了"直龙图阁"的头衔，赐三品服。从"龙图"这两个字就可以掂量出，龙图阁在馆阁中地位最高，后代戏剧舞台上的包拯，往往一出场就先来一句："包龙图打坐在开封府。"之所以自称"包龙图"，就因为他是以"龙图阁待制"的身份担任开封府最高长官的。如果说舞台上的那些剧情大多于史无据不靠谱的话，"包龙图"的身份则是实实在在的。但在苏舜钦筹备酬神聚会的这个时候，包拯尚在御史台任职。御史台与开封府是隔壁邻居，这位脸其实并不黑的监察御史在仕途上还要走好长一段，才能走进隔壁的开封府。当然，此刻他的官阶比"赐三品服"的王洙要低不少。而且王洙的势头很好，他得到晏殊和范仲淹等高层要员的赏识，在经历中又有一段时间担任过天章阁侍讲，定期到弥英阁去给皇帝讲课。给皇帝讲课至少有两个好处，第一是学问得到认可，不然不会派你去；第二是可以和皇帝混个脸儿熟。仅凭这两点，他的仕途前景就值得期待。

集贤校理王益柔，字胜之。古人的字往往是对名的阐释或补充，形成互文效果。例如范仲淹，"仲"是排行，不去管他。中心字是"渊":渊博精深。什么东西渊博精深呢?那就在字里了。希文:杰出的才华。渊博精深、才华出众,这就是他的人生期许。王益柔的名和字都围绕着一个"柔"字,又以"益"和"胜"加以递增。柔当然很好,柔而不弱,百炼钢化为绕指柔,那是一种很高的境界。但他这个人偏偏不柔,处处锋芒毕露,傲气逼人。年轻、有才气,而且才气和傲气又往往成正比,这也很正常。再加上他是真宗朝名相寇准的外孙,本朝名相王曙的儿子,名门之后,翩翩贵公子,傲气又与门第成正比,这就更正常了。但在他身上,傲气有时表现为一种居高临下的调侃和尖刻,这就不大好了。例如,有个姓李的官员,写了一首诗赠给同姓人,其中有这样一句:"吾宗天下著。"意思是夸耀他们姓李的多么牛逼。他当然可以这样写,因为宋承五代,五代承唐,李是唐朝的国姓,也是第一大姓。但王益柔知道后,竟洋洋洒洒地给加了一段注解,你看他是怎么说的:是啊,你们姓李的确实挺著名的,住在甘泉坊的以娼妓著名(京师名娼李氏,居甘泉坊);卖药的以木牛著名(京师李家卖药,以木牛自表,人称"李木牛");下围棋的以痴憨著名(李乃国手,而神思昏浊,人呼"李憨子");写诗的以豁达著名(有自称"豁达李老"者,喜为诗,到了什么地方就乱题乱写,而诗句又十分鄙下,闻者哂之)。[14] 你看,人家在诗中吹了句无伤大雅的牛皮,关你什么事呢?何苦要去翻箱倒柜旁征博引地挖苦人家?说到底,这是一种文人的卖弄癖和表现欲。这个王益柔啊!

这位是大诗人梅尧臣。苏梅并称,又惺惺相惜,这种场合他自然不会缺席。但梅的妻子谢氏刚刚在几个月前病逝，梅尧臣官小俸薄，这些年踉跄奔走，情怀的寄予一半在良朋好友，一半则在贤淑的妻子。如今一旦沦逝，自然追念不已，难以自拔。这期间他写了不少悼亡诗，从诗中可以看出，妻子逝去后，他常常彻夜难眠，对身外的一切万念俱灰。前不久，欧阳修按察河东回京，在途中写了一首长诗寄给苏舜钦和梅尧臣，他可能还不知道梅尧臣家中遭遇的变故，因此在诗中想象京师的文酒之会是何等热闹，而其中肯定活跃着苏梅两位的身影。[15]可见苏梅一体，已是圈子里的共识。既然文酒之会最能让大家心情放飞，苏舜钦也就多了一份借助这次聚会，帮助好友尽快从悲痛中走出来的用心。另外，梅尧臣来了，或许还会让宴席上增加几道可口的南方菜肴。这是什么说法呢？在南方人看来，北方人大多不讲究吃鱼，也不会烧鱼。京师最上档次的鱼就是黄河鲤鱼，其实鲤鱼只是有那么点跳龙门的寓意，口感实在不敢恭维，肉质既粗，又有一股土腥气。南方人吃鱼讲究啊！例如鲈鱼讲究吃四鳃鲈鱼，四鳃鲈鱼又讲究一定要某个地方某座桥下出产的。至于醋鱼的烹饪，甚至讲究到席位与厨房之间的距离。梅尧臣是南方人，他家有一老婢烧得一手南方菜，尤其擅长烧鱼。欧阳修也是南方人，且特别喜欢吃鲫鱼，他常常到梅家来蹭鱼吃。梅家买了活鲫鱼，就养起来，留给他来吃。有时欧阳修也买了鲫鱼拿到梅家来烧。这种鸡零狗碎的说法有什么根据呢？当然有，因为都在梅尧臣的日记里一笔一笔地记着，后人说欧阳修嗜鲫鱼，根据就在《梅圣俞集》里，一共记了好几十处。[16]今天进奏院聚餐，会不会让梅尧臣把家里的老婢带过来烧几道南方菜呢？此事虽然梅在日记里没有记载，但应该是有可能的。

此外，参加者大致还有集贤院校理刁约、章岷、陆经、江休复，直集贤院吕溱，太常博士周延隽，殿中丞周延让，馆阁校勘宋敏求，将作监丞徐绶，等等。

需要说明的是，今天的活动实际上是分两个阶段进行的。第一阶段是本单位职工的内部联欢，敬神、聚餐，也喝酒，还请了外面的优伶来助兴。作为单位领导，苏舜钦要热情洋溢地致祝酒词，要一桌一桌地敬酒，然后还要接受大家的回敬，互相都勾肩搭臂地说了很多话，虽是贴心贴肺的，却有点夸张。这些都是例行公事，任何一个单位的聚餐都会上演类似的情节。等走完了一应程序，助兴的优伶也唱了几阕小词，说了几段笑话，联欢就恰到好处地收场了，一点也不拖沓。本单位职工散去之后，文酒之会才正式开场，前面的活动实际上只是起一个暖场的效果。为了让文友们更尽兴，还把野路子的优伶换成了颜值更高的营妓。这是重整旗鼓的意思，预示着后面的活动才是重头戏。

来啊，都满上，将进酒，杯莫停！

三

酒当然要喝南仁和。京师名酒很多，例如樊楼的"寿眉"，潘楼的"琼液",梁宅园子正店的"美禄",但唯我独尊者,南仁和也。这中间是有说法的。当年真宗皇帝在太清楼大宴群臣,喝得高兴了,顺便问道:"街市上有什么好酒?"下面的人告诉他:"只有南仁和最好。"皇上当下就叫到南仁和去买酒分赐群臣。既然说到买酒,皇上又问:"唐朝的时候,每升酒多少钱?"这种脑筋急转弯的问题就没有人能回答了。少顷,宰相丁谓说:"那时候的酒价,每升三十钱。"问他何以知之,丁说:"我记得杜甫诗中有这样的句子:'速来相就饮一斗,恰有三百青铜钱。'一斗三百钱,一升自然就是三十钱了。"这账算得不错。皇上大喜,说杜甫的诗可以作为一个时代的历史来读。[17]皇帝和宰相的这番对话,无疑为南仁和酒做了一次极好的广告,南仁和亦由此风靡京师。

气氛也不是一下子就进入高潮的。一开始就进入高潮的宴会往往不能持久,那是有些人为了赶场子而特意加快节奏。起初的斟酌很有分寸,所谓觥筹交错也只是礼节性的,整个节奏平缓而流畅,是稳打稳扎步步为营的做法,也是准备打持久战的做法。大家心里都知道,高潮迭起是迟早的事,惊涛骇浪其实正在酝酿。这种场合,吃喝并不是第一要务,第一要务是说话。先说的总是时政要闻:元昊的誓书已经送到,与西夏签订和约指日可待,看来朝廷这次又要拿出去一大笔钱了。保州兵乱刚刚平定,朝廷令枢密副使富弼宣抚河北,这当然可以视为是一种善后举动,但朝廷最近的一系列人事变动却颇有意味,除去富弼,在此前后还有范仲淹、欧阳修、石介等几位君子党的领军人物或问边,或外放,相继离开了京师。晏殊不久前也被罢枢密使,知颍州。他是持重的老臣,并不能算在新政的阵营里,但他毕竟是富弼的老丈人。据说贬斥晏殊的诏书是翰林学士宋祁起草的,这么多年来,晏殊恰恰对宋祁最为欣赏且推重,被罢斥的前一天晚上,宋祁还在他家喝酒,主人让家妓演唱了为宋祁带来巨大声誉的《采侯诗》和《玉楼春》("红杏枝头春意闹"),于是便有这样的说法:"方子京(宋祁字)挥毫之际,昨日余醒尚在,左右观者亦骇。"[18]为什么"亦骇"?因为宋祁竟然用那么既险恶且没根的词语来贬损晏殊,这就不能不令人唏嘘了。晏殊这个人真不愧富贵宰相,他历仕两朝,为官既端方超脱,又是当之无愧的词坛教主,而自己的小日子也过得优游闲适。曾有人在诗中显摆富贵,其中有"轴装曲谱金书字,树记花名玉篆牌"这样的句子,且极为自得。晏殊看了,大不以为然,认为"此乃乞儿相"。在他看来,真正的富贵应该不言金玉锦绣。那么说什么呢?唯说气象,例如"楼台侧畔杨花过,帘幕中间燕子飞";"梨花院落溶溶月,柳絮池塘淡淡风"。[19]他是真正懂得享受富贵的人。但话又得说回来,若果真贫如乞儿,连肚子都吃不饱,那些杨花柳絮,那些"溶溶月""淡淡风"还有什么"气象"呢?

气氛开始热闹起来。酒是个好东西,三杯两盏下去,虽还不到微醺那个份上,但已有了放纵的效果。放纵也是一种力,在酒席上,它绝对能够验证力学的三大定律:一、惯性定律,一旦启动,就刹不住车,不会轻易停下来。二、加速度定律,只要有人跟着哄抬、较劲,热情就会逐步升级,一路走高。三、万有引力定律,大家互相感染,互为激励,都成了人来疯,没有谁能置身于外。这时候,所谓的奋不顾身、前仆后继已不再是难能可贵的壮举,一个个都有了纵横捭阖的豪气。况且场面上又有营妓助兴,那般的红袖添乱,绝对都是专业水准,不由人不心旌摇荡,生出几分轻狂来。

在这种场合,段子当然是不可或缺的佐料,或者叫催化剂。没有段子,还能称之为文酒之会吗?虽然那时还没有后来"不喝酒就不叫吃饭,不讲段子就不叫饭局"的说法。但没有说法不等于没有内容,像中国这样的文明古国,好多东西都是一脉相承的,所谓源远流长绝非虚话。后人可能认为在宋代中期那个时候,士大夫们的宴会,主要内容应是低吟浅唱,行酒之余,宾主当场填词,让美丽的歌伎敲着红牙板演唱。这固然是对的,但是只对了一半,因为那指的是家宴。群体性的文酒之会另当别论。那种聚会的档次,不是以吃什么喝什么来评判的,甚至也不是以谁谁谁写出了什么绝妙好词来评判的,而是看有没有一经问世即脍炙人口的段子。段子既可以炫示个人的见识和才情,又可以活跃气氛。讲段子的有一个特点,一般都说是亲历亲闻,至少也是身边的朋友亲历亲闻的,这是为了增加原创性和真实感,证明不是经无数人口水稀释的戏说。段子当然也是有各种档次的,有的一味以荤腥迎合人们的低级趣味,固然难登大雅之堂,而那些调侃政坛大腕的段子,则要承担一定的风险。最好的段子不是油嘴滑舌的卖弄,而是那种富含人生智慧和文化品位的趣闻。它大抵来自饭后茶余,街谈巷议,却又是尊卑咸宜雅俗共赏的。它不一定关乎政治,但搞政治的人肯定也乐于关注——当然那须得放低身段。

没意思的段子都是相似的,有意思的段子各有各的意思。且听这一段:

> 柳七的慢词,不仅传唱于市井巷间,士大夫其实也很风靡。朝官某人(姓名且隐去),每天酒后要吟一曲柳词,最喜爱的是那一句"多情到了多病",几乎每天都要细吟慢品,连家里的老婢也听熟了,却又百思不得其解:当官的人,身体就是娇贵,我这里每到刮风下雨身体就不舒服,而贵人偏偏"多'晴'致病耶?"[20](现场评点:都说柳七俚俗,然毕竟绮罗香泽,倚红偎翠,还没到老婢能解的地步。可见文野之趣,雅俗之音,得无异乎?)

再听这一段:

> 大凡单位的长官过生日,下面的人都要送寿星图为贺,长官照例只收贺词,寿星图是要退回的,甚至都懒得打开。某州守生日,僚佐中有些人家没有寿星图,觉得反正只是个形式,主人也不会打开来看,就胡乱地拿一张别的画轴装在绣囊里送去。不料该州守偏偏喜欢排场,叫家人把所有的画都挂在客厅里,标上献画人的名字,让大家参观。这一来洋相就出大了,那些没有寿星图的主儿,有送佛像的,有送鬼神的,还有送猫狗的。

据说有一绣囊里装的竟是一轴墓志铭,家人骇怕,没敢挂出去。[21](现场评点:有趣!建议改编为小品演出。为避免讥刺官场之嫌,且将主人身份改为富豪可也。)

这些段子后来流传到社会上,被一些有心且无聊的文人载入自己的笔记传之后世(其中难免有张冠李戴的),再后来又成了我今天写作的素材。

酒喝到这个程度,就从敬酒时的甜言蜜语进入闹酒的胡言乱语了。而且不仅是胡言乱语,举止也张牙舞爪百无禁忌了。营妓属于官妓,官妓是有纪律的,那就是只能在公宴上表演,另外,不能与喝酒的人"杂坐"。因此,他们的表演区和宴席是分开的,这中间的距离既是士大夫身份的体现,也是纪律的禁区。但男人的荷尔蒙往往所向披靡,一旦勃发,就会无视身份也无视纪律,那是一种近似优美的嚣张。不知什么时候,几个漂亮的女妓就进入了宴席,和宾客坐在一起了。虽然男女搭配,喝酒不累,但也授受不亲了,调笑时难免有些小动作,至于有没有投怀送抱或坐到客人的大腿上,那就难说了。身边有了女人,男人就更男人了,最显著的表现就是争强好胜、抬杠,你说什么,我偏说不,一个比一个牛。王益柔本来就傲气逼人,此刻就越发地心雄万夫气吞万里,简直不可一世了。有人说前不久石介作过一首《三豪篇》,极好。三豪者,石曼卿豪于诗,欧阳修豪于文,杜师默豪于歌。王益柔就不服气了,于是即席作《傲歌》一首。此公的才情是明摆着的,又仗着酒兴,自然是口吐珠玉,笔

走龙蛇,一挥而就,完全是关云长温酒斩华雄的气概。写完了,又兀自吟诵一回,其中最得意的是这两句:

醉卧北极遣帝扶,周公孔子驱为奴。

果然口气很大。但这种话,是不是傲得有点……过分了?

不过分!书生意气嘛,只有更傲,没有最傲。况且酒后狂言,当得真吗?酒乃天之美禄,这是太祖皇帝说的,太祖皇帝最喜欢看臣子醉酒,谁不喝醉了,他还不高兴呢。

进奏院的这场文酒之会一直闹腾到夜间,散席时,已是残月在天,霜华满地。白天车水马龙的御街,此刻灯火阑珊。时令已是深秋,夜归的行人衣着已见出臃肿,一个个皆行色匆匆。晚风亦百无聊赖,顽童一般驱赶着大街上的落叶,追逐着行人的脚步且飞且栖,翩然作态。枯水期的汴河水色如带,阒然无声,全不见先前的浩荡气象。谁家窗帘里透出歌伎若有若无的清唱:"今宵酒醒何处,杨柳岸,晓风残月……"这个夜晚,有多少人在柳词中沉醉呢?

四

不料几天以后,与会诸公大抵还没有完全从亢奋和沉醉中清醒过来,风云突变,一场大祸从天而降。

还记得那个李定吗?对,就是那个当初揣着几吊钱想凑份子参加聚会、被苏舜钦拒绝的洪州人。我曾庆幸他不是那个打小报告诬陷别人的宵小之徒,现在看来,我的庆幸还是早了点。那次讨了个没趣之后,李定自然怀恨在心,也自然对进奏院聚会的点点滴滴格外关注,然后又把打听来的点点滴滴断章取义,添油加醋,演绎成负面新闻大事宣扬。史书中说他"遂腾谤于都下"[22],可见那种上蹿下跳、煽风点火、无所不用其极、唯恐天下不乱的闹腾劲儿。事情很快传到御史中丞王拱辰耳中,他觉得这中间大有文章可做,就示意下面的御史刘元瑜和鱼周询上了一道奏章,所列罪状有四条:一、监主自盗,公款吃喝。二、王益柔作《傲歌》,诋毁先圣。三、与女妓"杂坐",举止轻肆。四、与会者有数人"服惨未除",也就是在服丧期间,不孝。对照《宋刑统》中的律条,其中的第一、第二两条如果坐实,都是可以判死刑的。

这下事情就闹大了。

但事情也并非无可转圜。不错,朝廷确实有严禁公款吃喝的制度,但长期以来,这一制度实际上并没有得到认真执行,以至在人们的印象中,公款吃喝甚至是一种身份的标志,只要没把钱放进自己的口袋,吃点喝点根本不是什么事。现在有人把已有的制度性规定与制度实际操作过程中的变异作为切入点大做文章,这对涉案的几个文人显然是不公平的,其中的委屈,苏舜钦在给欧阳修的信中说得最为深切。首先,"进邸神会,比年皆然,亦尝上闻,盖是公宴"[23]。也就是说,这种活动已是惯例,每年都要搞的,用的都是公款,而且"亦尝上闻"——曾经向皇帝报告过。其次,搞这种活动也不光是进奏院一家,"都下他局亦然",其他单位花的也是公款,而且手脚还要阔绰得多,因为他们有钱,哪像进奏院只有卖废纸的几十贯钱,捏捏掐掐地花不过来,还要靠大家凑份子。再说,《傲歌》中的那几句说的是李白,老李诗中对周公孔子不恭敬的地方还少吗?要说诋毁先圣,这笔账也不应该算到王益柔头上。

接下来就看皇帝的态度了。

根据多处史料的原始记载:皇帝龙颜大怒。

一般来说,这种奏章上去了,皇帝总要让群臣集议一番,或者暂时留中不发,冷处理,因为毕竟牵涉到这么多年的潜规则和这么多人。但皇帝大怒。大怒就用不着集议或留中了。大怒之后,他随即下诏,令开封府"穷治"——这个"穷治"厉害啊,大抵就相当于现代语境中的一查到底、决不姑息的意思,也是从重、从快、从严的意思。

开封府雷厉风行,火速组织抓捕。当如狼似虎的公差拿着一长串名单扬威于京师的一处处公廨或私宅时,那做派虽然有点夸张,但战果却毋庸置疑,当晚,参与宴会的一应人犯全部抓捕归案。一群戴着长枷、拖着铁镣的文人在差役的呵斥中踉踉跄跄地走向开封府监狱,这是当天汴京市民中最具爆炸性和关注度的话题。

作为差不多一千年之后的一个文人,笔者在重述这段历史时最感兴趣的倒不是开封府抓捕几个文人的效率之高,而是九重之上的皇帝为什么要大怒。因为这个皇帝不是别人,正是中国历史上以宽厚仁恕著称的宋仁宗赵祯。但凡对北宋历史稍有了解的人都知道，在仁宗四十二年的帝王生涯中，很少有他在朝臣面前大怒的记录。就在不久以前，为了任命一名枢密使，御史中丞王拱辰竟然在朝堂上抓住皇帝的龙袍不放，一定要他收回成命。这就不仅无礼，而且大不敬了。但皇上发怒了吗？没有。同样在不久以前，为了他宠爱的张贵妃的伯父张尧佐的任用，谏官余靖在争辩时把唾沫都喷到了皇帝脸上。这个余靖也实在不像话，大热天的，他不洗澡，也不换衣服，可能还有口臭加狐臭。他就这样带着一股难闻的异味站在仁宗面前，唾沫乱飞地指责皇上任人唯亲。皇上发怒了吗？也没有。他揩干净脸上的唾沫星子，一声不吭，退朝。到了后宫，才发了句牢骚："今天被一臭汉熏杀了。"[24]也仅仅如此而已——不是说谏官的争辩无礼，而是说他的个人卫生问题。这样度量大的皇帝，历朝历代不能说绝对没有，但多乎哉，不多也。

既然如此，仅仅因为一次司空见惯的公款吃喝，或者说得严重一点，因为一次花酒，仁宗为什么要龙颜震怒呢？

这一年是北宋庆历四年，岁在甲申。自宋太祖陈桥兵变黄袍加身已经八十四年，而距靖康之难北宋覆亡还有八十三年，也就是说，在北宋王朝的历史上，这一年恰好处在中点上。

注释

〔1〕〔21〕（宋）朱彧《萍洲可谈》。

〔2〕〔24〕（宋）孔平仲《谈苑》。

〔3〕（宋）孟元老《东京梦华录》。

〔4〕（唐）王建《香印》。

〔5〕〔19〕（宋）吴处厚《青箱杂记》。

〔6〕（宋）叶梦得《石林燕语》。

〔7〕（宋）黄庭坚《山谷集》外集卷九。

〔8〕（宋）赵彦卫《云麓漫钞》卷五。

〔9〕〔14〕（宋）刘攽《中山诗话》。

〔10〕（宋）洪迈《容斋三笔》卷十六。

〔11〕（元）盛如梓《庶斋老学丛谈》。

〔12〕（宋）徐度《却扫编》卷上。

〔13〕（宋）朱弁《曲洧旧闻》。

〔15〕（宋）欧阳修《水谷夜行寄子美圣俞》。

〔16〕（宋）叶梦得《避暑录话》。

〔17〕（宋）阮阅《诗话总龟》。

〔18〕（清）潘永因《宋稗类钞》卷二十四。

〔20〕（宋）张耒《明道杂志》。

〔22〕（宋）魏泰《东轩笔录》卷四。

〔23〕（宋）费衮《梁溪漫志》卷八。

第二章　年号那些事

一

仁宗的飞白书不错，至少他自己是这样认为的。史书中说他"万机之暇，无所玩好，惟亲翰墨，而飞白尤为神妙"[1]。这话大致不差，只是"惟"字用得绝对了，因为他的业余爱好除了写字，还有女人，这有谏官滕宗谅等人不止一次在上书中的劝谏为证。但喜欢写字和喜欢女人并不矛盾，这一结论应该没有问题。

就皇帝这一特定群体的书法素养而言，宋朝应该是最高的。除去开国皇帝赵匡胤——他是武人，不去要求他——其他皇帝的字都写得不错，其中徽宗赵佶和高宗赵构父子甚至可以进入书法名家的行列。仁宗的字也不错，尤擅飞白。当然以他的身份，耳边的肯定都是好话，时间长了，就真的以为自己很了不起，飘飘然了。有时他把大臣叫到宫里来喝酒，自己亲书飞白，分赐给大家，顺带还搭上宫里的名墨。宋宫里的名墨都是当初南唐李后主给造的。李后主治国不行，但文采绝对风流，他让徽州人李廷珪主持制墨。李不仅是制墨世家，我甚至怀疑他祖上是不是当过郎中，因为他制墨的配料比治病的药方还要讲究。且看：烟松一斤，胶对半，珍珠、玉屑、龙脑各一两，另外还有麝香、冰片、樟脑、藤黄、犀角、巴豆等药物十二种，再和以生漆，捣十万杵。这样讲究的墨，偏又造了忒多，简直数不胜数，打算千年万载地用下去了。但曹彬的大军一到，全都成了人家的战利品。平定南唐，宋朝的战利品多了去了，李氏名墨只是小菜一碟，似乎也就不大当回事。真宗大中祥符年间建造玉清昭应宫，竟用李廷珪墨代替建筑涂料，糟蹋了不少。现在仁宗又慷慨出手，搭在自己的飞白书里赐给臣子。皇恩如此浩荡，臣子们自然求之不得。蔡襄曾有幸参与过这样的内宴，也得到了一锭李廷珪墨。而他身边的一位大臣得到的却是一锭"李超墨"，蔡襄见他似乎意有不足，便悄悄地说："我们换吧。"当下欣然易手。宴罢，出大内宫门，将分道，蔡襄在马上长揖道："谢谢老兄，你知道李超是李廷珪的老爸吗？"[2]——那位老兄傻眼了，他只知道李廷珪墨珍贵，却不知其老爸"超"贵啊。蔡襄是书法大家，但不以飞白见长，他的字珠圆玉润，雍容自足，即使是一张随手的便条（例如我们现在可以见到的《脚气帖》），也不见露白的枯笔。皇上喜欢飞白，你也跟着写，有意思吗？他是朝廷谏官，不是皇上写字的陪练。陪练不好当哩，例如陪皇上钓鱼，要等皇上先钓到了，你才能有所收获，而且还要把握好，你钓到的鱼不能比皇上的大。曾有人一不小心坏了规矩，先把鱼钓上来了。臣子乖巧啊，怕皇上不高兴，赶紧赋诗一首，说："凡鱼不敢朝天子，万岁君王只钓龙。"其实，自己有真本事的，谁愿意去当陪练呢？飞白书，最难写的笔画是点，宫中有一位"陪练"的书待诏煞费苦心地撰写了一本《飞白三百点》进献给皇上，仁宗为了表示领情，特地写了"清净"二字赐给他，据说其中的六个点尤为出彩（"净"的异体字偏旁为三点水），写法都是那三百个点中所没有的。他为什么要写"清净"两个字呢？当然是要炫耀一下自己的点写得好，不落前人窠臼。另外，他可能也确实向往那种境界，人生在世，大抵缺少什么才会格外向往什么，权力、财富、名声、女人，莫不如此。这些东西皇帝当然都不会缺少，他向往的只有清净。

但既然当了皇上，想清净就不大可能，特别是最近这几年。

他今年三十四岁，属鼠。属鼠不等于鼠辈，他已经当了二十一年皇帝，其中的前十一年属于见习阶段，真正执掌朝纲的是垂帘听政的刘太后，这从年号上可以看出来。刚登基时，用的年号是"天圣"。"天圣"者，"二人圣"也，也就是说，这个世界上有皇帝和皇太后两个圣人。这样的文字游戏显然是为了取悦刘太后。真宗皇帝龙驭宾天时，遗诏军国重事由刘太后"权取处分"。"权"本来是权且（暂时）的意思，但刘太后喜欢权力的"权"，不喜欢权且的"权"，她乐此不疲地在权力的宝座上"权且"了十一年。这么大的国家，什么事情都要一个老太婆在帘子后面发话定夺，也真是难为她了。那些年，刘太后简直就跟米缸里的老鼠似的，既忙碌又受用。为什么不是米老鼠而是米缸里的老鼠呢？因为米缸里的老鼠多少有点串岗的意思，它不光忙碌和受用，还要操心什么时候从这里撤退——对于刘太后来说，就是什么时候撤帘还政。小皇帝倒不担什么心事，一个十几岁的孩子，喜欢光着脚板在后宫奔走，只有每逢单日要坐朝了，才不得不穿上鞋袜。其实坐朝也没有他什么事，都是刘太后说了算。一退朝，他就迫不及待地蹬掉鞋袜，仍旧光着脚板奔走。天圣年号用了九年，又改元明道。这个"明"字的意思是"日月并立"，与"二人圣"差不多，玩的还是文字游戏。明道年号只用了两年，虽则仍然是太后当政，但小皇帝已经不小了，对自己的角色定位开始有了自己的想法。这期间发生了一件事，有一个叫李宸妃的女人死了。宫里老一代的妃嫔那么多，而且真宗驾崩后，刘太后就打发李宸妃去守陵，因此小皇帝对那个女人并没有任何印象。但第二年刘太后也死了，小皇帝亲政，这时候他才听说，原来刘太后并不是他的亲生母亲，他的亲生母亲是一年前死去的那个李宸妃。这件事对他刺激很大，而且从此以后，就不断有人在他耳边叽叽咕咕地说刘太后的坏话，然后又有一拨人要他顾全大局，不要纠缠历史旧账之类，弄得他很烦。

皇帝亲政，当然要改元。经群臣集议，新的年号定为景祐，虽然只是空洞的吉祥语，但也不是一点指向没有。皇帝亲政时虽然才二十三岁，但身体一直不大好。上文说他从小就喜欢光着脚板奔走，用中医理论来解释可能属于内火旺盛。如果仅仅是内火旺盛倒也罢了。成年以后，他动不动就神志不清，胡言乱语。这种症状在太宗长子赵元佐、三子真宗和南宋光宗身上一再出现，极有可能是赵宋皇室的家族病。仁宗亲政不久，还没来得及改元，就出现了这种症状。当时的对策之一是敕封历史上的名医扁鹊为神应侯。讨好一个千百年前的亡灵有什么用呢？就像后来到了徽宗年间，战场上老是打败仗，就给关羽封一个什么侯，希望他骑着赤兔马，挥着青龙偃月大刀来保护大宋，这是典型的病急乱投医。皇上龙体欠安，再加上适逢天下大旱，因此才祈求"景祐"，这个年号虽然吉祥，其实一开始就透出几分无奈，几许悲情。

二

景祐何曾祐，麻烦岁岁多。改元前夕，就先发生了废后风波。一般人都认为皇帝是天底下艳福最好的男人，但仁宗恰恰认为自己的婚姻生活很不如意。王蒙正的女儿姿容绝世，是公认的大美人。公认的大美人当然应该属于皇帝。仁宗也是这样想的。但刘太后不这样想，而她反对的理由恰恰是：王是川女，川女明艳，太漂亮了，"恐不利于少主"。要知道，刘太后本人也是川女，一个身为川女的太后否决儿媳的理由居然是"川女明艳"，这有点说不通。更加说不通的事还在后面，刘太后不让王姑娘嫁给皇上，却马上让自己的侄子刘从德娶过去。你说这姑娘太漂亮了，对男人不利，怎么就不怕害了你侄儿呢？所以说，仁宗在这件事上想不通是完全可以理解的。刘太后横刀夺爱，王姑娘嫁入刘门，也罢！皇上又看中了大将张美的曾孙女。开国功臣的后裔，应该没问题吧？可刘太后还是认定一条：你看中的不中，我看中的才行，硬是把另一位开国大将郭崇的孙女塞给他。郭皇后是将门之女，又仗着太后的权威，任性和骄纵自是难免，特别是因为和皇帝宠爱的尚、杨两美人争风吃醋，弄得仁宗很不爽。一次尚美人当着仁宗的面顶撞皇后，皇后岂能容忍，跳起来打尚氏的耳光。仁宗死扯硬劝，庇护尚氏，被皇后一巴掌误打在脖子上。这下摊上大事了——不是事情本身有多大，而是仁宗故意要把事情闹大，以达到离婚的目的。他把宰相吕夷简喊来验伤，把家庭矛盾政治化。这时候刘太后已死，吕夷简因和郭皇后有积怨，也支持仁宗废黜皇后。但废后是大事，诏书一出，百官哗然。御史中丞孔道辅率领范仲淹等十名台谏"伏阁请对"。为什么要"伏阁"呢？因为皇帝知道他们是来劝和的，一个铁了心要离婚的人，最讨厌别人来劝和，他们那种站在道德制高点上喋喋不休的说教，让你说什么都不是，便索性关上殿门，赏一个不见。严冬腊月，寒气彻骨，台谏官们跪在大殿外，泪水和鼻涕都冻成了冰溜子。他们拍打着门环呼天抢地地叫喊，喊声在平日阴森沉闷的皇宫里回荡，有如村夫喊冤一般，惊扰得殿角上的鸟雀也跟着聒噪不休，这情景正如吕夷简在仁宗面前煽风点火时所说的"非太平美事"。于是第二天一早，圣旨下，"伏阁"的官员或贬出京城，或罚铜二十斤。皇帝如愿离婚。被废的郭皇后净身出宫，没多久就不明不白地暴卒。但尚、杨两位美人也没占到什么便宜,因为皇帝老是病恹恹的,大臣们便认定是这两个小妖精"每夕侍上寝"的缘故。他们力图证明:每一个不成功的男人背后,都有一对轮流上床的女人,硬是撺掇皇帝把两人逐出宫去。男人管不好自己的家伙,却把责任算到女人身上,这正应了民间的一句俗语:拉硬屎怪茅坑。

离婚这种事,总是不宜张扬的。特别是皇帝离婚,虽说自己满心满意,但毕竟于圣德有亏。不久以后,这种说起来倒也不坏却不宜张扬的事又发生了一起。

这件事似乎有点八卦,甚至荒诞,如同瓦子里的说书人胡编乱造的噱头一般,但又确确实实发生在景祐初年的北宋王朝。广州巡检使臣陈文琎密报朝廷,说捕获当年在蜀中作乱的贼首李顺。这开什么玩笑?众所周知,李顺的脑袋早在四十年前就挂在成都的城楼上了,现在怎么会又跑出来一个李顺?难道他有左道旁门之术,能让脑袋像韭菜一样割去了再长出来?

四十年前的事还不算太遥远。太宗淳化四年,王小波在蜀中起事作乱,连陷青城、彭山、江原诸县,后死于战阵,所部由李顺率领。次年李顺克成都,被推为大蜀王,建元应运。当年五月王师破贼,枭示李顺,收复两川(当时"王师"的统帅恰巧姓王,叫王继恩,是个宦官头子。此人曾是"烛影斧声"中一个极关键的人物,太祖死后,就是他最先给太宗——而不是给太祖的长子德昭——报信,让太宗捷足先登当了皇帝)。朝廷论功行赏,入蜀平叛者无不升官晋爵,皆大欢喜。如今整整四十年过去了,突然说在广州捕获已七十余岁的贼首李顺,这不是卖布不带尺——乱扯吗？

但陈文琏既然向朝廷报告，就肯定有十足把握，这样大的事，就算他吃了豹子胆，也不敢作假欺君。朝廷令陈文琏将该人囚赴京师，经秘密讯鞫，果然是贼首李顺无疑。淳化五年五月王师破城时，他趁乱逃出，隐居岭南四十年，后因酒后失言暴露了身份，被人举报落网。当年叱咤风云的大蜀王，如今已是皓首老翁矣。对于这样的结局，朝廷真有点哭笑不得。照理说，潜逃四十年的贼首就擒，这应该是值得庆贺的事，甚至还要告祭宗庙。但如果这样，岂不是让当年的太宗皇帝和平蜀将士大失颜面？因此，皇上起初打算将李顺问斩于市曹，且令百官进贺，吕夷简以平蜀将领功赏已行、不欲公开其事为由，就在狱中偷偷摸摸地把李顺结果了，然后又给陈文琏连升了两级官阶，就此了结。

一件本来会引起轰动效应的事，最后被低调处理，亦未曾诏付史馆，因此官方史书中一直未见记载，只是到了北宋后期被沈括记入《梦溪笔谈》，算是留下了一点蛛丝马迹。沈括生于天圣末年，陈文琏捕获李顺时，他大概四五岁。真假李顺的故事，虽未目染，但耳濡是肯定的。而且陈文琏老归泉州后，他还亲眼见过，且说陈家有《李顺案款》，本末甚详，云云。

"伏阁"事件后，范仲淹贬知睦州，这是他一生中"三起四落"中的第二次"落"，但这次事件为他赢得了巨大的声誉。两年后，他被召入朝廷担任天章阁待制，这是清望之职，向皇帝进言也很方便。吕夷简嫌他在朝中碍事，就给他挪个位子，去当开封知府。开封为帝都,天子脚下,冠盖如云,皇亲国戚盘根错节,在大街上随便扔一粒石子,说不定就会砸中一个权势者的脑门。在这种地方主政,没有点杀伐决断是不行的。因此,皇帝也常常让储君兼领开封知府,以锻炼他的行政能力。太宗和真宗当年都做过开封府尹。也因此,后来的大臣知开封府,前面都得加一个"权"字,含意是不敢僭登先王之位,只是临时差遣,但实际上都是正式职位。北宋不少名臣都有权知开封府的经历,治得开封府方能治得天下,这几乎成了一种通例。吕夷简当然不是为了把范仲淹放到那里去锻炼或镀金,作为日后提拔他的一个台阶,而是想用冗繁的政务捆住他的手脚,让他无暇对朝政指手画脚;亦希望他在那里忙中出乱,乱中出错,好抓个把柄把他踢出京师。从这个意义上说,吕夷简确实是让他去"权"的。岂料范仲淹的首都市长"权"了仅仅一个月,就使素称难治的开封府"肃然称治",以至于京师有这样的民谣:"朝廷无忧有范君,京师无事有希文(范仲淹字希文)。"吕夷简本想做个圈套让他钻,结果反倒成全了他,给他提供了一个大显身手的舞台。这就叫聪明"过"人——不是超越之"过",而是转移之"过",例如过户、过账,经此一"过",反正都不属于自己的了。

范仲淹一边游刃有余地处理开封府政务,一边也没耽误了注视朝廷上的风吹草动。吕夷简很会当宰相,特别会搬弄人事,以至门庭若市,幸进之徒纷纷拍"马"而入。范仲淹看在眼里,他绘制了一张《百官图》进献给仁宗,以图表的形式明细标示近年来升迁的官员中,哪些是正常迁转,哪些有宰相的私心。他还援引汉成帝过分信任张禹,导致王莽专政的历史教训,说今天朝廷里也有张禹。这样的奏章不仅让吕夷简很愤怒,估计皇上也不会高兴。青年时期的仁宗是一个较为自负的君主,由于先前长期隐身在刘太后专擅的阴影之下,形成了强烈的逆反心理,最不喜欢别人对他耳提面命。范仲淹激进张扬的腔调,自然不及吕夷简那般讨喜。况且,你把吕夷简比作张禹,那么皇上就是汉成帝了?历史上的汉成帝以荒淫昏聩著名,他的著名还让他宠幸的两个女人也跟着著名,那两个女人就是"楚腰纤细掌中轻"的赵飞燕和她的妹妹赵合德。偏偏汉成帝也曾有过废后的前科,这让仁宗会很不愉快地联想到上次废后风波中范仲淹的表现。这些当然都是私下的想法,摆不上台面的。摆上台面的理由都很堂皇:一、越职言事。你老范上书只能说本职工作以内的事,监督宰相自有谏官御史,你没有资格。二、荐引朋党。你不是说宰相荐用私人吗?其实真正搞小圈子的是你自己,于是在朝堂张贴《朋党榜》,把范仲淹推荐的人都列在上面。又重申政治规矩:今后任何人不得越职言事。

范仲淹的开封知府当不下去了,落职知饶州。

仁宗这番处置,本想求个耳根清净。但诏书一下,反倒又闹了个沸反盈天。

先是集贤校理余靖干冒宸严,上书为范仲淹辩护,话说得很不客气:"陛下自专政以来,三逐言事者,恐非太平之政也。"并请求追回贬黜范仲淹的诏书。结果是,余靖自己被贬黜出朝。

馆阁校勘尹洙前仆后继,自己往枪口上撞,他说,余靖向来和范仲淹没有什么关系,尚且以朋党得罪,我才真的和范仲淹有关系,也以成为范仲淹的朋党为荣,"乞从降黜,以明典宪"。朝廷只能尊重他的意愿,遂逐之。

欧阳修当时也在馆阁校勘的位子上。校勘为馆职中的最低等级,朝廷已下诏禁止越职言事,他没有资格站出来说话,而有资格说话的左司谏高若讷非但不仗义执言,反而附会吕夷简,说范仲淹罪有应得。欧阳修十分愤怒,连夜写了一封信给高若讷,痛斥高是"君子之贼"。后世骂人时常说的"不知人间有羞耻之事"亦最初出自这里。这封著名的《与高司谏书》文气浩荡,痛快淋漓,在中国散文史上亦被视为名篇,现代中学语文课本中多有收录。在信的最后,作者堂堂正正地敦促对方:我以上所说的这些,你完全可以视为我与坏人结党的明证。希望你把这封信交给朝廷,治我的罪,也成全你作为谏官的一次立功机会。

高若讷觉得如果不把这封信尽快交给朝廷,就很对不起写信的人了。于是,欧阳修被贬斥夷陵。

朝野哗然,很大程度上与蔡襄所作的一首诗有关,这首《四贤一不肖诗》实际上是一张小字报,对事态扩大化起了推波助澜的作用。"四贤"指上述被打压的范仲淹、余靖、尹洙和欧阳修;"一不肖"就不用说了,非高若讷莫属。此诗一出,立时洛阳纸贵,争相传抄,据说"下达灶间老婢,亦相惊怪"[3]。这虽然有点夸张,但传布之广大概可以肯定,以至"鬻书者市之,颇获厚利"。连辽国的使臣也要偷偷买一份带回去,作为研究宋朝高层政治动向的情报资料。后来宋朝有使者去辽国,在沿途的驿站中也看到这首诗和欧阳修的信被抄写在墙壁上。[4]让书商们大获其利的手抄本和驿站粉墙上淋漓的墨迹，宣示着北宋士大夫诗文干政的热情。

但是这中间有一个问题，既然蔡襄诗中的"四贤"都遭到贬斥，而蔡襄实际上又以此诗宣示自己与"四贤"为朋党，为什么唯独他能安然无恙呢？归根结底恐怕还在于仁宗赏识他——不，是喜欢他。喜欢不同于赏识，赏识可能因对方的学养和能力，是一种带有距离感的理性评价——仁宗其实对范仲淹还是很赏识的，但老实说，不大喜欢。喜欢则带着更多的个人感情色彩。喜欢不需要理由，当然，仁宗喜欢蔡襄的理由可以有很多，例如蔡襄的字写得好，"仁宗尤爱之"[5]，这是审美趣味的投契；蔡襄长得帅，长须飘拂，有"美髯公"之称，长得好的人总是更容易讨喜；蔡襄的性情平正冲和，抱璞而通透，有彬彬君子之风，虽傲骨峥嵘却不露锋芒。这些都可能是理由。因此，仁宗在位期间，蔡襄的仕途一直很平稳——仅仅是平稳而已，终其一生，也一直未能晋身中枢。蔡襄表字君谟，这是皇上赐给他的。"谟"是谋略的意思，"君谟"就是皇帝的智囊。一年殿试唱名，有进士恰好名"君谟"，仁宗就不高兴了："近臣之字，卿何得而名之？"遂令更改。[6]"君谟"这个名字竟然要人家避讳了。皇上既然喜欢他，在官场风波中放他一马又何妨？处分不处分，不就是他一句话吗？可见在有些时候，所谓的政治正确或不正确只是一张标签，可以随便贴的，关键还在于你和人主的关系，关系才真正"关系"着你的官场命运。

宋代的诗词文化渗透于社会生活的各个层面，蔡襄的《四贤一不肖诗》属于士大夫的原创。也有市井文人以朝廷的这类人事更迭为题材，借前人诗句改头换面打油调侃的，虽然格调不高，但传播效应也不可小视。范仲淹原先的贴职是天章阁待制，现在他被赶到遥远荒僻的鄱阳湖边去了。而在此前后，有一个叫王博文的官员对皇上说："我已经老了，也快要死了，这辈子不可能再进中书省或枢密院的大门了。"一时竟老泪纵横。仁宗可怜他，把他提拔为枢密副使。另外也有一个姓王的官员当了二十年王宫待制，一直没有升迁，也向皇上陈情。皇上念他并不讨嫌，顺手赏了他一个龙图阁学士。于是有轻薄者戏改《河满子》诗嘲之曰："天章故国三千里，学士深宫二十年。殿院一声河满子，龙图双泪落君前。"[7]唐代张祜的《河满子》人们大多耳熟能详，那是一个有才能的人被冤屈和不平则鸣的悲剧故事。但我们恐怕也不能武断地说这个改诗的人"轻薄"，至少，比他更"轻薄"的应该是当时的官场生态：有血性有抱负的官员动辄得咎，被打发得远远的；而那些俯首帖耳地混资历的庸官想得到一顶光鲜的头衔却并不困难。"一声河满子，双泪落君前"，究竟谁该为这样不正常的官场生态大放悲声呢？

景祐的那几年就这样在一片吵闹中过去了。

景祐五年，适逢三年一次的郊祀大礼。"国之大事，在祀与戎。"宋朝自"澶渊之盟"后，邦交有事总是一味避战，东京人平时有一句口头语：天大的官司，地大的银子。与邻国有什么纠纷也把这一招用上，横竖拿银子摆平就是了。这样一来，"国之大事"就只剩下祭祀一桩了。郊祀的对象是天,皇帝是天子,替天行道,这等于是儿子向老子或下级向上级述职,兹事体大,因此格外隆重。改元也是隆重之一,体现万象更新。于是颁诏全国,改景祐五年下半年为宝元元年。"宝元"这个年号和当时满朝文武仰慕唐玄宗有关,而唐玄宗最华彩的篇章就是开元时期,那是一个让世世代代的后人仰之弥高的王朝盛世,国富民丰,文治昌隆,万国衣冠拜冕旒啊!那么就踏着开元的脚印,用宝元作年号吧。也许有人会说,"宝元"倒过来就是"元宝",不就是有钱吗?这就庸俗了。宝元不光是钱的事,根据《易经》中的经典论述"大哉乾元""至者坤元",这个"元"气象万千啊:大、善、第一、极顶、本原,其中寓示着一派开天辟地而又辉煌灿烂的前景。

但没想到刚刚开启宝元,"元"就出事了。

三

出事的是西夏国王元昊。

后世国人对西夏的印象,大抵多半来自民间流行的那些演义小说——例如《万花楼》《五虎平西》之类——其主角是北宋大将狄青。没错,狄青这会儿就在宋朝的西线兵营里,但他并不是勇冠三军的统帅,而只是一名中级军官——泾原副都部署,也就是泾原军分区副司令。在和西夏的战争中,他确实取得过一些局部战术意义上的胜利，但即使算上后来全部的军旅生涯，他也从来不曾有过荡平西夏的功业。站在狄青对面的是西夏国王元昊。元昊是他的名，至于他的姓，说起来就源远流长了。前些时他姓赵，再前些时他的先辈姓李，更早的时候他先辈的先辈姓拓拔，当然，这个姓氏属于他的种族血统——起源于鲜卑的党项族。大约在唐僖宗时期，他的祖先拓拔什么的因帮助唐王朝征伐黄巢有功，被封为定难军节度使，晋爵夏国公，赐姓李氏，并且跟其他藩镇一样，世代承袭。北宋立国以后，对外政策实际上是欺软怕硬，对西夏这种全民皆兵的"蕞尔小夷"，也只能"姑务羁縻，以缓争战"，用承认其割据地位和各种赏赐——包括赐姓赵氏——换取其臣服。但西夏是个顽劣的大男孩，对于他们来说，和北宋的关系恰恰可以借用后来人们常说的一句话：一切谈恋爱都是为了耍流氓。你不是要和我好吗？我就乘机要这要那，占尽你的便宜，稍不如意就蹬鼻子上脸耍横撒泼。他们也从不相信"有奶便是娘"的说法，本来嘛，人家游牧民族，一辈子喝牛奶、羊奶、马奶，可谁见过管牛、羊或马叫娘的？元昊的几代姓赵的先人就这样一面在宋辽两个大国之间折冲周旋，忽而兵戎相见，忽而虚与委蛇；一面转身经略河西，对吐蕃和回鹘频频用兵（后人在敦煌莫高窟发现的数万件经卷文书就是因这一时期的战乱而被封存的，对于中国文化而言，这倒不啻为一大幸事）。经过数十年的铁血洗礼，西夏羽翼渐丰，东尽黄河，西界玉门，南接萧关，北控大漠，整个河西走廊尽在号令之下。现在，他又转过身来，开始向宋王朝叫板了。

明道元年，宋朝敕封的第六任（第四代）定难军节度使赵德明逝世[8]，其子赵元昊继位。元昊为人雄桀果敢，他不甘于在中央王朝之下当一个什么节度使或西平王。当年宋太祖有一句名言：卧榻之侧，岂容他人酣睡？这逻辑当然是很霸道的。而元昊的逻辑则是：天下这么大，凭什么就只能有你一张床？我也要有自己的床——一张和你同样规格、同等尊贵的床，想怎样睡就怎样睡，伸手踢足可恣意而为，翻身打鼾也用不着提心吊胆地看你的脸色。这个抱负宏远的党项男儿，连做梦也在想着称帝立国，和宋王朝平起平坐。

元昊迫不及待了，继位之后，他做的第一件事就是改姓立号，他不姓李，也不姓赵了，这两个姓都是别人赐给他的，不仅不值得珍惜，而且是一种耻辱。他宣布，党项王族的姓氏一律改用"嵬名"。改姓不难，难的是要得罪恩主。不姓李倒无所谓，赐给他这个姓氏的李唐王朝早就灰飞烟灭了，没有谁来说三道四。但不姓赵是个大问题，因为赵宋王朝现在是他的宗主国，赵是国姓，赐你姓赵是莫大的荣誉。荣誉这东西本身也是一种强权，它是居高临下盛气凌人的，一般只有授予的一方可以收回，那是一种惩罚，被授予的一方如果拒绝或者始乱终弃，说轻了是不给恩主面子，说重了就是分庭抗礼。但元昊不在乎，你就尽管往重处说吧，分庭抗礼又咋了？如果"礼"指的是一种规矩的话，我就是要"抗"——这个"抗"你理解成抵抗也好，理解成对等、相当也好，反正我行我素，要另搞一套。再说立号，这和改姓的性质差不多，如果说姓是一个人的生理符号，那么号就是一个人的身份符号。元昊的身份符号是宋朝赐给他的西平王,对不起,和你那所谓的国姓一样,一并奉还。他用党项语自称"吾祖"(兀卒),即自尊为天子可汗之意。改姓立号,标志着和宗主国切割关系拉开距离,这是称帝立国的第一步,也是投石问路的意思,且看宋王朝如何反应。

宋王朝装聋作哑,一点反应也没有。

元昊步步进逼。第二年,也就是宋仁宗开始亲政的这一年,当宋朝的皇帝为离婚和"伏阁"的大臣斗智斗勇且大获全胜时,西夏宣布改元。作为有臣属关系的藩国,西夏理应使用北宋的年号,也就是说,这一年他们的历书上也是明道二年。但元昊借口明道年号冲犯他父亲李德明的名讳,擅自决定改年号为显道,这就向宋朝发出了不奉正朔的明确信号。而就在宋廷下诏严禁百官越职言事,蔡襄的《四贤一不肖诗》及"轻薄者"改撰的《河满子》朝野争传那个期间,西夏则在忙着营建都城,创建文字,变更风俗,改定礼乐制度。当然,他们也知道,更重要的是改革兵制,扩军备战。在宋王朝西北边陲的那块软腹部,一个桀骜不驯的西夏帝国已经呼之欲出了。

宋王朝仍然没有反应,他们很淡定,只要对方还没有捅破那层薄薄的窗户纸,他们就坚定不移地装聋作哑。

但窗户纸终于捅破了。宋宝元元年,西夏正式立国,元昊号大夏皇帝。作为登基的后续仪式,他一边出兵攻掠宋朝的延州地区,一边遣使要求宋朝承认既成事实,"许以西郊之地,册为南面之君"。宋王朝这时候才开始作出反应,仁宗先是煞有介事地下诏削去元昊的赐姓和官爵。其实，国姓也好，官爵也好，人家早就弃之如敝屣不尿你这壶了，你还堂而皇之地发一道红头文件，说这东西我不给你了，有什么意义呢？这恐怕连马后炮也算不上，只能算是马后屁——而且是脱裤子放屁。当然，军事上也不能不有所擘画，除了调兵遣将，一项重要的攻势战略就是先声夺人，在沿边张贴榜文：有将元昊俘获或斩首者，赏钱百万，封西平王。而元昊的反击则要低调得多，他派人偷偷在宋方榜文的旁边贴上一张小纸条，略云：有斩夏竦首级者，赏钱十文。堂堂的陕西经略安抚使，宋军的前线最高司令官，对方只肯出几文小钱，元昊也太会搞笑了。这种宣传战中的小幽默似乎预示着宋军很难在战场上占到什么便宜：人家在心气上先就占了上风。

这中间还有几段小情节，颇耐人寻味。

前几年，元昊一边盘马弯弓加快称帝立国的步伐，一边和宋朝虚以周旋，维持着表面的臣服和恭顺，凡是脑子没有进水的人都知道，这脓包迟早是要破的。但鉴于朝廷装聋作哑的基本国策，不喜欢人们议论边事，也就没有人说。有一个叫赵禹庶的进士，及第后一直没有安排职务，属于所谓的"待阙"。无所事事中，就上了一道奏章，大意是元昊必反，请为兵备云云。赵禹庶这样做，自然不排除有个人动机，希望藉此引起朝廷的注意，在选调中及早得到任用。但我们没有必要苛责上书者的动机，只看他说得有没有错。问题是，错与不错得朝廷说了才算数，而朝廷偏偏认为他说错了，是狂言惑众，不仅没有采纳他的意见，反而把他流放建州。这就应了那句绕口令似的官场潜规则：说你错你就错不错也错。既然有这样的潜规则,赵禹庶也只能自认倒霉了。好在元昊仗义,很快就验证了他的无辜,第二年就反了。赵禹庶听到这消息,自然心中窃喜,这不是幸灾乐祸,而是证明他当初有先见之明,实践是检验真理的唯一标准,而真理总是朴素的,它只承认事实而不承认那些绕口令似的潜规则。他偷偷从流放地跑出来,直奔京师,再次上书朝廷。但万万没想到——不知他都想到了哪些好事——不仅热脸贴个冷屁股,而且受到的处分更重:下开封府狱。[9] 你说这个赵禹庶冤不冤?上次因为"言兵于未萌"而受到流放也就罢了,因为当时还只是预言,事态朝哪个方向发展还两说。现在预言变成了现实,为什么反而要受牢狱之灾呢?

这个"为什么"确实挺让人困惑的。有人认为这反映了当时王朝上下歌舞升平的政治风气和逐渐膨胀的大国思维,也就是说,朝廷根本没把西夏放在眼里,麻痹大意了。我不这样看,歌舞升平是不假,但大国思维倒未必。北宋自立国以后,在和强邻的冲突中很少占到便宜,太祖太宗两朝尚有几分进取的锐气,真宗澶渊之盟后,就渐至"厌闻边事",为什么"厌闻"?因为毫无心理优势可言,生怕出事。怕什么就忌讳什么,生病的人忌讳说病,垂死的人忌讳说死,这都是心理虚弱的表现。而赵禹庶恰恰犯了朝廷的这个忌。北宋其实一直很担心西夏闹独立,但又心存侥幸,期望不会变成现实,以至讳疾忌医,生怕自己有所反应真的把人家激反。于是索性采取鸵鸟式的态度,把头埋在沙子里,不闻不问。对人家能安抚时尽量安抚,甚至发展到能讨好时尽量讨好。"事前猪一样,事后诸葛亮。"这样的剧情一再上演。元昊称帝前不久,他的继父赵山遇因家庭矛盾前来降宋,告以元昊之谋。但宋方不但无视赵山遇提供的情报,反而把他作为讨好元昊的礼物,送回西夏。到了这种时候,元昊当然不会有丝毫的感激,只会更加藐视面前这个胆怯的巨人,他用乱箭射杀赵山遇这种极富于场面感的方式顺便为自己的登基典礼做了一次预演,一个月后,元昊公开称帝。

赵禹庶入狱了,赵山遇被处决了,赵元昊称帝了,宋王朝的鸵鸟政策酿成的这一幕幕悲喜剧在从东京到兴庆府(西夏都城)的广阔舞台上次第上演。现在,宋王朝又要换年号了,原先以为这个"元"开天辟地辉煌灿烂,好得不能再好,但想不到这些"好"都成全了人家那个"元"。现在,朝野上下对那个"元"深恶痛绝,一想到就做噩梦。

短命的宝元只用了两年,便改元康定。不再期望开天辟地辉煌灿烂什么的了,只求太平无事,局势安定。这个王朝有软骨病的基因,人家只要稍微横一点儿,他们就只会迁就避让,多一事不如少一事。

康定更短命,因为不久就有人考证出,这是前朝某个帝王的谥号。何谓谥号?就是有身份的人死了以后所加的封号,这就不光是晦气,简直是婚礼上烧纸钱——晦气透顶了。只能再改。

一年后,改元庆历。关于这个"历",《礼记》中阐释如是:"圣人慎守日月之数,以察星辰之行,以序四时之顺逆,谓之历。"日月、星辰、四时,都体现着天地万物运行的规律,因此,"历"亦可引申为帝王遵循天道对国家的治理。联系到当时和西夏的关系，庆历实际上是对"天道"——尊卑之分，夷夏之辨——的一种重申。在玩文字游戏这一点上，宋王朝的君臣总能出奇制胜，西夏那样的"蕞尔小夷"确实不是他们的对手。

九年之间，四次改元，在年号的朝秦暮楚中，宋王朝西北边境的局势急遽溃烂……

注释

〔1〕（宋）欧阳修《归田录》。

〔2〕（宋）蔡絛《铁围山丛谈》。

〔3〕（宋）吴泳《鹤林集》卷十九。

〔4〕（宋）蔡襄《蔡襄集》附录。

〔5〕（元）脱脱等《宋史》卷三百二十。

〔6〕（宋）吴曾《能改斋漫录》卷十三。

〔7〕（宋）司马光《涑水记闻》卷三。张祜《河满子》诗为："故国三千里，深宫二十年。一声河满子，双泪落君前。"

〔8〕宋朝敕封的第三任定难军节度使赵继筠、第四任赵继捧、第五任赵继迁为同代兄弟。

〔9〕（宋）王辟之《渑水燕谈录》卷一。

第三章　六州歌头

一

"六州歌头",词牌名,原为唐代的鼓吹曲,表现西北边塞地区的生活情调,故雄放苍凉。宋人倚其曲调而创吊古词,多寄兴亡之慨,与当时流行的那种樽前月下低吟浅唱的艳词迥然有别,例如贺方回的那首《少年侠气》。贺方回因《凌波不过横塘路》中的一句"梅子黄时雨"而有"贺梅子"之称,那当然走的是闲愁婉约一路。但到了《六州歌头》中,却也有剑器之声、风云之色,那种期盼着"请长缨,系取天骄种,剑吼西风"的气概,"吼"出了一个渴望边关建功的伟丈夫形象。

六州,唐代指西北边境的伊、凉、甘、石、渭、氐诸州。到了宋代,这些地区大部分已被西夏、吐蕃和回鹘所据。北宋的西北边防分为鄜延、环庆、泾原、秦凤四路,各路帅府所在的延州、庆州、渭州、秦州的行政长官各兼本路马步军都部署（军区司令），这是军政一体的格局。这中间，只有渭州所辖的部分地区为唐代六州之地。唐朝的疆域比地平线还要辽远，当时从长安安西门西行至唐境西陲有万里之遥。诗人王维吟诵着"劝君更尽一杯酒"送别友人的渭城，当时还在唐王朝的中枢附近，现在已差不多是在宋夏前线了；而诗人自己"问边"时一路所过的居延、萧关和燕然，[1]对于今天的宋朝来说，已如同远古的传说一般虚无缥缈。大概因为《六州歌头》的曲调中包含着慷慨悲壮的正能量，现在朝廷每次举行大祀或大恤典祀时，都要演奏此曲。但中原王朝疆域的萎缩却是不争的事实，令人不堪回首。当庙堂之上奏响《六州歌头》的旋律时，可曾有人想过，六州疆土安在耶？

元昊称帝后，宋夏即进入战争状态，双方的第一次大规模战事在宝元三年正月拉开帷幕。当时元昊率大军一路攻下延州的外围重镇金明寨，直逼鄜延路帅府延州。延州知州兼鄜延军区司令是被西夏称为"大范老子"的范雍。"大范老子"算不上是尊称，用现在的话说，就是老范的意思。老范是文臣帅边，又初经战阵，难免手忙脚乱，他急忙命令屯驻庆州的军区副司令刘平和石元孙率军驰援。像西夏这样的游牧民族，打仗时其实并不擅长攻坚，他们的优势是利用骑兵的机动能力长途奔袭和迂回包抄，在荒漠旷野进行大兵团对决。也就是说，在所谓的攻城略地中，他们短于攻城而长于略地。因此，元昊这次行动的战略意图在于围点打援。宋军若据城死守，他们倒不一定有多大办法，因为时值严冬，西夏的后勤很难保障旷日持久的军事行动。但

"大范老子"却既没有"大"将风度又不能"老"谋深算,反而主动配合元昊的战略意图,迫不及待地把庆州的援军调来了,让西夏军从容不迫地在三川口设伏打援。刘平和石元孙都是戍边多年的职业军人,打仗并不怯场,宋军虽然失去了战略先机,但战场情势也并非一边倒,双方都殊死相搏,在冰天雪地里杀得昏天黑地。刘平身负箭伤仍率残部千余人与西夏军苦战两昼夜,那种尸横遍野血流漂杵的场面,用任何别的形容词都不足以形容,只能用一个字:惨。败者固然是惨败,胜方也只是惨胜。在平旷之地作战,宋军的步兵方阵毕竟难敌西夏军骁勇的铁骑,宋军近万人战死,刘平与石元孙力尽被俘。"惨胜"后的元昊又回师猛攻延州,所幸天降暴雪,西夏军遭遇补给困难,无奈退兵。

会打仗的刘平和石元孙战败被俘,不会打仗的"大范老子"却侥幸保住了延州,三川口之战尘埃落定。

三川口之败震惊朝野,这是宋朝自太宗雍熙北伐以来从未有过的惨败(在半个多世纪前的那次战役中,宋朝名将杨业被俘殉国,民间演义中的杨家将由此而滥觞)。范雍在三川口之战中进退失据,缺乏战略眼光,理应为失败承担责任,但这个"大范老子"在战场上一筹莫展,写总结报告倒有神来之笔——这里的"神来之笔"并不是一个花里胡哨的形容词,而是有鼻子有眼的"神来"之笔:为了掩饰自己的无能,他编造了一段"神话"上奏朝廷,明明是天气原因迫使元昊退兵,他却说是宋军在战斗中得到喜岭山神兵相助,天佑大宋,山神显灵,"神来"了,贼退了,延州因此得以解围。

这种"神来"之笔谁相信呢？偏偏朝廷相信；不仅相信，还顺水推舟宣传造势，下诏敕封喜岭山山神为威显公。近万名将士战死疆场，国殇之痛，就这样消解在子虚乌有的封神闹剧中。若问：打了一场大败仗，却敕封一尊神灵，有意思吗？有意思！至少在眼下，"威显公"的灵光可以屏蔽满朝文武的不满和沮丧。这种丧事当作喜事办的传统，后来又被人们不断发扬光大，几乎成为一种时尚，以至不管遭遇了天灾还是人祸，或者天灾加人祸，灾难一过，疮痍满目民不聊生先不去管它，事件背后的种种弊端和黑幕也懒得追究，有关各方最起劲的就是披红挂彩地表彰一批英雄。"可怜夜半虚前席，不问苍生问鬼神。"所谓"英雄"者，借以掩盖问题转移舆情之"鬼神"也。

现在是宝元三年正月，往年的这个时候，京师臣民还沉酣于过年的气氛中，但今年低调多了，三川口一战，不仅元宵灯会的规格大减，皇上也取消了在宣德楼赏灯与民同乐的惯例。街市上虽然一如往常地热闹，但各种关于战事的小道消息却有如夏日的蚊虫一般嗡嗡营营地飞短流长。国家已经三十四年不用刀兵了，如今一旦开战，人们在震惊之余，也免不了有几分亢奋的，有些人甚至已憧憬着不久以后的献俘大典，到那时的排场肯定要比元宵灯会更加蔚为壮观。朝廷当然没有这样乐观，元宵过后，皇上连续在文德殿召集御前会议，议题不光是上面说到的敕封喜岭山山神，还包括若干应急对策，首先是改元。一般来说，改换年号总是从第二年开始，现在才是正月，但朝廷等不得了，这个"宝元"非但不是吉祥如意的"元宝"，反而成了烫手的山芊,弃之唯恐不及。因此,这一年的正月是宝元三年,二月即为康定元年。强化军队建设也提上了议事日程,朝廷下诏兵部,今后在录用武举人时,以策论定去留。过去武举只比试刀枪剑戟十八般武艺,至多再加上秀肌肉比谁的力气大,这些都是匹夫之勇。三川口之败证明,指挥官要具备战略眼光和战术素养,所以要考试策论,也就是兵法。这是就军队建设的宏观层面而言,微观层面也有举措,例如"令在京诸坊监及宫观杂役人等升补禁军"。这些"坊监"和"人等"都是些什么人呢?"在京诸坊"主要是指制造兵器及军用什物的南坊和北坊,太祖开宝年间初建时,两坊就有七八千人。这些年虽然没有大的战事,但冗官冗员却有大幅度增长,现在应该有万人之数。"监"是里面负责管理的僚胥,他们本来就有军籍,现在边关有警,抽调他们升补禁军是战备动员的需要。再说"宫观杂役人等",北宋崇尚道教,京师内外有一定规模的宫观都有相应的行政级别,像原先天波门外的玉清昭应宫,宫使都是由首相兼领的。有身份的朝廷老臣或宗室退休前往往要挂一个宫观的虚衔,他们其实并不用去履职,只是拿一份俸禄而已,谓之"祠禄"。现在征召其中的"杂役人等"入伍,也说明那里面原先是养了不少闲人的。但问题是,"在京诸坊监"也好,"宫观杂役人等"也好,这些人平时只习惯于媚上压下投机取巧,一旦"升补禁军",对部队的战斗力不起腐蚀作用恐怕就算万幸了。归根结底,军队的健康细胞还是来自劳苦阶层——农民(包括牧民、渔民、船民、盐民等)、矿工以及城市底层劳动者,打起仗来,肯卖命的还是这些"贱人"。

西北边防的统帅部也亟待加强,其中最重要的人事调整是范仲淹以陕西经略安抚副使兼知延州。

二

范仲淹之复出,从某种程度上说,得之于天助。

"天章故国三千里",几年前范仲淹虽然落荒而去,但他也因慷慨直言而成为士风的一面旗帜,声誉如日中天,几乎没有人会怀疑,他在政坛重新崛起只是时间问题。但既然朝廷已经明令禁止越职言事,皇上又对朋党特别敏感,关于范仲淹复出的话题实际上成了禁区,谁也不敢说三道四。好在人不讲话,老天讲话了。老天怎么讲话?就连孔子也认为老天是不会讲话的("天何言哉?"),但是他忘了,老天是可以发出声音来的,而且他一发声就是天崩地裂的大声音。先是景祐四年十一月河东地震,发声的虽然是"地",但也可以视为一种"天谴"。把自然灾异与朝廷时政联系在一起,借助天道的力量表达自己的政见,这是士权在与皇权对话时的一种政治技巧。河东地震后,韩琦便在上书中含蓄地提出要开放言路。仁宗虽觉得不入耳,但也只能"疏入不报"。老天似乎对皇上的态度不满意——岂止是不满意?简直是发怒了。仅半个月以后,紧接着便是京师地震,这次响动更大,且延及定州和襄州,以至"坏庐寺、杀人畜,几十之六。大河之东,弥千五百里而及都下"。直史馆叶清臣上言,认为连续遭遇天谴,朝廷的政策中必有"下失民望,上戾天意者"。到底哪些事情违背了"民望"和"天意"呢?那就直接说吧:

> 顷范仲淹、余靖以言事被黜,天下之人,齰舌不敢议朝政者,行将二年。愿陛下深自咎责,许延忠直敢言之士,庶几明威降鉴,而善应来集也。(2)

说专制者堵塞言路,以前只知道有一个词,叫"钳口",很形象;现在又学了一个"齰舌"。"齰"是咬啮的意思,咬啮自己的舌头不敢说话,那就不光是形象,而是血腥了。汉文帝时有一个臣子叫窦婴,曾"齰舌自杀",那大概是所有自杀中最痛苦也是成功率最低的一种,生生咬碎自己的舌头而死,我真的不敢想象。现在叶清臣不仅在奏章中用了这个颇带血腥气的"齰舌",而且还要皇上"深自咎责",拿出切实的行动来重塑威信。

仁宗不能再无动于衷了,他把范仲淹从饶州改徙润州(镇江),余靖、欧阳修等也相应地迁于近地。这似乎说明对景祐三年的朋党涉案人员态度有所松动——但也仅仅是松动而已,至于这些人的复出,仁宗仍然不动声色。

宝元元年正月,几声沉雷震动了京师。根据常识,打雷一般要到惊蛰以后——不然为什么叫"惊蛰"呢?"万物出乎震,震为雷,故曰惊蛰,是蛰虫惊而出走矣。"(3)这几声不合乎时令的雷声也让"齰舌"的士大夫们有如蛰虫一般蠢蠢欲动,他们又

051

找到了说话的由头。大理评事苏舜钦上疏朝廷："孟春之初，雷震暴作，臣以谓国家阙失，众臣莫敢为陛下言者。"[4]说来说去还是争一个话语权。在其后关于"择贤"的建议中，他说了一段看似平常，其实很有深意的话。他说进入中央高层的人选要皇帝亲自选择，不要出自执政门下。进入中央高层的人选怎么可能不是皇帝选定的呢？这不是废话吗？不是。所谓的"择贤"，其实暗指上次处理的朋党涉案人员，因为这里有一个特定的语言环境，即上面所说的"众臣莫敢为陛下言者"，大家都不敢说的话题，就是朝廷一再重申的朋党之戒。正因为这是一个禁区，所以执政在任用官员时要绕过他们，只有皇上宸衷独断，亲自发话，那几个人的问题才能得到解决。这段话旁敲侧击，引而不发，但弦外之音皇上是有数的。

仁宗采纳了苏舜钦奏章中的部分意见，对中央高层的人事做了一些调整。但对一直视为大忌的朋党，还是举止依违，慎之又慎。对于范仲淹的问题，他用内降札子的方式作了解释，话说得也很艺术：

> 向贬仲淹，盖以密请建立皇太弟侄，非但诋毁大臣。今中外臣僚屡有称荐仲淹者，事涉朋党，宜戒谕之。[5]

他把范仲淹的历史问题拿出来说事。在政治斗争中，翻对方历史问题的老底，是一种惯用的手段，也总能所向披靡。朋党之禁,就像西方神话中西西弗斯推的那块石头,眼看快到山顶,又滚了下来。

最终把石头推上山顶的是三川口之败,当然还要加上一次适逢其时的天象异常——日食。

"康定元年正月丙辰朔,日有食之。"这是《宋史·天文志》中的记载。其实这个"康定元年正月"的说法是不规范的,上面我们已经说过,这一年的正月应为"宝元三年",到了二月才改元康定。这我们先不去说它,我们只关心日食,因为这种异常天象又给人们提供了一次说话的机会。这次站出来说话的是知谏院富弼,作为朝廷的言官,他平时说话还是相对自由的,他这次站出来说话,是要为大家争取说话的权利。在他看来,整天标榜太平盛世,却又不让大家说话,动辄以言罪人,连一点儿装饰性的民主也不要了,这无论如何是说不通的。富弼认为"应天变莫若通下情",直言不讳地要朝廷"尽除越职之禁"。仁宗这次很爽快地接受了。他当然知道,此禁一开,范仲淹复出是一个绕不开的话题。因此,他同意开放言路,实际上是对起用老范已有了思想准备,三川口之败后,舆情汹汹,朝廷的颜面很难看。人主治国安邦,不光要学会坚守,必要的时候也要学会妥协,他现在必须作出妥协。

言路,这条世界上最宽阔而又最狭窄,最通达而又最崎岖的路,现在终于被撕开了一道缝。韩琦见"缝"插针,他不避朋党之嫌,首先上疏保举范仲淹。仁宗随即下诏复范仲淹天章阁待制,知永兴军。永兴军位于陕西东部,距宋夏边境不远,但还不能算前线,把范仲淹派到这里,是作为预备队的意思。果然,不久范雍因三川口之败被问责,范仲淹升任陕西经略安抚副使,驻节延州。延州——这个后来改名延安的地方,当时既没有《信天游》,也没有安塞腰鼓,更无从言"安",而是宋夏锋刃之下黄沙百战穿金甲的最前线。把范仲淹推上最前线是吕夷简的建议,我们无须揣测他此举的动机,但仅就客观效果而言,基本上还是用对了。

"大范老子"走了,"小范老子"来了。力荐范仲淹的韩琦此时也被派到西线军中,以陕西经略安抚副使驻节秦州。宋夏之间的第二次大规模战事——好水川之战——一触即发。

三

人有时候喜欢跨界玩点新鲜的,恰如名妓翻经,老僧酿酒,将军翔文章之府,书生践戎马之场,虽乏本色,亦自有一番别致况味。文人不能真的践戎马之场,就常常喜欢说剑谈兵,似乎自己很牛逼,被窝里放屁——能文(闻)能武(捂)。范仲淹也有此好,野史中说他"好谈兵",最欣赏韦苏州诗中的两句:"兵卫森画戟,燕寝凝清香",经常挂在嘴边吟诵品味。[6]其实韦诗中的排场只是一种仪式化的摆设,与真正的战场体验不啻天壤,就有如一个白面郎君在庭院的花径间故作英武地顾盼自雄,那是文人士大夫卖弄的另一种风雅，最多也不过是他们对建功疆场的一种充满舞台感的意淫而已，其中有几分轻狂，当不得真的。

但"小范老子"并不轻狂。历史上的范仲淹，其头衔主要不是诗人或作家，而是政治家。诗人或作家是眉眼流波的感性动物，他们只关注心灵的声音；而政治家则必须匍匐在现实的大地上，触摸理性的质感。在此之前，范仲淹在政坛上三起三落，磕磕绊绊地辗转于庙堂与江湖之间，风尘两袖，沧桑满怀，经历了从中央到地方的多个岗位。这让他对北宋王朝肌体上的病相看得尤为真切。国家承平日久，又一味歌舞升平，各种问题积重难返，剪不断理还乱——其实这些年又何曾有人去认真"剪"过或"理"过？特别是自太宗北伐失败以后，朝廷上下弥漫着浓重的厌战情绪，以致长期边防不修，军队上下的腐败更是公开的秘密。对这支军队的战斗力，范仲淹实在不敢高估。因此，对西夏的战略方针，他力主持重用兵，积极防御，坚壁清野，筑城固守。我就守在这里和你打阵地战，就是不和你到荒漠旷野上去打运动战。这就和老朋友韩琦产生了分歧，或者说志同而道不合。韩琦是和范仲淹差不多同时来到西线的，书生践戎马之场，又是刚正激切的热血男儿，那种"荆舒是惩"跃跃欲试的心态可以想见。他认为西夏是小国，人口和兵源都有限，依赖的只是骑兵的精干与迅疾。与其任由对方没完没了地纵兵袭扰，各个击破，不如自己主动出击，集中优势兵力进讨，毕其功于一役。西线的两个副帅——范仲淹和韩琦——一个主守，一个主攻，而最高统帅夏竦则没有战略，他只听朝廷的。以韩氏的攻略，其结果是要么大胜，要么大败。范氏的守策则既不会大胜，也不会大败，慢慢熬。他相信，西夏的综合国力远在北宋之下，终究熬不过洒家的。

军事上的事，很难说谁绝对正确或错误，只有等仗打下来，以胜败论英雄。

庆历元年二月，西夏大军准备进攻渭州，韩琦命环庆路副都部署任福为大将率部迎击。元昊仍是故伎重演：诈败、设伏、围歼。双方激战于六盘山下的好水川。好水川之战既然是这样开始，结局就已经注定，宋军大败，一万余人战死，主将任福等亦悉数阵亡。好水川几乎是三川口的翻版，双方的技术含量其实都不高，正如时下流行的一则段子中的操练："一二三四，二二三四，换个姿势，再来一次。"而已，而已。于是西夏人有诗嘲讽道："夏竦何曾耸，韩琦未是奇。满川龙虎辈，犹自说兵机。"[7] 诗写得好不好不去说，但人家打了胜仗，怎样奚落你都有资格。"龙虎辈"本是帝后和贵胄乘坐的车辆，这里指宋军丢弃的辎重。故意用一个高贵堂皇的称谓，是为了反衬宋军一败涂地的狼狈，以及统帅部"兵机"之低劣。

说到"兵机"，这里还有一则笑话。好水川之战前，夏竦曾集中统帅部高层制订五路进讨的作战计划，此事是在"屏绝人吏"的绝密状态下进行的，高层将领整整密谋了五天，计划制订得极尽繁冗周密，如何调动军马，如何排兵布阵，如何分擘粮草，以至如何处置俘虏和敌酋，纸上谈兵，洋洋洒洒，六韬三略，纵横捭阖。所有这些全都形成文字，最终装订成册的计划书，竟多到

"两人之力不能举"。老实说,此"举"让我相当惊讶。如果历史往前倒退一千年,或许还不值得惊讶,因为那时候用的是竹简。可现在是纸质文书呀,你想想,让两个大汉都疲软不举的纸质文书,该是多么浩繁或曰庞大的一堆文字!这个夏大帅,真可谓呕心沥血,兵机细密啊!作战计划制订好了,用一个大柜子装起来,再加上一把大锁,钥匙由大帅自己掌握。兵机在册,成竹在胸,就只等着开战了。可一天夜里,大柜子竟然不见了,那一柜凝聚着统帅部将领的心血、谋略和文采的绝密作战计划就这样不翼而飞。夏竦这下被吓得不轻,他怀疑自己周围布满了西夏奸细,不光五路进讨无从说起,连自己的安全恐怕都很成问题。为此便终日惶惶,好水川之战后,他干脆向朝廷"恳乞解罢"[8]。

范仲淹的鄜延军区没有参加好水川会战,这是得到朝廷同意的。朝廷在大的战略方针上一向首鼠两端,一方面批准韩琦出兵进讨,一方面又同意范仲淹"养锐持久"。他们或许认为,若韩琦能侥幸取胜,当然更好;若不能取胜,反正还有范仲淹在那里守着,局势也坏不到哪儿去。这就叫攻守兼备,总能占住一方的好处。就正如一则民间笑话里所说的,一户人家有两个儿子,一个开染坊,一个卖雨伞,不管晴天还是下雨,总有一个儿子得利。但他们也不想想,高层将领各行其是,乃用兵之大忌,整个西线战区都不能协同作战,这仗还怎么打?

范仲淹是康定元年八月——好水川之战六个月之前——来到延州的,他这个人名气大,到了哪儿都有名人效应,到职不久,颂扬他的传言就不胫而走。先是说西夏已发出内部警示:"小范老子腹中自有数万兵甲，不比大范老子可欺。"这就令人费解了，你新来乍到，人家凭什么对你肃然起敬？那么，就姑且视为西夏人一种隆重的期许吧。可后来的那些传言就更加说不通了，好水川之败后，又有人宣称，说边区人民像歌颂大救星一样到处传唱，歌曰："军中有一韩，西贼闻之心骨寒；军中有一范，西贼闻之惊破胆。"该"一范"守着几座边城，并不曾有多大的作为，最多只能说没有吃什么大亏，怎么兵不血刃就让人家"惊破胆"了？"西贼"的"贼"胆也太小了吧？这一点我们且存疑不论。至于"一韩"，那就更不好意思说了，他刚刚在好水川被打得丢盔弃甲，从好水川逃回来时，阵亡将士的家属数千人拦住马头为亲人哀哭招魂，哭声震天动地，让韩琦又惧又愧。而且西夏人随后也发帖子讥笑"韩琦未是奇"，根本看不起他。怎么一转眼就又"心胆寒"了？难道人家是集体性羊痫风或者……集体性脑子进水？或者不光是脑子进水，而是脑子里养鱼了？据此，柏杨先生在《中国人史纲》里认定，这完全是宋方的一种"肉麻当有趣"的"对内宣传技巧"。这种诊断我大致认可，只是觉得"技巧"应改为"伎俩"，因为我们这个民族的对内宣传实在太"伎俩"化了。

范仲淹的朋友欧阳修戏称范为"穷塞主"，这个"穷"应该是指当地的穷山恶水，而不是指塞主自己的宦囊。塞主的俸禄一分不少，另外还应该有不菲的边疆补贴，囊中倒不见得羞涩。但边塞孤城，荒僻苦寒是不用说的，关上城门当然也有人间烟火饮食男女，虽则灯也是红的，酒也是绿的，却绝对不是京师的灯红酒绿。一出城,满眼都是一种色调,黄沙莽莽,铺天盖地而来,又铺天盖地而去。而且常年大风,不是东风压倒西风,就是西风压倒东风,垢面的风尘定格了人们的愁眉苦脸,想嬉皮笑脸地调笑一下也舒展不开。至于"山丹丹开花红艳艳",恐怕只是民间歌手的一种习惯性的比兴修辞而已。那景况,说荒凉得无法形容恰恰才是最好的形容。

但毕竟还是可以形容的,因为塞主是范仲淹这样的诗文高手,请看:

渔家傲

塞下秋来风景异,衡阳雁去无留意。四面边声连角起,千嶂里,长烟落日孤城闭。 浊酒一杯家万里,燕然未勒归无计。羌管悠悠霜满地,人不寐,将军白发征夫泪。

据说范仲淹在西线期间曾作《渔家傲》数阕,皆以"塞下秋来"为首句,颇述边镇之劳苦。现在我们所能看到的只有这一阕。但就是这阕词,让他成为宋代词坛上一位领风气之先的人物。宋初的词风沿袭晚唐五代,而晚唐五代的词风,从这一时期两部词的总集的名称——《花间集》与《尊前集》——即可推想大概:主旨只在花间樽前,所谓"绮筵公子,绣幌佳人……文抽丽锦……拍按香檀"是也。在当时的词坛上,无论是晏殊领衔的雅词(或曰小令),还是以柳永为主唱的俚词(或曰长调),总以吟风弄月为能事,同在"艳科"的藩篱之内,亦同属婉约一派。而豪放派发轫之始,则在仁宗中期,这与当时的社会现实有关,也是有识之士汲汲于国事的情怀呈现。宋代魏泰的《东轩笔录》中有这样一段记载:

> 庆历中,西师未解,晏元献公殊为枢密使,会大雪,欧阳文忠公(欧阳修)与陆学士经同往候之,遂置酒于西园。欧阳公即席赋《晏太尉西园贺雪歌》,其断章曰:"主人与国共休戚,不唯喜悦将丰登。须怜铁甲冷彻骨,四十余万屯边兵。"晏深不平之,尝语人曰:"昔日韩愈亦能作言语,每赴裴度会,但云'园林穷胜事,钟鼓乐清时',却不曾如此作闹。"

下雪天,官员们在西园——枢密院的后花园,因枢密院俗称西府而得名——陪晏殊喝酒赏雪,当然还要写诗。诗中所说无非瑞雪兆丰年之类的恭维话。欧阳修的诗中说的也是恭维话,但他和别人说的恭维话有些不同。他说,今天我们在这里喝酒赏雪,不光要想到瑞雪兆丰年。边患未解,将士寒苦,令人耿耿于怀啊!这是忧国忧民的意思。"须怜铁甲冷彻骨,四十余万屯边兵。"从字面上的冷冽见出情怀的温热,这样的句子即使放在整个北宋诗坛上,都应该是有光彩的,可为什么只是零星出现在后人的野史笔记而不是堂皇的《宋诗集成》中呢?就因为晏殊"深不平",认为是"作闹"吗?晏殊这个人做惯了富贵宰相,现在即便当了国防部长(枢密使),其器局和趣味仍囿于"小园香径独徘徊"而"无可奈何",这并不奇怪。欧阳修本是婉约派词人的代表之一,后人甚至把他的有些词和南唐冯延巳搅在一起(例如那阕著名的《蝶恋花·庭院深深深几许》),并为之争论不休,可见两人格调之亲近。但国事蜩螗,边患频仍,无疑为士大夫们闲婉的吟唱注入了新的血质。如果说欧阳氏的这首《贺雪歌》只是对风雪边关的偶一瞭望,那么作为戍边将领的范仲淹,写军旅生活和边塞风光就是一种艺术的自觉。这种题材的拓展让他首先走出了胭脂粉黛的西昆旧习,以悲慨沉雄之声发聩词坛。范氏的《渔家傲》开创了豪放派宏大的艺术格局,这样的评价应该没有问题,虽然我们现在看到的只有一阕。

在作出上面的评价之后,我似乎还有点意犹未尽,或者说,还有点小小的不满足。范仲淹的《渔家傲》是写得好,读了以后,那种苍凉感如同荒原上的暮色一般笼罩着你,让你无处逃遁。但是作为边塞词,特别是和唐人的同类作品相比,总觉得少了几分浪漫骑士式的英雄主义,腔调显得有点疲惫,甚至——无奈。

《渔家傲》基本上是一幅静态写生,千嶂、孤城、长烟、落日,固然是静物。即使是"衡阳雁去"、"四面边声"或"羌管悠悠"看似有少许动感,但渲染的只是肃杀——一种情绪上的下沉和波澜不惊。再加上那个对着一杯浊酒思念家乡的白发征夫,怎一个"静"字了得!这中间,关键在于上阕最后的那个"闭",一个"闭"字像一把大锁,锁住了所有的生气和热情,连最后那几滴征夫之泪也大抵只是静态的定格——绝非泪雨滂沱。

我们再来看看唐人的边塞诗。

高适的《燕歌行》:"摐金伐鼓下榆关,旌旗逶迤碣石间。校尉羽书飞瀚海,单于猎火照狼山。"这是大战前的气氛,不仅热火朝天,而且妖娆多姿。虽然我知道用"热火朝天"来形容不很妥当,"妖娆"更是狗血,但我实在找不出更恰当的表达。

但写得"妖娆"的也有:"战士军前半死生,美人帐下犹歌舞。"真的很佩服高适,写军中将领的腐败,也写出了不凡的气概。

也有写塞外边关寻常日子的,例如岑参的这两句:"纷纷暮雪下辕门,风掣红旗冻不翻。"我总觉得,这个看似静态的"冻不翻",其实也是充满了动感的。

再看:"君不见走马川行雪海边,平沙莽莽黄入天。"何等气势!"葡萄美酒夜光杯,欲饮琵琶马上催。"何等放浪!"黄沙百战穿金甲,不破楼兰终不还。"何等豪迈!"相看白刃雪纷纷,死节从来岂顾勋。"何等壮烈!"轮台九月风夜吼,一川碎石大如斗,随风满地石乱走。"何等艰险!"月黑雁飞高,单于夜遁逃。欲将轻骑逐,大雪满弓刀。"何等潇洒!"白狼河北音书断,丹凤城南秋夜长。"即使是写前线与后方的思念,也写得这样摇曳生姿,风情万种。

这就是唐诗中的边塞,生龙活虎,色彩斑斓,有豪情亦有惆怅,有英雄气亦有儿女情,但主调始终慷慨而嘹亮,甚至有点嚣张——是的,嚣张,因为那呼喊和歌哭都洋溢着男性荷尔蒙的气息。

　　毋庸讳言，把范仲淹的一首边塞词拿来和整个唐人的边塞诗比较，这本身是很不公平的。我要说的是，同是边塞题材，从唐诗到宋词，这种色调和气魄的衰减不是孤立的文坛景观，也不是个人才力的高下，而是王朝气象的式微。那个"犯强汉者虽远必诛"的盛唐，已在历史的苍茫视野中渐去渐远，只剩下依稀的背影了。范词《渔家傲》中的疲惫和无奈，是宋王朝长期以来守内虚外基本国策的精神写照，也是捉襟见肘的综合国力在遥远边塞的一种回声。"人不寐，将军白发征夫泪。"在这幅画面中，没有什么可以"喷薄"或者"澎湃"的，连穷凶极恶也没有，一个王朝的姿势和神情大抵如此。从这个意义上说，一阕《渔家傲》是可以作为"词史"来看的。

　　但不管你疲惫也好，无奈也罢，元昊仍是不依不饶。庆历二年闰九月，宋夏又在定川砦大战。战役的过程我实在不想再说了，因为除去战场换了一个"川"，关于战略战术的每步程序，双方都严格遵守以前的套路，结局当然也没有任何意外：宋泾原军区副司令葛怀敏以下十四员大将战死，所部九千余人全军覆没。和三川口之战稍有不同的是，元昊回师再攻空虚的渭州，宋军守将活学活用三国故事，效法诸葛亮，以疑兵之计诱使元昊退兵，算是为"三大战役"黯淡的结尾留下了少许亮色。

　　三川口、好水川、定川砦，三次会战，一"川"不如一"川"，宰相吕夷简连呼"可怕"。但宋王朝的噩梦还没完，在这期间，自"澶渊之盟"之后平静了将近四十年的宋辽边境事端又起，辽国利用北宋在西线的困境,要趁火打劫了。

四

现在,不得不说到幽云十六州了。

这是一个地域名词,而且是一个特定历史时期的地域名词。史书上有时写作"幽云十六州",有时写作"燕云十六州"。我喜欢前一种,因为这个"幽"字契合了太多附着在该地名上的感情色彩:深远、隐蔽、诡异、囚禁、不公开,以至暗箱操作,或者愁眉苦脸之类的联想。一个地名如此精准地暗示了它的历史命运,让人在惊叹之余或许还有几分惊悚。我甚至在潜意识里把"幽云"别解为:幽怨地诉说。——云者,说也。现在,如果不是因为情节交代的需要,我实在不愿触及这个尘封在历史深处的地域名字,这个与汉民族的疼痛和屈辱纠结在一起的地域名词,让后人在遥望它时总是五味杂陈,欲说还休。

欲说还休,却又不得不说,那么就"幽怨地诉说"吧。

从地图上看,幽云十六州东起渤海,西至黄河(河曲),绵亘于长城南侧,范围包括今天的京津全境、河北大部及山西北部。春秋战国时期,这一带大致属于燕国和赵国的领域。由于和北方游牧民族接壤,争战频繁,中国战争史上由战车向骑兵的演变,就是从这里的赵武灵王胡服骑射开始的。不同民族之间交流的语言,除去商品就是刀剑,两种语言往往交替使用,故燕赵多慷慨悲歌之士。荆轲刺秦王,图穷匕首现,这样的事也只有燕赵之士才做得出。荆轲虽不是燕国人,但长期游历燕国,入乡亦随俗,所谓"慷慨悲歌"大概就是从他的《易水歌》开始的吧。自秦汉以降,长城一直是中原王朝抵御游牧民族南下的屏障。为什么叫"南下"呢?很简单,因为从地势上看,北方高,南方低,越过了燕山山脉,向南就是一马平川的华北平原。请仔细体味这个"一马平川",形容地貌的空阔平坦要借助"马"的感受来检验,或者说,这个关于地貌的形容词就是专门为骑兵预备的,其中不仅充满了动感,还有一种恣意而为的酣畅和潇洒。在冷兵器时代,游牧民族的骑兵比起以步兵为主的中原军队无疑具有极大的优势,再加上居高临下的战略势能,中原王朝所倚恃者,唯有长城。"秦时明月汉时关",长城上的那一轮冷月,既映照过历朝历代无数戍边将士的衣甲,也见证了一千多年来长城内外的战略相持。即使在盛唐时期,唐王朝也要把全国三分之一以上的步兵部署在幽州一带,以至尾大不掉,太阿倒持,酿成了边将安禄山的叛乱。如果说长城是关于防卫最经典的符号,那么它与幽云十六州就是关于"唇齿相依"最具形象化的演绎——一片多么丰饶健硕的"唇"啊!东西长约六百公里,南北宽约二百公里。这是依偎与托举的唇齿相依,也是意志与肌体的荣辱与共。中原王朝北方的大门,拜托了!

中原王朝自毁长城,始作俑者为后晋高祖石敬瑭。

石敬瑭是个卖国贼,而且一卖成名。

任何一个时代，或者任何一个国家，都免不了有卖国贼。但是像石敬瑭卖得那样无耻，那样慷慨，那样不作一点痛苦状扭捏状，那样给国家和民族遗患无穷的，恐怕绝无仅有。他只做了一笔交易，便赢得了万世骂名。可以这样说，这个人以其做坏事的效率之高而名垂青史。

作为后唐明宗李嗣源的女婿，又是手握重兵的河东节度使，石敬瑭野心勃勃想当皇帝，这并不算太过分，因为在五代那个时候，有枪就是草头王，乱哄哄你方唱罢我登场，大家都是这么干的，只要手里有兵权，发动一场政变并不比在公共场所放一个响屁需要更多的勇气。为了求得契丹出兵援助，他答应每年向人家纳绢三十万匹，并向辽太宗称臣、称子，自己降格为"儿皇帝"，这也还可以理解，舍不得孩子打不到狼，做买卖不下本钱能成吗？何况是关系当不当皇帝这样的大买卖呢？至于辽太宗三十七岁，他四十七岁，这样的父子关系有点奇葩，那也只是他个人的道德感问题。但他竟然答应把幽云十六州割让给契丹，这就冒天下之大不韪，罪恶滔天了。

幽云十六州割给了辽国，连带割给人家的还有迤逦一千余里的长城。现在，那印记着历代王朝赫赫战功的长城，完全成了辽国境内一道僵硬的摆设，契丹人只会偶尔借助那些关隘演习攻守，然后顺便扒几块墙砖带回去做上马石。失去了防卫功能的长城会让人想到一些怪怪的意象，例如洛阳纸贱、美人迟暮。或者，遗落在庭院围墙上的一副破烂的衣甲。中原王朝的北大门完全敞开了，辽国的铁骑随时可以长驱南下。从幽云十六州南端的边界到中原王朝的首都开封只有五百公里,对于游牧民族的骑兵来说,如果他们要炫耀骑术的话,这段距离有三四天就足够了。这种战略态势直接导致了后来北宋在与辽国的对峙中始终仰承鼻息,处于劣势地位,像一个无法雄起的小男人一般缺乏应有的自信和尊严。也直接导致了再后来金国能大举进攻宋朝,直取开封,以"靖康耻"的方式作为北宋王朝的闭幕式,从而再度形成宋金之间南北朝的局面。可以说,两宋三百余年外患连绵而又无所作为的局面,都是石敬瑭此举种下的恶果。

当今一位演小品的女艺人说:"你演了一个茄子,所有的紫色都将属于你。"[9]这话有点夸张。

对于石敬瑭来说,"你做了一回卖国贼,所有的恶果都将属于你"。这话一点也不夸张。

千刀万剐石敬瑭,但石敬瑭或许也有话要说,因为那个时候他出卖的还不是自己的东西,最多不过算是期货,把不属于自己的东西拿出来变卖,恐怕连败家子也算不上,何乐而不为呢?一个志在篡取最高权力的野心家在不曾得手之前,出卖国家和民族的利益以换取外部的支持,这样的事情历史上并不鲜见,即使像袁世凯那样的聪明人,晚年为了当皇帝,也会做出和日本签订"二十一条"那样的蠢事。按理说,他已经是民国大总统了,国家利益不就是他自己的利益吗?但在他看来,总统是可以下台的,即使自己不下台,也不能传之子孙。一旦总统不姓袁了,那些国家利益与自己有什么关系呢?只有当上了皇帝,朕即天下,所有的所有才是属于自己的。但既然"所有的所有"都姓袁了,还在乎送出去那么一点吗?从石敬瑭到袁世凯以至后洪宪时代的那些人,大致都是这种思路。可怜天下卖国心,心心相印啊!

五代是一个阴谋和强权狼狈为奸的时代,也是一个帝祚短命的时代。石敬瑭的后晋只维持了十年,后晋后面是后汉,后汉后面是后周。就在石敬瑭把幽云十六州割给契丹二十三年之后,后周的第二任皇帝柴荣统兵北上,打算一举收回十六州。战事进行得很顺利,十六州最南面的瀛州和莫州望风而下。兵锋向北,又连陷三关:益津关、瓦桥关、高阳关。可就在进攻十六州中最重要的幽州(北京)时,最高统帅柴荣突患重病,回师开封后即逝去,由七岁的儿子继承帝位。再后来的事大家应该都知道的,几个月后就发生了陈桥兵变,一位姓赵的统兵将领坐上了皇位。柴荣雄才大略,又正值年富力强,是五代诸帝中最杰出的人物。他本来最有希望从契丹手里收回幽云十六州,也最有希望重新实现中国的大一统。他已经站在历史舞台的出口处,在聚光灯的照耀下踌躇满志地跃跃欲试。无奈天不假年,壮志未酬而中道崩殂,时乎?命乎?"时来天地皆同力,运去英雄不自由。"[10] 有时候,历史关键时刻的关键之力,就维系于某个大人物的几声咳嗽或喘息之中。世间所有的权力中,时间的权力是绝对的权力。而时间对于个体的人,就是他生命的长度。一个人死了,历史就关闭了一扇大门,这时候,偶然性事件露出了他狰狞的面孔。偶然性是历史的一部分,历史也因为无数的偶然性事件而更具不确定性和神秘感。而所谓的历史必然性,则是站在偶然背后的那种巨大的渴望。

庆历二年三月，也就是北宋在好水川大败之后不久，辽国的特使来到开封，要求宋方归还幽云十六州中的关南地区。

这个"关南地区"，就是当年周世宗柴荣出兵收回的瀛州和莫州。入宋以后，被重新规划为四州十县，因位于瓦桥关之南，又称"关南十县"。

辽国的特使是个汉人，叫刘六符。刘家在辽国世居要职，刘六符的祖父刘景是大丞相韩德让的好友。（我们都知道，这个韩德让除去是总揽辽国军政的第一权臣而外，还是盛年寡居的承天萧太后的专职情夫。）刘景后来官至礼部尚书、宣政殿学士；刘六符的父亲刘慎行当过北府宰相，监修国史。契丹官制有南北府的设置，两府首相分别由后族与皇族担任。宰相而监修国史相当于次相，这是汉人在两府中所能担任的最高职务。刘慎行有六个儿子，他虽是个读书人，但在给儿子取名时却懒得多用脑筋，干脆以排序命名，曰：一德、二玄、三嘏、四端、五常、六符。这中间一德早死，其余五人皆出息得冠冕堂皇，三嘏、四端还是当朝驸马。刘六符这次担任特使时，其本身的官职是汉人行宫副都署。[11]

我之所以说了这么多刘家的事，是因为后面还要说到他家的那个老三——驸马都尉刘三嘏——私奔的故事，索性先把家世背景一并交代清楚。

仁宗皇帝在大庆殿接见辽国特使，这是最高规格。

从宣德楼正门进入大内，最前面的建筑就是大庆殿，每年正月初一的大朝会和接见重要的外国使节都在这里。大庆殿格局

069

宏敞，外庑有走廊，廊道的东北斜对着秘书省的角门。除去举行重大的礼仪活动，大庆殿都是闲着的。夏季炎热的中午，在秘书省办公的学士们常常通过角门溜到大庆殿的廊道来纳凉。有一次仁宗恰巧经过，看到有人"袒腹东廊"，醉卧于殿陛之间，这就有点不像话了！随从侍卫大怒，"将呵遣之"。问其他的纳凉者，知此公乃石学士也。这个石学士就是秘阁校理石延年，字曼卿。其人好剧饮，且酒量奇大，又以诗歌豪于一时，有李太白之风。皇上也知道他诗酒风流且狂放不羁，就笑着制止了侍卫，自己悄悄地从酣睡的石学士身边绕过去了。[12]这是仁宗优容文士的一段佳话，可以想见，皇上那一天的心情应该不错，心情好，一切就很顺眼，也就可以表现得很大度。像现在面对着辽国的使者，他大抵是不会有那种好心情的。

刘六符这个人口才很好，不然也不会派他来当特使。关于收回关南十县的理由，他表达得振振有词而又咄咄逼人。你当然可以说他是诡辩，也当然可以说他是趁火打劫，但仅就表层逻辑而言，你却不能说人家一点道理也没有。关南地区是你们的先人割让给我们的，那是一笔交易，双方是签了条约的。如果你们认为不合理，那也只能怪自己的祖宗是败家子，反正那块地方从法理上讲已经属于我们了。后来周世宗却凭借武力抢了回去，这是什么道理？再后来，辽宋两国在谈判澶渊之盟时，我们也曾提出以归还关南十县为首要条件，你们没有同意。不同意的原因不是对主权存在争议，而是因为关南十县深入河北平原腹地，宋方从国家的军事安全出发不肯交还。我们皇帝不忍两国生灵受害，最后同意你们花钱租借了那块地方，每年三十万银绢。但租借就是租借，不影响该地的主权在我。现在我们皇帝"耻受金帛，坚欲十县"，以后那地方不租借给你们了，要收回。自己的地方自己收回，这是天经地义的事。你们如果不肯交还，那就只能兵戎相见了。

讲条约，讲道理，在雄辩滔滔和唾沫乱飞的背后，其实还是实力在讲话。刘六符在大庆殿讲这番话时，辽国在幽州一带已屯集重兵，作出随时可以挥师南下的姿态，这也是他扬言"兵戎相见"的底气。在涉及国家的核心利益时，没有人会相信最后完全可以拿条约或道理来解决问题。

宋王朝面临着空前未有的危机，如果契丹真的再次南侵，宋方的处境比澶渊之盟前更加恶劣。当刘六符在都亭驿优哉游哉地享受国宾待遇时，仁宗则连夜召集大臣商量对策。文德殿里摇曳的烛光，如同一个帝国的眼神，倦怠而恍惚。大臣们提出的对策当然有很多，例如加强京师防御以备契丹渡河，或者皇帝亲自率师北上，驻跸大名府作出进取的姿态。例如修西京洛阳以备急难，开封四平之地，不利防卫，洛阳周遭多山，又有函谷之险，一旦有事，可为战时陪都。例如迁都金陵以避兵锋，甚至还有人提出效仿唐玄宗在天宝年间的举措，圣驾远走成都。这些都是病急乱投医的意思，也都是立足于开战，做了最坏的打算。其实在战争之外，也还存在诸多可能，人家的"兵戎相见"也不过是扬言而已，他们也不一定就真的想打。因此，最靠谱的对策还是，对方既然以一介使臣来，摆出谈判的姿态，宋方亦当以一介使臣去,先谈起来再说。

宋朝派出的特使是宰相府秘书长(知制诰)富弼。

五

富弼是晏殊的女婿,介绍人则是范仲淹。

晏殊是有名的神童,少年得志,不久便位居中枢,范仲淹、韩琦、欧阳修等一时俊彦皆出其门下。一般来说,座主和门生应该是互为援手的利益共同体,其实也不尽然,晏殊就不喜欢欧阳修,两人之间的关系很淡,甚至时有龃龉。但他对范仲淹一直很推重,一次,他拜托范仲淹为他物色女婿。这种事,范仲淹不能不慎之又慎,过了一段时间,才向他推荐了两个人,一个是富弼,一个是张安道。晏殊问:"二人孰优?"范说:"富修谨,张疏俊,富君器业尤远大。"[13]也就是说,富弼会有更好的前程。晏殊就选择了富弼。其实,晏府千金的绣球之所以抛向富弼,恐怕还有一个原因,那就是富弼长得好,是美男子。女婿仪表堂堂,不光女儿满意,老丈人当然也很乐意,这是人之常情。富弼作为美男子的声誉,在京师一带已很风靡。当时有一个叫吴善长的人,倒也仪状恢伟,就是腹中空空没有文才。有轻薄子赠诗挖苦他:"文章却似呼延赞,风貌全同富相公。"[14]读过《杨家将演义》的人都知道这个呼延赞是宋初的开国大将,一介武夫,偏又好吟恶诗,故云。这样的打油诗说明,"富相公"的"风貌"当时已成了男子形象的一种标杆,被人们符号化甚至偶像化了。

晏殊不喜欢欧阳修,但富弼和欧阳修却是老朋友。富弼是洛阳人,当他还是"富秀才"时,欧阳修为西京留守推官,两人过从甚密。富家贫,最喜欢吃的也就是一盆冷淘(凉面)而已。欧阳夫人的奶妈善做冷淘,每当她一早吩咐厨房预备做冷淘时,则富弼必来。欧阳修觉得很奇怪,奶妈说:我年纪大了,觉头不好,有时夜里听到远处有甲马之声,富秀才明日必至,每次都能应验。欧阳修听了,知道富弼日后必大贵。[15]这当然是传说,但其前半部分应该不假,后半部分那些神神鬼鬼的说法固属无稽,但一个大半辈子当下人的奶妈,平日里善于察言观色见微知著也是常情,时间长了,掌握了"富秀才"每次来的规律,这也不难理解。这当然不是说,欧阳修因为预见到富弼日后大贵才和他交往,而是出于品格和趣味的互相欣赏。也就是说,他们是真朋友。朝廷遣使赴辽,起初被选中的几个人都因恐辽症推诿不行。其实这些人所担心的倒不是有生命危险,自古两国相争,不斩来使,何况现在两国还未处于战争状态,只是谈判而已。他们所担心的是鉴于宋方在谈判中的弱势地位,作为特使很难完成使命,回国后要被朝廷问责。在这种情况下,吕夷简推荐了富弼。欧阳修担心朋友的安危,引用唐朝颜真卿出使叛藩李希烈而被害的故事,"请留之,不报"[16]。这个"不报"应该是暂时不向辽方通报,以更换人选。富弼闻知,当即请求陛见,他对仁宗说:"主忧臣辱,我不敢贪生怕死。"仁宗很感动。富弼临危受命,慷慨北行。

后人一般认为，吕夷简因为和富弼有旧怨，推荐富弼是乘机报复，驱其于虎狼之境。这种说法很值得商榷。作为一个"善于谋身""动有操术"的老牌官僚，吕夷简个人的操守确实不无瑕疵，对有些人事的处理也确实不那么光明正大。但是用"光明正大"来要求一个政治人物肯定是过于理想化了，特别是在一个皇权专制动辄得咎的官场上。光明正大，很好！可是在大多数时候，这个词只能用于对奉承圣意的修饰，如果你"光明正大"地犯颜直谏，"光明正大"地为民请命，"光明正大"地报忧不报喜，惹得人主不高兴了，你等着，"光明正大"立马就变成了"阴谋诡计"，变成了什么"集团"什么"俱乐部"，你也就离倒霉不远了。因此，我们在评价历史人物时，不能以先入为主的善恶二元论把人物标签化。当此万方多难、国事蜩螗之际，吕夷简作为宰相，他所承受的压力应该是很大的，他还不至于一点大局观也没有，把个人恩怨置于国家利益之上，挟公事以泄私愤。他之所以推荐富弼，首先看中的还是对方的胆略和才能，相信其能不辱使命。特别是富弼的那种威武不能屈的原则性。关于这一点，去年就有一个现成的例子。大家都知道，仁宗在立后时曾醉心于姿色绝世的王氏女，结果被刘太后横刀夺爱，硬是把王姑娘改配给了自己的侄儿刘从德。但刘从德大概消受不起这份艳福，几年以后就死了，王氏女成了寡妇。这时候仁宗又旧情复萌，想封王氏女为"遂国夫人"。男人都是这德行，越是得不到的越是想得到，特别是有权势的男人。王氏若有了封号，以后就可以堂而皇之地以"命妇"的身份出入后宫。按照人事工作的程序，皇帝有什么任命，就在晚上写一张纸条——谓之"词头"——派贴身侍卫送给中书省（宰相府）值班的秘书长，让他连夜起草诏书。"词头"何以要晚上送呢？这是为了防止消息泄露。人事问题历来是最敏感的问题，敏感的结果是神秘、诡异、疑神疑鬼、过度解读。消息一旦泄露，难免节外生枝甚至闹得沸沸扬扬，还是神不知鬼不觉地暗箱操作的好。当晚中书省值班的是富弼，他当然看得懂皇帝的心思，"遂国夫人"一旦可以出入后宫，究竟"遂"了谁的心愿，那还用得着说吗？如果那样的话，则皇上很高兴，后果很严重。富弼这个人不简单，他的职务是知制诰，"知"是负责的意思，就如同知县、知府、知州的"知"一样。他的具体工作是"制诰"，也就是起草诏书。但今晚他拒绝"制诰"，把皇上的纸条原件退回。"外制缴词头，盖自此始。"[17]从此以后，对皇帝不合适的任命，外制是可以打回去的。这是北宋中期士风高涨的一个标志性事件，开风气者，富弼也。

吕夷简又一次选对了人——如果几年前把范仲淹推上西北前线算一次的话。

富弼使辽不是晏子使楚，晏子光有辩才，但形象猥琐，楚王看不起他，总想捉弄他。富弼则高大丰伟，玉树临风，辽兴宗一见就印象特好，恨不得自己多个女儿好招为驸马。富弼知道，谈判就是谈判，既不是来向人家乞求，也不是来和人家吵架。乞求和吵架都不能解决问题。这就不光要有胆略，还要会说话。他说得入情入理，辽兴宗听进去了。所以外交人员除去政治和业务素质而外,最好还是要颜值高一点。

富弼说:晋高祖割地契丹,周世宗复取关南,那些都是前朝旧事。如果大家都要恢复原来的疆域,追根究源你们也不一定占理。再说,当初澶渊之盟时,真宗皇帝如果听了下面将士的建议,你们就不会安然北返。现在你们要打仗,我们也有百万军队,真正打起来,你们就笃定能打得赢吗?

富弼说:下面的将士当然喜欢打仗,因为战事一开,所有抢劫掳掠的财富都被他们拿去了,你也只好任由他们去胡作非为。相反,两国通好,我们给的岁币都给了你皇上,对下面的人有什么好处呢?所以他们都怂恿你用兵,这是他们为自己着想啊。

《宋史》后来在记叙这一段情节时,竟然捕捉到了一个很形象的细节:"契丹主大悟,首肯者久之。"

其实辽国趁火打劫还是有底线的,他们只是想捞一把好处,并不真正准备用兵。宋方就船下篙,提出了两个方案:一个是和亲,一个是增币。以辽方的心理,和亲也是为了钱!想捞一笔丰厚的陪嫁。而宋方则希望以增币了结事端,因为和亲虽则既"和"且"亲",但总意味着些许屈辱。

富弼说:贵方要求皇储与本国公主结亲,但大宋皇帝的亲生女儿才四岁,所以要结亲肯定是郡主(宗室女)出嫁。本国惯例,长公主下嫁,陪嫁之资也不过十万缗。郡主的身份要低得多,陪嫁就更加等而下之了。

辽兴宗听了,觉得给儿子娶一个郡主,政治和经济上的价值都不大,而且还不知道这个郡主是不是真的——汉唐送出去和亲的那些女眷，没有一个真正的公主，有的连郡主都不是，干脆就在宫女里挑一个，例如那个后来名气很大的王昭君。

那就谈增币吧。

所谓增币，就是以澶渊之盟议定的每年三十万银绢为基础，再上浮若干。针对辽方唯利是图的心理，宋方又提出了两个方案：如果只是赎买关南之地，宋方每年给十万。但如果辽方能利用宗主国的身份向西夏施加压力，帮助宋朝解决西夏问题，则每年再加十万。辽方理所当然地选择了数额更高的方案。

双方谈到这个阶段，要叫一下暂停了，因为富弼要回国报告，听取最高指示。他来的时候是春天，京师的槐树和柳树刚刚绽开新绿。再回到开封，迎接他的则是满城喧嚣的蝉鸣和叫卖冰雪冷饮的吆喝。等朝廷作出决策，他带着国书和皇上的口谕再次北上时，已是七月，正值暑热最肆虐的季节。而且这次的路程更远，辽国实行两京制，每年夏季，辽国的君臣要到上京临潢府去避暑，从中京大定府向北，还要多走差不多十天。

刚上路就发生了一件事。

出京师酸枣门向北（京师的地图上从来找不到叫酸枣门的地方，出使辽国当经承泰门，因门外大路直通酸枣县，故俗称酸枣门），有一处叫乐寿的驿站。富弼是细心人，在乐寿驿站下榻后，他又把这次出使的所有细节认真梳理了一遍，突然觉得有点不踏实。他对陪同的副使说："我们代表国家出使，临行前听取了皇上的口谕，但没有看到国书。万一国书上写的和皇上口谕的精神有出入，那就要出大事了。"按理说，这种情况是不会发生的,富弼应该是多虑了。但为了保险,两人还是把国书启封看了。这一看就看出了问题,两者果然有口径不一致的地方。这下麻烦来了,他们到了辽国怎么和人家交涉呢?是照国书的精神说,还是按皇上的口谕说?好在离开京师才两天,第三天一早,富弼"即驰还都,以晡时入见"[18]。晡时即下午申时,夏季的这个时候还不很晚,宫门也没有关闭。入宫面君用不着费很多周折。

因起草国书的是中书省,仁宗又急召吕夷简和晏殊入宫。吕夷简看了国书,很从容地说:"是写错了,应当改正。"宰相就是宰相,真个是举重若轻,这么大的事,用一句"写错了"就轻飘飘地打发了。富弼却认定吕夷简故意使坏,是要置他于死地。他对仁宗说:"臣死不足惜,奈国事何?"晏殊既是执政班子成员,又是富弼的老丈人,只能在一旁打圆场,也轻描淡写地说:恐怕是真的写错了。富弼大怒,一点也不给老丈人面子,说晏殊和吕夷简联手欺骗皇上。其实揆情度理,倒不一定是吕夷简写错了,且不说他没有这么大的胆子,就是按常理,国书写好后肯定要给皇上审定的,如果写错了,皇上当时为什么不指出来?最大的可能是,仁宗求和心切,他后来的口谕一厢情愿地偏离了国书的精神。但这些皇上自己是不会承认的,吕夷简和晏殊这样的老官僚自然心知肚明,只能认领了事。而初涉政坛的"富相公"还缺少历练,不谙熟这些游戏规则。他只有血气方刚,疾恶如仇,甚至连自己的老丈人也"仇"进去了。在这种情况下,仁宗当然不会责怪任何一方,只是召值班的翰林学士王拱辰进宫修改国书。按惯例，学士草制完文件，即由内侍押回学士院，锁于院中，待第二天文件宣布后方才放出，这是为了保密而设置的锁院制度。但今天起草的不是人事任免，保密要求不高，王拱辰写完国书，即回学士院休息。富弼当夜亦同宿学士院，待六更过后——宋朝特有的规矩，不打五更，四更以后，即转六更——宫门一开，又带着国书重新上路。

上京的夏日凉爽宜人，宋辽两国重开谈判，起初的气氛相当轻松，辽方还安排了打猎这样有特色的娱兴活动。在出猎中，辽兴宗让富弼和自己并驾齐驱，说了很多亲热的话。增币二十万，双方也都认可，就等着签订誓书了。但这时辽方又横生枝节，原先宋朝每年给辽国的银绢三十万称之为"岁币"，这是个中性的说法，所体现的关系也是平等的，意思就是每年给你这么多钱，既不是居高临下的"赐"，也不是以小事大的"贡"。现在辽国每年多拿了二十万仍不满足，还要把说法改一下，称之为"献"或"纳"，这就尊卑分明，不平等了。"献"这个字的原始意思其实就是狗肉——祭祀用的狗肉，所以有一个"犬"的部首。不知后来怎么演变得非常庄严且堂皇，例如献礼、献身、奉献之类，反正都有恭敬虔诚的意思。至于"纳"，很自然地就会让人想到"纳贡""纳捐""纳粮"，都是弱者向强者的交付和呈送。对于这样带有耻辱性的不平等条约，富弼当然不可能签署，也当然要据理力争。他说：宋辽乃兄弟之国，宋帝为兄，辽帝为弟，这是当年在澶渊之盟中约定的。兄弟之间，哪有以兄献弟的道理呢？辽兴宗既无法压服也无法说服富弼，就派刘六符和他一起到开封去。用意很明显：你不好说话，那就不和你谈，直接找你们好说话的皇帝去谈。

辽国人的估计大致不差，大宋的皇帝果然好说话。

这个"献"或"纳"意味着什么，仁宗应该比谁都清楚，因为"朕即国家"，国家的尊严就是他官家的尊严，但他扛不住辽使的几句连吓带骗的大话。这个刘六符实在恶劣透顶——其实还真不能这样说，他虽是汉人，但你不能说他是汉奸，他现在是辽国的官员。两国相争，各为其主，他当然要为自己的国家争取利益的最大化——他连起码的外交礼仪都不顾，竟然在大庆殿的朝堂上肆无忌惮地发飙："本朝兵强马壮，天下所共知，人人都想对宋用兵。你们想想清楚，如果任由他们俘虏缴获以满足求财之心，比起'献'和'纳'这两个字，哪一种更划算。只顾念小的节操，不顾及大患将临，等着吧，到时候你们连后悔也来不及。"[19]

仁宗被刘六符的这一通大话给镇住了，他只得把尊严放到一边，也把富弼事先的忠告放到一边，同意用"岁纳"的表述。也许在他看来，"献"肯定不行，但这个"纳"还是可以接受的。因为咬文嚼字，"纳"的含义很丰富，既有以小事大的"纳贡"，也有平等的"纳币"——指结婚前男方给女方的彩礼，甚至偶尔还有颇为强势的雄起，例如"纳妾"。那么就"岁纳"吧，只要不打仗就好。

这样的结果，皇上不仅对不起自己，也对不起富弼。富弼两次使辽，一次女儿死亡，一次儿子出生，他都毅然不顾，慨然登程。在宋王朝左右支绌的情势下，他有理有节，不辱使命，展现了大义凛然的风骨和卓越的外交才能,亦赢得了朝野上下的赞誉。但客观地说,面对辽国的无理取闹,最后以"岁纳"的名义增币二十万,也不能说是一次外交胜利。对此,他自己也有清醒的认识。使辽以后,仁宗进富弼为枢密直学士,富坚辞不就,他说:

> 增岁币非臣本志,特以方讨元昊,未暇与角,故不敢以死争。其敢受乎。[20]

他不认为自己有什么功劳,增币是耻辱的事,按他的本意,是要以死相争的,但由于国家和西夏还处于战争状态,没有力量再与辽国发生冲突,只能这样了。他这样说不是矫情,而是无奈。外交毕竟是综合国力的较量,与之相比,个人能力的周旋余地是有限的。

庆历二年九月,新誓书正式签署。大笔一挥,二十万出去了。仅就国家财政的账面而言,这似乎不算什么大数字,当时全国岁入在六千万左右,二十万只占百分之零点几。但如果再看看另一本账,心里就拔凉拔凉的了。全国八十万禁军(野战军)、四十万厢军(地方部队),总开支达到五千万以上。这还只是静态的养兵费用。禁军每三年一次换防,开销又较日常翻倍。一旦进入战争状态,那更是钱花得像流水似的。宋夏战争开始前,陕西、河东每年军费支出为两千四百万。战争期间,增至四千七百万,这还仅仅是两个军区。在国家财政的总盘子中,至少六分之五用于养兵，仅剩不到六分之一用于维护政权运作。这几年，实际上已经入不敷出了。在这种情况下，再增加二十万对辽的"岁纳"，雪上加霜啊！

一过九月，京师就有些萧瑟的况味了。今年的秋凉又似乎来得更早些，达官贵人的鞍鞯已经换上狻座了吧？

注释

〔1〕（唐）王维《使至塞上》："单车欲问边，属国过居延。征蓬出汉塞，归雁入胡天。大漠孤烟直，长河落日圆。萧关逢候骑，都护在燕然。"

〔2〕（元）脱脱等《宋史》卷二百九十五。

〔3〕（元）吴澄《月令七十二候集解》。

〔4〕《宋史》卷四百四十二。

〔5〕（宋）李焘《续资治通鉴长编》卷一百二十二。

〔6〕（宋）释惠洪《冷斋夜话》卷二。

〔7〕（宋）周煇《清波杂志》卷第二。

〔8〕（宋）孔平仲《谈苑》卷一。

〔9〕演员宋丹丹语。

〔10〕（唐）罗隐《筹笔驿》。

〔11〕（元）脱脱等《辽史·刘六符传》。

〔12〕（宋）蔡絛《铁围山丛谈》。

〔13〕（清）潘永因《宋稗类钞》卷十。

〔14〕（宋）江少虞《事实类苑》卷第六十三。

〔15〕（宋）王铚《默记》。

〔16〕〔18〕〔20〕《宋史》卷三百一十三。

〔17〕（宋）王明清《挥麈后录》卷之二。

〔19〕《辽史·刘六符传》。

第四章　吹皱一池春水

一

三月的京师已是春意盎然，大内因为花木繁茂，季节又要来得更早些。大殿周遭的那些百年老槐萧索了一个冬天，现在又神情抖擞，恢复了不可一世的威严。柳树的枝条焕发了绿意，也焕发了妙曼妖娆的风情。至于杏花，早已在庭院的一角开得云霞一般灿烂。杏花比桃花李花都要开得早些，所以文人笔下常常有"性急的杏花"这样的表述，才子们之所以写出"一枝红杏出墙来"或"红杏枝头春意闹"之类的名句，也大抵是因为它开得早，招摇，更容易被注意。其实杏花不光性急，还有一种讲究：老树比新树先开花，城里的比乡下的先开花。在这个处处讲究等级讲究资格的京师和皇宫里，它算是最懂得论资排辈讲规矩的了。

往年的春秋季节，皇上都要在宫里召集群臣赏花钓鱼、饮酒赋诗，这是君臣同乐的意思。对于士大夫们来说，赏花、钓鱼、喝酒、赋诗，这几桩无论是玩单项还是玩全能，都是很寻常的消遣。但再寻常的事，一旦到了宫里，到了皇帝面前，就变得步步惊心不同寻常了。良辰美景三月天，赏心乐事皇家院，可不要小看了这场带有作秀性质的诗酒游戏，有的臣子应制诗写得好，马屁拍得有技术含量，皇上高兴了，就为日后的升迁埋下了伏笔。宫内排宴，连天上的老鹰也要来凑热闹，也许它们认为，你们这些酸文人动不动就"鸢飞鱼跃"，今天鱼跃御池（钓鱼嘛），我等岂能不来助兴？它们"千百为群，翔舞庭中"，老鹰本来胆子就大，皇宫里的老鹰又更加有恃无恐。菜上来了，皇帝和大臣还没有动筷子，它们就先下啄了。老鹰不讲规矩，王法也奈何它不得。后来好歹想了个办法，每次排宴之前，就在邻近的大殿摆上肉食，把它们引开。[1] 老鹰的这种待遇，甚至超过了好些功勋卓绝的老臣。宋朝自开国以来，朝廷重文轻武，后宫的这种宴会武人是没有资格参加的。当然有时也有特殊情况。当年宋军平定南唐时，曹翰是先锋，有大功。但他后来一直只担任武职的闲散官，在宫里站岗巡逻而已。秋日的一天，太宗内宴赋诗，曹翰当然无缘与会，看到老鹰都在邻近的大殿欢天喜地地吃肉，自己却踯躅宫门，落落寡欢，他心有不甘哪！鸟犹如此，人何以堪？他鼓起勇气向太宗毛遂自荐，说自己从小就学诗，也想参加诗宴。太宗笑而许之，对他说："你是武人，宜以刀为韵。"曹翰果然能诗，援笔立进，诗曰：

三十年前蕴六韬,英名常得预时髦。
曾因国难披金甲,不为家贫卖宝刀。
臂健尚嫌弓力软,眼明犹识阵云高。
庭前昨夜秋风起,羞睹盘花旧战袍。

诗确实是有底子的,英武豪迈中的几许失落感,或者说那种英武的无奈,豪迈的沮丧,令人怦然心动。但我觉得最有意思的还是其中用了"时髦"这个词,我以前一直以为这种很"时髦"的词,是欧风东渐以后才出现的。现在一查典源,不对了,原来在《后汉书》里就有了这个"时髦"。"髦"者,毛中长毫也,"时髦"即一时俊杰。只是到了近代,才演变为新颖趋时,由名词变成了形容词。这样看来,曹翰在诗中倒是用得恰当的,"英名常得预时髦",不是说我年轻的时候喜欢追求时尚,而是说,我当时也是很杰出的人才。怪不得太宗"览之恻然",此后便将他"骤迁数级"。[2]

但自从元昊反叛以后,仁宗就停止了赏花钓鱼的内宴。国家多事,内外交困,哪里还有心思君臣同乐呢?宫内不摆宴了,林子里的老鹰也没有肉吃。乡言俚语曰:关你鸟事?这下还真的有关"鸟"事。一损俱损,大家都歇菜。大内风景依然,莺飞草长,杂花生树,御池水暖,鱼跃清波。皇上徜徉其间,或许会想到当年曹翰的那首应制诗:"臂健尚嫌弓力软,眼明犹识阵云高。"国难思良将,人才难得啊!

今年又是大比之年,殿试是皇帝亲自选拔人才的机会,八方士子也都跃跃欲试。但能不能选到真正的人才,还两说。所谓"两说",其一是这些应试士子中有没有真正的人才,不好说;其二是人主能不能独具慧眼,把真正有才能的人选出来,不好说。晏殊有两个女婿,小女婿是我们已经知道的富弼,大女婿是杨察。杨察的弟弟杨寊也参加了今年的考试,该生少有文名,而且相当自负,他认为今年的状元非他莫属。唱名之前,他通过哥哥向晏殊打探风声,晏殊透露其中了一甲第四名。这应该是个很不错的名次,但状元是没有指望了。杨寊当时正和友人在酒肆里喝酒,大概一边又把"非我莫属"的牛皮吹得"哄哄"的。听了这个消息,大为失望,以手拍案而骂道:"不知哪个卫子夺走了状元?"这在当时是句大白话,但现在的人不一定懂,关键在于"卫子"是什么意思。这个"卫子"的意思,说出来我也有点不好意思。卫,驴的别称。"卫子"就是"驴日的"。杨寊大概喝高了,再加上气愤,以至骂出了这样的脏话。但到了皇上亲临崇政殿唱名传胪时,情况却发生了变化。原先定为第一名的卷子进呈御览,皇上看到赋中有一句"孺子其朋",就不高兴了,认为"此语忌,不可以魁天下"。我不知道这句话哪里犯忌了,由于找不到该赋的全文,我不可能联系上下文作出推断。仅从字面上讲,"孺子其朋"无非是小孩子喜欢成群结伙或成群的小孩子之类的意思,这些都不应该犯什么忌。想来想去,最后认定犯忌的有可能是"孺子"的另一种极冷僻的解释,古代把太子的妾称为"孺子",按照这个思路,"孺子其朋"就是太子的一群小老婆。一篇科举考试中的小赋,显然不可能取这方面的意思。但问题是,既然"孺子"有这样一种解释,那么事实上它就成了一个有可能指涉宫闱的敏感词。触及了敏感词就是犯忌,这是没有话说的。所谓敏感词,不是这个词本身有什么问题,而是有可能让人们产生不好的联想。例如有一年朝廷钦点柳永进献新词《醉蓬莱》,柳永很想利用这次难得的机会博取一官半职,自然使出浑身解数,极尽歌功颂德之能事。谁知新词进呈上去,仁宗刚看了起首两句就大为不快。那两句是:"渐亭皋叶下,陇首云飞,素秋新霁。"这是化用梁人柳恽的名句"亭皋木叶下,陇首秋云飞",由一个"渐"字带入,本来是神来之笔。"渐"在这里无论是作"逐渐"还是"开始"讲,都很好,素面素心,从容不迫。但在皇帝眼里,"渐"偏偏是一个敏感词,因为皇帝不是人,他病重不叫病重,叫"大渐"。这下柳七还能有什么好果子吃?

这张卷子的主人姓王名安石,字介甫,江西临川人。也就是说,这个叫王安石的江西考生本来应该是庆历三年的状元,但因为一句话犯忌,煮熟的鸭子飞了。

第一名不行,那么就该把第二名的卷子进呈。但第二名王珪是在职官员,按照惯例,状元不点参加考试的在职官员。再看第三名韩绛,也是在职官员。这下机会轮到第四名头上。第四名不用介绍了,晏殊透露的消息绝对准确,就是杨察的弟弟杨寘——这个杨寘真是烧了八辈子的狗屎香,他的卷呈上去,皇帝朱笔一点,一甲第一名,状元。杨寘万万没有想到,他愤愤不平的一句"驴日的",最后竟咒在自己头上。但中了状元,不要说"驴日的",就是"乌龟王八日的",又何妨?

原先的第一名降为第四名。但王安石这个人很大气,终其一生,从来不曾说过自己"本来该是状元"或"几乎中了状元"之类的话,他不在乎这些。[3]他在乎的是真才实学,在乎怎样为国家做几桩惊世骇俗的大事。事实证明,庆历三年殿试的榜单上,真正给历史留下痕迹的名字,只有这个从第一名降为第四名的王安石。试问,有多少人知道那年科场夺魁,且被自己用"驴日的"诅咒过的状元杨寘呢?至于榜眼王珪,虽然后来也当过宰相,但后人提起他,很多时候都是因为他的一个孙女婿,因为该孙女婿名气太大了——此人姓秦名桧,字会之。

今年是仁宗亲政的第十个年头,皇上有时会忽发奇想,父亲真宗在登基的第十个年头是不是也像自己这样焦头烂额呢?答案是否定的。当年真宗皇帝刚刚和辽国签订了澶渊之盟,每年扔出去三十万银绢,返回京师后心情大好,写了一首《回銮诗》让大臣们依韵作和,最后又出了一本诗集。那当然是飞珠溅玉,满目光华,平仄抑扬中全是圣明天子的颂歌和对太平盛世的展望。现在的皇上就没有这样的好心情了。和辽国的和约每年又扔出去二十万银绢不说,偏偏这几年天灾就像顽劣的孩童一般,总是结着伴儿来(此处似可用"孺子其朋")。从庆历元年开始,各地旱灾络绎不绝,每年都要大张旗鼓地祈雨。外地的旱灾,是朝廷派特使下去祈雨,顺便还要巡视历年判决的案件,看有没有冤情,因为天灾往往是民间冤情郁结而天象示警。今年初夏,京师四近大旱,皇上亲自去南郊祈雨。一应繁文缛节过后,大驾还宫,沿途照例还有几出预设的情景剧。例如车驾至朱雀门外,忽有绿衣人仆倒御道,蹒跚潦倒如醉状。这时候皇上的乘舆要稍稍停一下,让醉汉起身离去。此谓之"天子避酒客"。到朱雀门时,却大门紧闭,门内有人问道:"南来者何人?"门外朗声答道:"是赵家第四朝天子。"又问:"是也不是?"应曰:"是。"于是大门开启,乘舆乃进。此谓之"勘箭"[4]。这种煞有介事的表演,虽几同儿戏,却主题鲜明,是关于天子爱庶民和皇权合法性的宣示。但仁宗回到宫中不久,便接到几处地震的奏报,特别是忻州地震,西北有声如雷,灾情尤重。有臣子进言曰:"地道贵静,近几年东震西震,这是兵兴民劳的征兆啊。"[5]你看,又是"兵兴民劳",真是哪壶不开提哪壶。

宰相吕夷简似乎扛不住了,上书请求退休。此公曾三度入相,宦海沉浮三十多年,朝野对他毁誉纷纭。但仁宗知道,至少在刘太后听政时期,他悉心调停两宫关系,对稳定政局以及后来权力的平稳过渡居功至伟。一个人当国日久,难免贪恋权位。你看这个"恋"字怎么写的,"变"的上半身加"态"的下半身,整个一个"变态"的合体。所谓变态,也就是不择手段。吕夷简贪恋权力且不择手段,树敌自然不少。但他经历的大事多,政治经验丰富,处理问题的那种沉着老到几乎无人能及。《宋史》在对他的评价中以动词为主,谓之"屈伸舒卷,动有操术",很传神。有一次仁宗不豫(皇帝病危的代名词),在稍微清醒的时候想见宰执大臣。奉召的人都以最快的速度入宫面君,只有吕夷简一路上不慌不忙,按辔徐行。途中不断有宫里的使者来催促,他反倒"按辔益缓"。到了宫里,其他的宰执大臣早就在了,皇帝等了他老半天,很不高兴,问他何以这么慢。吕夷简仍旧不慌不忙,他说:陛下龙体欠安,很久不视朝了,本来外面就有很多猜测。我作为宰相,如果大白天在京师的通衢大街上驰马入宫,会引起外面的恐慌。仁宗听了,咨叹久之,其他那些先到的大臣也都面有愧色。宰相不仅肚里能撑船,而且心机细密如此,佩服!

这是谋政,再看谋身。仁宗喜欢吃糟制的淮河白鱼,在一般人看来,对于他这种"放个屁都油裤裆"的主儿来说,想吃什么还不是小事一桩?但事情并不如此简单,宋朝的制度,宫里不能随便要地方进贡土特产,因此尽管上有所好,也不容易吃到。有一次吕夷简的夫人入宫觐见皇后,无意间说到吕的老家在淮南寿州,皇后便多了个心眼,故意提起皇上喜欢吃淮河白鱼的事。她估计宰相既然是淮南人,地方上会有人孝敬的。皇后估计得不错,那种味道怪怪的用酒糟腌制的白鱼,宰相家里不仅有,也不仅长年有,而且还大大的有。吕夫人回家后,就兴高采烈地张罗开了,她准备挑好的送十夋进宫。丈夫见了,问明缘故,说送两夋就可以了。夫人就奇怪了:送给皇上吃的,还用得着吝惜吗?吕夷简怅然曰:"玉食所无之物,人臣之家安得有十夋也?"[6]从这个"怅然"中,我们可以窥见当朝宰相那种如履薄冰的谨饬。伴君如伴虎,这道理人人都懂,但真正要在一点一滴的细节拿捏中体现得恰到好处,却不是人人都做得到的。吕夷简很清醒,他不但不像夫人那样以为逮住了一次讨好皇上的机会而兴高采烈受宠若惊,反倒有几分"怅然"。一个人,在"受宠"时有一点"怅然",很好。"怅"者,不满足也,担忧也。他应该"怅然"。

吕夷简的主动请辞，其实在仁宗的意料之中。或者说，是仁宗一系列运作的水到渠成。只是吕夷简太聪明了，皇上想到哪儿，他就配合到哪儿，真不愧是股肱之臣——股肱本来就是大腿和胳膊嘛——让皇上的意图在实施中得心应手，波澜不惊。

仁宗是一位勤政的君王，即使用"殚精竭虑"来形容也不为过分。这几年闹心的事一桩接着一桩地列队而来，如同大朝会时等候皇上检阅的仪仗。在这种情况下，御膳房把糟白鱼烧得再好，他也是吃不出味道的。他急于要有所振作，但这么多年的问题积重难返，非得有大的举措和气魄不可，而这些依仗吕夷简是不现实的。吕夷简的政治经验固然丰富，但政治经验有如一张陈年支票，只有在现实的治国理政中兑现了才有价值，否则一文不值。形容他这种人，有一个词叫"长袖善舞"。"长袖"固然很好，但如果舞者失去了表演的兴趣和生命热情，那么"长袖"有什么用呢？它只会成为某种可资炫耀的身份标志，甚至成为碍手碍脚的负担。近些年来，在吕夷简那里，政治经验更多地成了圆滑世故、因循苟且的同义词。在和西夏的战争中，仁宗几乎没有看到他有什么胜算。而且他当政这么多年，树敌甚众，做每一件事都要牵动荷花带动藕，反而放不开手脚。他毕竟老了，暮气日重，人的器局也越来越小，是应该换人了。但在换人之前，皇上要表现出对这位功勋老臣的格外关顾与尊重，尽可能地将卸磨杀驴演绎出几许温情脉脉的依恋。

正这样想着，机会就来了。

去年年底，吕夷简感染风眩，不能上朝。现在看来，这大抵是吕夷简对皇上的一种试探。皇上很快作出反应："诏拜司空，平章军国重事。疾稍间，命数日一至中书，裁决可否。"[7]司空和平章军国重事都是用于安置元老重臣的荣誉性虚衔，虽位列宰相之上，却并无实权。关键在于"疾稍间"后面的意思。"间"是远的意思，引申为疾病稍愈。也就是说，即使病好了，也不用正常上班了。实际上宣布宰相已退居二线。所谓"裁决可否"只是一句客气话。你已经退居二线了，还好意思去指手画脚吗？

但仁宗毕竟是"仁宗"，与此同时，他又派内侍送去御府的万金药。皇上给大臣送药治病也是比较常见的事，但绝对不常见，甚至可以说空前的是，皇上竟然剪了几根自己的胡须附上，作为药引。手诏云：古人有言，髭可以疗疾，今剪以赐卿，表予意也。[8]这就太隆重了，皇恩也太"浩荡"了。怪不得宋人笔记在记载这类事时，要一唱三叹："呜呼！仁矣哉！……呜呼！仁矣哉！……"

对于皇上这样"仁矣哉"的表演，吕夷简照例要上一道谢表。遗憾的是我们现在无法看到这篇表章，亦无缘欣赏那些用典雅华丽的文辞所表达的感激涕零。但写过了谢表，吕夷简恐怕还要面临一个难题，即如何处置皇上的几根胡须。此虽纤毫微物，但出自圣体，总不能真的用来做药引子熬汤，然后和药渣一起倒掉吧？但不熬汤不倒掉又咋办？要不要放在神龛里供起来，每天朝拜如仪？恐怕都不合适。

开春以后，皇上又在延和殿召见吕夷简，并待之以超规格的礼遇。先是进宫门而不用下马，一骑招摇，在大内的楼台殿阁间款款而行，一直骑到延和殿的丹墀下。要进入大殿了，就这么几步路，却不让他自己走，命内侍用一种类似于轮椅的"兀子舆"抬进去。进了大殿面君，又命内侍挟持着他不让行跪拜之礼。在这一系列看似尊敬的礼遇背后，其实有着多么丰富的戏剧性，把身体并无大碍的吕夷简完全当作一个老迈无用的傀儡来恣意摆布，这太残酷了。想必被摆布的吕夷简也会很不舒服，心头别有一番滋味。他知道，自己的宰相当到头了，该见好就收了。吕某一生贪恋权位，但到了最后，还算知趣。

吕夷简退休后，仁宗调整了执政班子，章得象和晏殊由枢密院调中书省，同为宰相，枢密使由杜衍担任。这中间，章得象和杜衍已年过六旬，晏殊五十多岁，都是持重而守成的老官僚。仁宗的用意是，这几个人其实相当于"影子内阁"，用这几个虽不会有多大作为却颇具兼容性的老臣主政，可以为即将进入二府的新锐人物提供最大的施展空间。在他的心目中，被寄予厚望的新锐人物是：范仲淹、韩琦和富弼。

差不多就在吕夷简退休的同时，仁宗分别派遣内侍到西北前线，对范仲淹和韩琦宣读皇帝诏谕，大意是：不久就要将你们调回中央，进入二府。已经诏令中书省记录此事（意思是这项任命已进入相关程序）。

最后还有两句与圣旨惯用的语调不很吻合却又颇具意味的悄悄话：这事出自我的主意，不是下面臣僚的推荐。

做皇帝的，也用得着向下面的臣子卖好吗？

二

这中间还有一段插曲，杜衍入主枢密院之前，仁宗原先任命的是夏竦，结果引起了一场不小的风波。

这个夏竦，就是几年前被西夏人讥讽为"夏竦何曾竦"的宋军西线主帅。他是烈士子弟，其父阵亡于雍熙年间的抗辽之役。父亲是武人，儿子却很早就有文名。他曾师从名士姚铉，刚入门的时候，老师要他作一篇《水赋》，而且要写一万字，这是想考考他的写作能力。"赋"这种东西，无非铺排堆砌，所谓写作能力，说穿了就是想象力和语言表达能力，看你有没有东西往下铺，往上堆。夏竦绞尽脑汁，只写了三千字。也难怪，就"水"写"水"，翻来覆去能有多少东西可写？能写出三千字已经很不错了。老师开导他说："何不于水之前后左右广言之。"夏竦得到启发，是啊，"水之前后左右"，可写的东西太多了，举凡江河湖海、雨雪冰霜、芦叶沙渚、柳絮荷塘、日月星辰、云影天光、游鱼飞鸟、舟楫桥梁，不都是"前后左右"吗？思路一开，夏竦当即"广"成六千字。老师说："可学矣。"[9]也就是说，这个学生头脑子蛮灵光，一点就通，孺子可教也。老实说，姚老师的这句话，不仅启发了夏竦，也让已入暮年的笔者茅塞顿开。我大半辈子卖文为生，现在想起来，往往思路打不开的时候，其实用的就是这个"前后左右广言之"。只是我生性愚钝，没有能像姚老师那样上升到理性的高度一剑封喉。现在，我要把这句金玉良言隆重推荐给当下的莘莘学子:这是作文最初始的窍门,也是最常用的技法,百试而不爽,切记切记!夏竦天资聪明,又很早得到姚铉这样的名师指点,他很幸运。

因父亲殁于王事,夏竦成年后被授予三班差遣,这种没有品级的武职只是混碗饭吃,谈不上有多大前途。他当然不甘心,就自导自演,在宰相李沆退朝的路上献诗于马前,由是得到赏识,被推荐给真宗,当然又提及该同志的身份光环。遂改授文资,从县一级的九品主簿做起,在下面滚了几遭就进入了中央机关。烈士子弟是一种优质血统,比别人表现的余地更大,机会也更多。例如有一次朝廷派他出使辽国,他坚辞不就,并趁机秀了一把自己的身份优势。在给朝廷的表章中,他写出了这样落地铿锵的话:"义不戴天,难下穹庐之拜;礼当枕块,忍闻夷乐之声。"[10]前一句不难懂,后一句中的"枕块"说的是因父母之丧而哀痛。"礼当枕块,忍闻夷乐之声",这是一个反问句,意思是我时刻牢记着丧父之痛,怎能在仇人的音乐中谨守外交礼仪呢?这种话,别人说就是矫情,但出自夏竦之口就义正词严,因为辽国于他有不共戴天的杀父之仇,这是他心头永远的痛,也是可以堂而皇之地拿出来显摆的。仔细体味,这话看似沉痛激愤,其实隐伏着一种半推半就的自得。或者干脆说,他因自己的政治优势而扬扬自得。真宗朝后期,夏竦进入馆阁,担任文学侍从。馆阁乃储才之地,此中勾当(宋代的"勾当"不含贬义),除去舞文弄墨的才华而外,最重要的是要有心计,识得眉眼高低,善于奉承圣意。这年头,谁也不比谁傻,况且能够进入这里的都是人尖子,关键在于要从细枝末节处做起,不放过任何一次稍纵即逝的机会,方能左右逢源进而呼风唤雨。一个初秋的傍晚,皇帝在后苑宴饮,酒喝得高兴了,派内侍到集贤院来叫学士填词。夏竦多了个心眼,偷偷问内侍:"皇上此刻在哪儿?做什么?"内侍告诉他:"在拱宸殿按舞。"夏竦心中有数了,当即填《喜迁莺》一阕,紧扣节令、时辰、地点、事件几要素落笔,显得华彩而不空泛,既富于场面感,又典雅端庄、舒卷自如。因为他知道"皇上此刻在哪儿,做什么"。其结尾写道:"三千珠翠拥宸游,水殿按梁州。"[11]很切合特定的情境。拍马屁也要拍得接地气,不要总是假大空。当然,接地气的马屁归根结底也是假大空,但人主还是喜欢接地气的马屁而不欣赏假大空的马屁,原因很简单,后者因为缺少了那份难能可贵的"气"而变成了名副其实的空屁。聪明人夏竦用一次小聪明,赢得了皇上的好感。

夏竦确实聪明。但聪明人因其器局的大小,有的走向智慧,有的走向狡诈。夏竦不幸属于后一种人。随着他在官场上渐至显赫,同僚对他的评价也渐趋统一,那就是:奸诈、险恶。人的某种秉性,很难说就一定是缺点,关键在于放在什么场合。就正如一则民间笑话所说的,有些售货员吝啬笑容,但放在适当的岗位,他们都是很好的售货员——如果让他们去卖棺材的话。仁宗大概觉得,对于夏竦来说,西线主帅就是那个"卖棺材"的岗位。自古兵不厌诈,玩的就是个心计。所谓用兵如神,其实就是奸诈与险恶在战场上的玩法。那么就让他去玩吧。但后来的事实证明,夏竦的这种特长,只会用于官场,偏偏不会用于战场。

战场上的夏竦，僵硬、畏怯，依违顾避，一点心计也玩不出来。这或许可以证明，小聪明只能用于窝里斗，若用于对付武装到牙齿的敌人，小样的，还是省省吧。"夏竦何曾耸"，这个"耸"既有高大的意思，也有引人注意的意思。但无论作何解释，作为宋军西线主帅的夏竦都沾不上边。不要说"蕞尔小夷"没有文化，人家就这一句，该服了吧？

夏竦从西北前线回京后，被出判河中府，后又改判蔡州。不要以为这个"判"是什么处分，或者是去当副手（通判）。相反，这是一个敬辞，宋代凡是担任过宰执大臣而出知州府，都称为"判"，以示位尊权重。蔡州是淮西重镇，也是中国军事史上的著名战役——李愬雪夜入蔡州——发生的地方。而且离京师也不很远，上层的风吹草动，很快就会传到这里。夏竦在这里一边搞点装点门面的政绩工程，一边养精蓄锐，窥视着京师的官场。他相信，只要耐住性子，东山再起是迟早的事。

庆历三年春天仁宗调整执政班子时，临近退休的吕夷简推荐夏竦担任枢密使（国防部长）。这是吕夷简留下的最后一笔政治遗产。鉴于吕夷简对夏竦其人并无好感，这笔遗产有点诡异，但仁宗还是认可了他的推荐。任命的一应程序已经走过了：头一天晚上皇帝出词头，让值班的翰林学士锁院起草诏书，第二天经宰相签署后在文德殿宣麻——因任命宰执大臣的诏书是写在白麻纸上的，宣读诏书称之为"宣麻"。然后是驿使带着邸报在驿道上扬鞭疾驰，分送各地。也就是说，这项任命，不仅已经生效，而且已经公告四方。夏竦当然也已接到通知，从蔡州赶回京师,等待皇帝召见。这一点和现在的做法差不多,新任命的官员,领导要谈一次话,然后就可以走马上任了。

这天一早,夏竦就来到宫门外,等候宣召进宫。而就在这时候,宫内却众声喧哗,闹成了一锅粥,一场针对夏竦的声讨会正高潮迭起。御史中丞王拱辰率领包括欧阳修和余靖在内的众多台谏官员纷纷质疑皇上的决定,要求皇上追回诏书。大家反对夏竦升任枢密使的理由主要有三条。第一,夏竦在西线畏懦苟且,无所作为,而且"为贼轻侮",连西夏人都看不起他。其间甚至还爆出了这样的丑闻:有一次巡边时,大帅竟然把侍寝的小妾藏在军帐里,如此不合时宜的风流,让戍边将士很不满,差点引起骚乱。这种没有政绩只有丑闻的官员,怎么能重用?第二,夏竦这个人一贯"奸邪险陂"——看看这几个字,没有一个平头整脸的,任何人只要沾上了其中的一个,就"丑"而"化"之不得翻身了,何况是一串。他从前线回来后,几次上表说自己有病,需要休息。可这次一听说要召用,立马就没病了,"兼驿而驰",精神好得很。[12]这种奸诈投机之徒,怎么能重用?第三,吕夷简在位的时候,由于知道夏竦为人阴损歹毒,不好共事,一直排斥他。现在吕退休了,"乃荐之以释宿憾",送一份顺水人情,免得留下个冤家自己不得清静。这种出于私心不负责任推荐的人,怎么能重用?这些台谏官员就像人来疯似的,一个个都摆出一副得理不让人的架势——尽管他们面对的这个"人"是万人之上的人主。

我总觉得这是一幕很适合用戏剧来表现的情节,以宫城森严的殿宇为背景的舞台设两个表演区,随着局部的灯光明灭,场景互相切换。这边是夏竦徘徊宫门,低吟浅唱。他当然有满腔的爱恨情仇和跃跃欲试,深沉稳重的二黄原板,尽显其城府与心机。俗话说,穷人发财如受罪,小人得志亦大致如是,他甚至想到了怎样打发向他索要红包的内侍,这笔钱无论如何是省不得的。但随着时间的延宕,他已经预感到有些不妙了,凭借这么多年的政治经验,他估计肯定是那些狗日的台谏官员在和他过不去。不过这时候骂娘也没用,只能是别人拉屎你攥拳头——使不上劲。这当儿应该是紧拉慢唱吧,反正是内心节奏很紧张,而表面上波澜不惊的样子。切换到另一表演区,宫里的声讨会仍在继续,但仁宗并不想收回成命,他觉得诏书已经发出去了,再追回很不严肃。如果任命不合适,需要调整,那也是以后的事。大臣们鸡嘴说到鸭嘴,唇焦口燥。皇上也听得头昏脑涨,他累了,起身要退朝了。他并不曾拂袖而去——不是不想,而是不能,因为这时候王拱辰竟然上前拽着他的衣袖,一定要他留下个说法。这就罔顾君臣之礼,太放肆了。仁宗倒也不生气,他知道自己如果不妥协,今天这场戏是收不了场的。当年有个大臣得罪了太祖,被太祖盛怒之下用柱斧撞落了两颗门牙。该大臣却并不惊惶,他慢慢捡起门牙放进怀里。太祖说:"你藏起牙齿,还准备告我吗?"答道:"我当然不能告陛下,但这事自有青史记载。"太祖听了,只得转怒为喜,赏赐他金帛。这个"青史"厉害啊!在它面前,即使贵为天子,也不能由着性子来。因为它代表着时间,在时间面前,任何权力都是不值得夸耀的。仁宗终于发话了,他传令夏竦不要在宫门外等了,回蔡州去。已经发出去的任命宣布作废。回到后宫,他又叫内侍把台谏官的奏章封好,用快马送给夏竦看,表示他也没有办法。

夏竦这次算是面子丢光了,在宫门外等了半天,最后还是灰溜溜地被打发回去。到手的枢密使被搅黄了不说,还把自己那么多的隐私都扒了出来。这样的奇耻大辱,怎能不铭心刻骨?男儿有泪不轻弹,只因未到丢官时,回到蔡州大哭一场吧,让自己的泪水由五湖变成四海,然后,咬、牙、切、齿……

在仁宗的一再催促下,四月,范仲淹和韩琦到中央报到,出任枢密副使。不久,范仲淹又调任参知政事,富弼任枢密副使。富弼使辽之后,朝廷曾两次提拔他进入枢密院任职,但因为岳父晏殊为枢密使,都被他以避亲为由而拒绝。现在晏殊虽已调任宰相,但富弼担任枢密副使后,则翁婿同在两府。仁宗为了防止富弼再次避亲,特地在宣旨时强调"此朝廷特用",不得拒绝云云,这种措辞在任命书中是很罕见的。富弼只得接受新职。再加上欧阳修、蔡襄、余靖和名相王旦的儿子王素等新锐才俊都进入了台谏行列,一时间,"士大夫贺于朝,庶民歌于路,至饮酒叫号以为欢"[13],对新一届领导集体寄予极高的期望。在朝野普遍的乐观气氛中,国子监直讲石介作了一首《庆历圣德诗》,洋洋洒洒地记录了这次政局变动和朝堂斗争。他用一种欢欣鼓舞的方式,为尚未开始的庆历新政和自己的命运预先涂抹了一道悲剧性的阴影。

石介这个人,《宋史》中把他放在《儒林》里,这说明他的官做得不大,主要以学问名世。石介的学问当然是不用说的,学术界有名的"宋初三先生",他是其中之一——这里的"先生"可不是泛泛的称呼，而是一种对学术和人格很高度的认可——但他有点狂，有点怪，最要命的是那种刚直激切的个性，吴语中叫一根筋，石介是徂徕人，不知山东话中有没有这种说法。这种性格的人在官场上大多玩不转，但可以把学问做得很精深，这是一条逆定理。单从文人政治的角度而言，石介是不成功的，他既不具备从政的禀赋，也缺乏起码的官场技巧。在庆历年间，他并不处于权力的中心地带，只能算是一个道德理想主义的守望者。一个国子监直讲，大约相当于现在的北大教授吧。当然，现在的北大教授绝不会像他那样一根筋的，也不会做"道德理想主义的守望者"。《庆历圣德诗》采用文章家族最高贵的雅颂体，四字一句，全诗共近二百句，前面还有一段七百字的序。古人的诗大多不很长，不像今天的诗人，稍不留神就几百上千句，诗情一动，如同打开了自来水龙头，飞流直下污水池，洗完了拖把还可以冲厕所。古人不行。白居易之所以那么牛逼，很大程度上就在于他有两首重量级的长诗，但其中的《琵琶行》也不过八十多句；《长恨歌》先在题目中广告一个"长"，然后又在诗中上天入地，碧落黄泉，也只有一百二十句。这样看来，石介的这首近二百句的《庆历圣德诗》可谓荦荦大者。

老实说，这样的文学作品我见得不多，指名道姓地评述一次朝廷高层的人事调整，我们习惯的是歌颂人主，天大地大，河深海深，千好万好，所有的所有，都属于他一个人。当然，石介也用大量的篇幅歌颂了皇帝"希阔殊尤"的英明伟大。但随即笔锋一转，情辞并茂地逐一点赞了这次起用的十一位贤臣，其中尤其对范仲淹和富弼浓墨重彩,大书特书,分量差不多占了全诗的三分之一,这就有点过了。皇上也许会这么想:用了他们我就英明,那么不用他们我就不英明了?究竟是他们英明还是我英明?可以想见,作为有经验的政治家,范仲淹和富弼本人恐怕也不会很舒服的,这不是把他们放在火炉上烤吗?如果说歌颂皇帝和贤臣还勉强说得过去,那么诗中对"大奸"的公开批判就很不严肃了。这个"大奸"就是刚刚从枢密使被拉下台的夏竦。奸臣当然可以批判,不光是批判,还要批倒批臭;也不光是批倒批臭,还要打倒在地再踩上一只脚,叫他永世不得翻身。但问题是,这个夏竦是不是奸臣朝廷并没有给他下结论,他还在政府官员的行列里,仍然是判知蔡州的重臣,更何况人家还是烈士子弟呢。按照一般的政治逻辑和仁宗的行事风格,这个人回朝廷任职只是时间问题。在这种情况下,石介用"大奸之去,如距斯拔"给他下判词(距,肉中的倒刺),就近乎诽谤,有点大字报的味道了。石介虽然"石敢当",可是老实说,他不懂政治的游戏规则。

夏竦本来就恨得咬牙切齿,再加上石介这么一搞,那就不光是"怒发冲冠",即使"凭栏望",心头的仇恨之雨也歇不下来了。据宋人笔记《珍席放谈》记载:"石介进《圣德颂》,公(夏竦)衔之深。岁设水陆斋醮,设一位立牌,书曰夙世冤家石介。"一个堂堂的朝廷大臣,居然使出了乡间毒妇的那点鬼蜮伎俩,可见"苦大仇深"——这个"苦大仇深"曾经是个很有面子的词,鉴于夏竦眼下很没有面子,姑且借给他用一下。以夏竦的为人和能量,估计石介今后的日子不会好过。

那么,被石介推崇备至的范仲淹等人的反应如何呢?据说范仲淹读到该诗后很激动,一巴掌拍在……就情感的表达功能而言,人的手掌可能仅次于面部。如果愤怒,那就拍在别人的脸上;如果懊恼,那就拍在自己的脸上;如果赞赏庆贺,那就拍在自己的另一只手掌或别人的手掌上(鼓掌或击掌);如果表示痛心疾首,那就像范仲淹这样,拍在自己的大腿上。"范拊股谓韩(琦)曰:'为此怪鬼辈坏之也。'韩曰:'天下事不可如此,必坏。'"[14]范仲淹拍大腿的那个动作相当形象,他知道老石是个刚介正直的好心人,但唯其是好心人,做了这种帮倒忙的事才让他痛心疾首。韩琦说:"天下事不可如此。"为什么"不可如此"?因为他破坏了官场的游戏规则,增加了统治阶层内部的不稳定因素,后遗症很大。此后不久,有人力荐石介出任谏官,其他执政都已认可,范仲淹却力排众议。他认为,石介秉性刚直,但过于偏激,如果当了谏官,此公一定会要求君王做一些不切实际的事。不听从他的劝谏,则一定会叩头流血,苦谏不已。这种一根筋,怎么能当谏官呢?[15]我在翻译这段话时,考虑到范是吴地人,用了"一根筋"的说法。不管这种翻译是否妥当,但范氏务实、理性、炉火纯青的为政风格应该凸现无遗。范仲淹已经五十四岁了,又经历了那么多的宦海沉浮,现在正是政治上最成熟的时候。所谓百炼钢化为绕指柔,他既"炼"出来了也"化"出来了。由这样的人来主导朝廷的新政,值得信赖。

关于石介的这首诗,好在皇帝并没有说什么。皇帝现在没心思关注这种笔墨纠纷,他急于要让国家振作起来,虽不能说雄心勃勃,但至少也是心心念念。特别是范仲淹和富弼在新班子就位以后,他连一天也等不及了,接连下诏催促他们拿出新政的顶层设计。最近的一次手诏中,竟有这样的语气:"比以中外人望,不次用卿等……"(16)什么意思呢?第一,所谓"不次",就是不按常规的台阶而破格任用。前面已经说过,仁宗这个人喜欢向臣子卖好,这个"不次"也属于此种类型。既然我这样重用你们,你们还不快点给我干活?第二,手诏名义上下给两府,实际上是下给范仲淹和富弼两个人的,因为"不次"任用的只有他们两个人。这两个人虽然都是副职,但皇帝已钦点他们为新政的核心人物。下了催促的手诏不算,皇上还特地打开长年关门落锁的天章阁,在里面安排了座位,摆好纸墨笔砚,就等着两位爱卿登堂入室,从容挥毫,擘画改革大计。

这个天章阁在大内后苑,虽说不上宏敞,但规格很高,是收藏赵氏祖宗御制、御书、图籍和珍贵遗物的地方,相当于皇家档案馆和革命博物馆。皇上之所以选择在这里擘画新政,自然是大有深意的,大宋王朝从开国到现在,几代先辈呕心沥血,艰难玉成,不容易啊!继往开来,任重道远。

三

每年的这个时候,派往辽国的贺生辰使和贺正旦使就要出发了。今年的代表团中有两个人因避讳要改名,一个是丁亿,犯了辽太祖耶律亿的名讳;一个是李惟贤,犯了辽景宗耶律贤的名讳(这个耶律贤,就是当年太宗皇帝在高梁河之战中的对手,那一仗太宗大腿上中了两箭,在夜色中乘小驴车逃走,差点丢了小命)。虽然这两个"耶律"早就翘辫子了,但避讳还是要慎重,外事无小事,不能有半点马虎。丁、李二人,一个改为丁意,一个改为李宝臣,都改得不错。代表团团长是起居舍人孙抃。谏官欧阳修说孙是四川人,一口土话,再加上表达能力又很差,讲话结结巴巴的,建议换人,免得被人家耻笑。但皇上没有同意,他知道,这种礼仪性质的出使,没有什么压力,除去公费旅游,出国补贴也很可观,官员们都是很踊跃的。孙抃为官清苦,该给他一次机会。再说又不是去谈判,会不会讲话无所谓,"大智若愚"嘛,人家反倒不敢小视的。

在那个时代,避讳是常有的事,而且又往往是不期而遇的,就像你不知道自己什么时候会打喷嚏一样,因为说不定什么时候换皇帝了。每有新君即位,举国上下,到底有多少人改名,没有谁统计过,但肯定不是一个小数字。所以太宗皇帝登基时,特地把自己的名字改成一个很冷僻的"炅",他算是体谅民众的。因避讳而改的,不光是人名,还有地名,还有物名。例如京师的大街小巷里叫卖的炊饼,原先叫蒸饼。因为当今皇帝叫赵祯,这个"蒸"就犯讳了。[17]但这一改,后人就闹不清它的前世今生了。原先叫蒸饼,一听就知道其实就是没有馅的馒头。不用"蒸"了,后人还以为是炉子里烤出来的烧饼(江南人叫大饼)。

在中国，偏偏只要稍微有点文化的人都知道炊饼，这要归功于那个叫武大郎的人，他出去卖炊饼，老婆就在家里偷人，而且偷得风生水起，流韵千秋。说"风生水起"反正你懂的，可为什么说"流韵千秋"呢？因为他老婆和偷的那个男人后来都荣幸地成为中国文学史上的特例，在中国最富影响力的几部古典长篇小说的人物画廊里，他们同时承担了两部小说中的角色。当然，一部是主角（《金瓶梅》），一部是配角（《水浒传》）。

扯得有点远了，打住吧。接着说朝廷的事。

如果说朝廷的新政是为了疗疾治病，那么国家肌体上各个器官的溃烂就像在和医生赛跑似的，双方都在衔枚疾走，争取时间。夏秋之间，山东和陕西接连发生了王伦和张海为首的两次兵乱。"兵乱"这个说法比较吓人，历史上多少王冠落地都是与之有关的，包括本朝肇基之初的陈桥兵变。成功了就是"变"，这个"变"是开天辟地的意思。失败了就是"乱"，兵乱、叛乱、动乱、暴乱，随你说。不过别紧张，这两次没有那么严重。这两次，兵乱只是由头，说到底是民变。因为起初闹事的士兵并不多，都只有几十条汉子。但起事者振臂一呼，四方饥民应者云集，遂成燎原之势。兵乱历时数月，最后都是朝廷调集精锐的禁军才得以平息。其实眼下的这支禁军也实在说不上精锐，只是人多势众狐假虎威而已。他们的"精锐"更多地体现在事变平息以后向朝廷请功的奏章上。

我看了这两次兵变的有关资料，突然有一种奇怪的想法，总觉得这些人与其说是犯上作乱，还不如说是在有关州县配合下的豪华旅游。先看王伦那一伙人的行踪，沂州—青州—海州—楚州—泗州—扬州，先向北，再向南，后半程走的基本上是当年隋炀帝下江南的那条路线，都是奔着好玩的地方去的。张海那一伙人的理念不同，他们在商州起事，然后就在附近的十多个州县兜圈子，因为距此不远的洛阳既是历朝帝都，又是当今退休高官们养老的聚集地，世代金粉，人物繁阜。他们选择的是深度游。再看看这些人一路的待遇，就更证明了我的判断。这两支人马所至州县，不少地方都是"金帛牛酒，使人迎劳"——这可是相当级别的领导干部莅临视察才有的待遇啊。当时的州县还没有像样的星级宾馆，地方官怕委屈了起事的首领，就把衙署收拾体面，请其入住。又怕他们一路上不够威风，便把仓库里的衣甲作为礼物献上。当然这种待遇也不是到处都有的，大多数的地方官是听到风声就作鸟兽散，大开城门。人家也不怕你玩空城计，先耀武扬威地来一个入城式，然后再吃喝玩乐，慢慢地受用。这种恣意随兴的自助游也不错。等搜刮得差不多也游玩得差不多了，再浩浩荡荡地奔下一个景点去。

近些年，关于各地兵乱（其实是民变）的奏报，就像冬天潜伏的牙疼，说来就来，前呼后拥地挑战着皇帝的神经。而地方吏治的废弛与腐败，又与之形成互动效应，令人触目惊心。兵乱、民变、腐败，皇上总是习惯性地在这几个世界上最丑陋的名词之间颠沛流离。他甚至常常会做这样的梦：大宋王朝就像一项当初被层层中饱私囊的豆腐渣工程，正在哗啦啦地崩塌。醒来后四顾茫然，一身冷汗，第二天临朝也病恹恹地打不起精神。这样的梦做多了,不仅谏官又要说他沉湎女色,龙体肯定也是吃不消的。如果"万寿无疆"有一个反义词,那肯定不是其他,而是"每天做梦"。再加上西夏和辽国狮子大开口地要钱,江山如此多娇,却都要大宋皇帝掏腰包。大宋皇帝的钱从哪里来?

好在范仲淹和富弼善解圣意,就在朝廷下诏派禁军围剿张海兵乱的六天以后,也就在皇帝开天章阁虚席以待的三天以后,两人联署的《答手诏条陈十事》摆上了皇帝的案头。皇帝二话没说,随即"皆以诏书画一,次第颁下"[18]。中国历史上一场被称为"庆历新政"的改革大剧拉开了帷幕。

说到某一场改革,特别是一场名垂青史影响深远的改革大剧,一般都要用"轰轰烈烈"这样的修辞。可是我不用。因为揆诸历史现场,似乎既不"轰轰"也不"烈烈",而且连一句"进行到底"之类的口号也没有。我只能用"润物无声"来表述。范仲淹已不是当初那个书生意气的愤青了,盛夏的激情沉淀以后,裸露的是饱满和成熟。他知道改革是非常脚踏实地非常柴米油盐甚至非常人情世故的一件事。改革者也绝非那种连打个喷嚏也双拳紧握吹胡子瞪眼的形象。他不仅不看重声势,而且认为声势越小越好,能不动声色地把事情搞定,那最好不过。至于所谓的"进行到底",光振臂高呼有什么用?搞改革不是抗洪救灾,用不着那么热火朝天。口号其实是个婢女,不过跟着主子的风光而风光。前人喊了那么多"到底",有几次真正"到底"的?咱还是实际点,一点一点地摸着石头过河吧。

《十事》的内容大致可以归纳为三个方面:整顿吏治,七事；发展经济，二事；加强军备，一事。可见这是一场以吏治整顿为中心的政治改革。不要一听到"政治"这两个字就以为多么神圣堂皇，政治是什么？一本《魔鬼辞典》中这样定义："一种假装成不同原则的利益冲突。"也就是说，"原则"只是标榜，"利益"才是实质。或者说，大喊大叫的是"原则"，耿耿于怀的则是"利益"。这正是政治改革的难处，一旦触动了已然固化的利益，谁也不是沉默的羔羊。

那么，《十事》中有什么一剑封喉的新招吗？老实告诉你：没有。大略看去，那中间的每一件事都不能说让人眼睛一亮。如果你再拿着显微镜仔细研究，结论仍然不会有什么改变。何也？大宋王朝到了这个时候，多年的积弊导致国家危机丛生，有识之士都看得很清楚。而各级官员提议改革制度的上书亦络绎不绝，所提建议或高古虚诞，或切实可行，总之不绝于耳。问题只是一直缺乏有力度、成系统的解决办法，也缺乏最高层的气魄和决心。《十事》中的主要思想，几乎都是这些年有识之士的共识，其中当然也包括范仲淹本人。早在十八年前，他担任兴化知县时，就曾有《奏上时务书》，陈述自己的政治变革思想，提出了五个方面的内容。两年以后，他在丁忧期间，又将自己的政见整理为《上执政书》，提出了六个方面的建议。但这两次上书都有一个背景，那就是上书人一直在低层工作，官职低微，政治眼界受到限制，政治经验也不够丰富，特别是因从未在中央任职，表现出对中央朝政的陌生，好多问题只是点到为止。但不管怎么说，毕竟还是"点到"了。除此而外，今年五月，欧阳修亦上书提出"明黜陟",讲的是官员考核问题。六月,余靖又提出"重命令",强调要确保政令畅通。这些内容,在《十事》中都有体现,分别被列在第一和第十。即使是近来被人们穷追猛打的夏竦,其在西线期间所提建议,有些内容在《十事》的"修武备"中也得到了反映。所谓的大智慧,说到底都不仅仅是属于个人,而应是属于整个时代的。个人的作用只在于真诚而敏锐地倾听时代的呼声,以敢于担当的勇气和脚踏实地的努力作出回应,就如同农夫回应季节、草木回应阳光一样。范仲淹是兼具理想与世故的政治家,《十事》的特点固然体现在综合了众多的改革意见,但这种综合并不是平面的整合,综合以后也并不只是大而化之地泛泛空谈,而是更多地考虑了政治改革的可操作性,从顶层入手,提出了系统性而不是零打碎敲的解决措施,重在实用,务求实效。可以这样说,实用、操作性、解决问题,这几个动感十足的词语才是《十事》最值得期待的闪光点,它们虽然不能提供最缤纷的想象力,却朴实,稳妥,不虚张声势,也不挤眉弄眼。更重要的是,改革喊了这么多年,毕竟"动"起来了。

动起来吧!吏治整顿,通俗地说就是干部队伍建设,包括干部的培养、教育、选拔、考核、奖惩、交流,再加上严肃政治纪律和政治规矩,尤其是对恩荫造成的"官二代"从政的严格限制,对冗官、庸官、贪官大刀阔斧的裁汰,每一条都是冲着"官"来的,都涉及对人的处理。"明黜陟"是欧阳修在今年五月上书中的建议,这次被范仲淹列为《十事》中的第一件。"黜",罢免;"陟",提拔。该罢免的罢免,该提拔的提拔。那么罢免和提拔的依据是什么呢？以前的"磨勘"制主要讲资历，"文官三年一迁，武官五年一迁"，造成大家都不干事，不负责任，不得罪人，反正"磨"满了年资，自然会向上挪一个台阶。现在不行了，要看能力和政绩。欧阳修在五月的上书中曾提出选派按察使，对官员的能力和政绩进行考核。按就是巡行，察是审察，边走边看，也就是巡视的意思。朝廷当时没有采纳。现在为了推行新政，作为配套措施，按察使应运而生。第一批先任命了三路按察使——路是宋代的行政区划，规模略大于现在的省级建制——分赴京东、河北等地巡视，由他们根据巡视情况提出升迁或罢黜官员的建议名单，上报中央。范仲淹在审定名单时尤其冷面，一见有年老、多病、贪污、不材四种不合格者一律一笔勾去。富弼心有不忍，提醒他说：一笔勾去容易，你不知道被勾掉的一家都要哭啊。范仲淹答道："一家哭何如一路哭耶？"他用一个更有力量的反诘句表明了自己的选择。确实，"一家哭"还是"一路哭"，这是任何一个改革者都必须面临的选择。同样是"哭"，虽然生理意义上的个体感情强度很难说孰轻孰重，但其社会意义上的广度和由广度积累而成的重量却有天壤之别。前者只是一个家庭（或家族）经济利益和社会地位的贬值，后者则是百万民众生存环境的悲剧性沉沦，并由此危及王朝的长治久安。作为一个汲汲于国计民生的改革者，范仲淹别无选择。创造历史的人是不怕弄脏自己的手的，过分爱惜羽毛，那就不要搞政治，而去搞慈善或者去当道德家。我们不能说老范太冷血，没有感情，只能说他有一种源于对国家和民族巨大使命感的大感情。

上面所说的"一家哭"的四种人——年老、多病、贪污、不材——色调都比较单一。还有一种人要复杂一些,这种人上面可能会喜欢,甚至会很喜欢,但民众肯定不喜欢。宋代掌管一路财赋收入的是转运使。负责财赋的官员都是大爷,因为从中央到州郡都要向他拿钱。当年李符出任京西南路转运使时,竟然把太祖皇帝亲书的八个字写在大旗上,走到哪里招摇到哪里。那八个字是"李符到处似朕亲行"。你看,何等牛逼!庆历三年夏天,盐铁判官吕绍宁被派到淮南当转运使,到任后"亟上羡钱十万"。引号内的这几个字是什么意思呢?就是此人到了淮南,屁股还没有坐热,死人失火不管,迫不及待地先向中央送了十万贯钱。国家财政这几年不是很紧张吗?打仗、外交都要花大钱,皇上为此寝食难安。主忧臣辱,微臣这里先送上个大红包。所谓"羡钱",就是在向朝廷足额上供和保证地方州郡开支以外积余的、用不掉的钱。这笔钱到底是不是财政结余我们先不管,但是说"用不掉"肯定是太客气了。这个淮南,刚刚经历了兵乱和旱灾,饿殍遍野,民不聊生,到处都要花钱赈济,怎么会"用不掉"呢?可吕绍宁这个人心理素质好,民生疾苦他无所谓,先搜刮十万贯钱送往朝廷再说。对下面的水深火热,他的功夫比金钟罩和铁布衫还厉害。金钟罩和铁布衫只是刀枪不入,他是水火不惧。这正是:饿殍遍野等闲看,民不聊生官聊生。为什么说"官聊生"呢?很简单,以他的思维逻辑,自己能得到转运使这样的肥差,首先要懂得感恩。给朝廷送点钱,只会有好处,不会有坏处。皇上高兴了,说不定什么时候就在自己头衔前面加一个"都"(数路转运使之上置都转运使,以便协调统御,级别相当于两府执政)。至于下面的灾民,与本官有什么利害攸关呢?本官又不是他们推举出来的,本官是朝廷任命的,谁给本官升职,本官当然就对谁负责,也当然就把钱送给谁,这是天经地义的。就像在生意场上,钱必须付给货主。给不相干的其他人,那是施舍。施舍得看本官乐意不乐意,有没有那份心情。吕绍宁的这套逻辑看似无懈可击,但他倒霉的是遇上了新政,谏官欧阳修抓住此事把他痛扁一顿。中央不仅没有要这笔钱,而且"治绍宁欺罔之罪,以戒奸吏刻剥"[19]。中央也知道这笔钱不是真的"羡余",而是"刻剥"所得。在兵乱大灾之年仍旧如此孜孜不倦地"刻剥"民众,这样的"本官"活该倒霉。

综上所述,是不是有那么一点……官不聊生?

也不要以为新政就是一副冷面孔,官员一有问题就立马拿下。在对高邮知军晁仲约的处理中,范仲淹就力主宽赦,并因此与富弼在皇帝面前争执不下。这场争论不仅体现了范氏揆情度理的处事风格,也不仅提供了窥测人物性格多面性的一个视角,还传递了一个政治家在呼风唤雨的外表下内心深处幽微的悸动。

王伦兵乱时,从楚州南下路过高邮,知军晁仲约估计无法抵抗,就要求当地富户共同出资,款待和厚贿盗贼。盗贼因之没有抢掠施暴,高邮得以苟安。这件事报告到朝廷,诸多执政大臣为之震怒,富弼认为应该将晁仲约正法。当时正在新政的风头上,《十条》中的"重命令"即强调要严肃纲纪。就政治纪律和法律法规而言，晁仲约作为一方官长守土有责，和盗贼做这种交易是不可宽宥的。试想，如果各个州府都照此办理，盗贼岂不是更加有恃无恐、横行猖獗？长此以往，也就国将不国了。因此，富弼认为，不杀晁仲约，以后有事，就没有人肯抵抗盗贼了。为了把晁仲约送上断头台，他还拿民意说事，说高邮当地的民众对晁恨得要死，"疾之欲食其肉"。这样的人还留着做啥？但范仲淹却主张刀下留人，宽赦其死罪。在听取范的意见之前，我这里先说明一点，宋代的"军"属于地方行政单位，相当于县。晁仲约的身份"知军"实际上就是知县，与军事没有任何关系。范仲淹的理由是：如果郡县有军队和武器，在盗贼面前放弃抵抗，反而和他们做交易，主政者当然该杀。但高邮既无军队又无武器，晁仲约此举也是为了保护当地百姓，情有可原。如果判死罪，有违法理精神。至于所谓民意，他认为，老百姓付出了财物而免于杀掠，按理说内心应该高兴，说大家恨不得吃晁仲约的肉，恐怕言过其实。[20]仁宗本来心肠就软，杀人这样的事更不敢任性，他听取了范仲淹的意见，晁仲约逃过一死。对此，富弼很生气，出了大殿，他对范仲淹说：现在新政刚刚开始，最怕的就是有法不依。我要严格执法，你却多方阻拦，以后还怎么管理众人？范回答他的这段话很值得玩味，原话有两个版本，先看《续资治通鉴长编》中的记载：

祖宗以来，未尝轻杀臣下，此盛德之事，奈何欲轻坏之。且吾与公在此,同僚之间同心者有几?虽上意亦未知所定也,而轻导人主以诛戮臣下,他日手滑,虽吾辈亦未敢自保也。

另一个版本来自《邵氏闻见录》,略云:

上春秋鼎盛,岂可教之杀人?至手滑,吾辈首领,将不保矣。

两个版本意思差不多,但说法不同,完全克隆、眉眼一模一样的只有两个字:手滑——不能教皇帝杀人以至"手滑"。

从根本上说,这两个人的争论并不在同一维度之内,富弼讲的是法律,范仲淹讲的是人性。在一个特定的时空背景下,面对着一桩具体的案件,人性似乎应该服从于法律,不然的话,法律的权威何在?但法律不应该排除通往人性的幽径。如果以一个更宏阔的时空作为背景,法律则应该服从于人性,因为人类社会的一切制度性进步,归根结底都是为了实现人的解放。范、富争执的关键在于,富弼是就案件论法律,或者就法律论法律,他眼里只有一个晁仲约。而范仲淹则是就法律论人性,他的目光越过晁仲约那颗无足轻重的头颅,警惕地注视着人主的心理异化。宋王朝开国以来,皇上从不诛杀臣下,这是一个很好的传统。现在如果怂恿皇上杀人,仅从本案看似乎维护了法律,但此例一开,日后他越杀越多,杀得兴起了,"手滑"了,就会不按法律了。什么叫"手滑"？就是习惯了，不仅习以为常不由自主，而且习与性成乐在其中，到那时你想用法律去管住他就难了，因为他是人主，他无法无天不讲法律，你拿他一点办法也没有。因此，为政者当防"手滑"，不光是杀人，还有作恶、贪腐。此等勾当，开始时手涩，紧张，甚至害怕，血压升高，心跳加快，受到理智和良心的责备。但做得多了，习惯成自然，手就滑了。更有甚者还会上瘾，不做就手痒，这是很可怕的。由这个"手滑"，我们还会想到其他好多"滑"：脚滑、嘴滑、耳滑，甚至还有意滑，都不好玩，尤其是在人主那里。例如起初听到人家喊自己"万岁"时，或许还有点受宠若惊，不大习惯。但听得多了，就理所当然了。若发现有人没有喊，或者喊得不高，就不高兴甚至要起杀心了。

范仲淹毕竟是历经宦海沉浮的人了，他知道，无论同僚还是人主，只要利益需要，一个个翻脸比翻书还快，到那时，"吾辈首领，将不保矣"，这就是政治斗争的严酷。富弼还不到四十岁，而且一路顺风顺水，难免年少轻狂，对这种严酷还缺少感受，因此对范的这番话不以为然。不过用不了多长时间，他就会有感受了。第二年，富弼因谗言离开二府，宣抚河北。不久重回京师，皇帝却不许他入城。他以为皇帝要杀他，在驿馆里一夜睡不着觉，想起当初范仲淹说过的话，绕床叹曰："范六丈，圣人也。"宋人称男性长辈为"丈"，至于"六"则是范的排行。范在兄弟中排行老五，连同堂兄范仲仪，排行为"六"。富弼现在知道"范六丈"的老辣了。后人罗大经诗云："奋髯要斩高邮守，攘臂甘驱好水军。到得绕床停彄日,始知心服范希文。"[21]

富弼绕床叹息是在第二年九月,距现在一年还不到。这说明年少轻狂和谦虚谨慎之间并没有千山万水,有时只需要结结实实地跌一跤就够了。

注释

〔1〕（宋）蔡絛《铁围山丛谈》卷六。

〔2〕〔11〕〔17〕（宋）吴处厚《青箱杂记》。

〔3〕（宋）王铚《默记》。

〔4〕（宋）张舜民《画墁录》、（宋）释文莹《玉壶清话》卷二。

〔5〕（元）脱脱等《宋史》卷六十七。

〔6〕（宋）邵伯温《邵氏闻见录》。

〔7〕《宋史》卷三百一十一。

〔8〕（宋）朱熹、李幼武《五朝名臣言行录》卷六。

〔9〕（宋）司马光《涑水记闻》。

〔10〕（宋）欧阳修《归田录》卷一。

〔12〕《宋史》卷二百八十三。

〔13〕《宋史》卷三百二十。

〔14〕（宋）袁褧《枫窗小牍》卷上。

〔15〕《五朝名臣言行录》卷七。

〔16〕〔18〕（宋）李焘《续资治通鉴长编》卷一百四十三。

〔19〕《续资治通鉴长编》卷一百四十。

〔20〕《续资治通鉴长编》卷一百四十五。

〔21〕（宋）罗大经《鹤林玉露》卷八。

第五章　干卿底事

一

我不知道和尚道士们修行的所在为什么称为丛林，真的不知道。但我知道凡称得上丛林的所在，起码应有一定的规模且较为堂皇，那种"两个和尚抬水吃"的小山门是不够资格的。仁宗庆历年间，东京最负盛名的丛林有两处，一处是皇宫前面的大相国寺，一处是新宋门里街北侧的上清宫。

大相国寺是皇家寺院，庄严神圣自不必说，但寺南的录事巷却是东京最有名的红灯区，妓馆摩肩，流莺接踵，中间还夹杂着专卖寺庙尼姑手工绣品的店铺，这就很有意思了。据大诗人陆游后来说，东京"妓称录事"。录事本为中央机关负责收发文件的官员，一般为正八品。称妓女为录事，除去说明从业者有不错的文化素养而外，更多的恐怕还是录事巷妓馆多的缘故，就像东京有一处叫颜家巷的地方假货泛滥,人们就称假货为"颜子"一样。宋代毕竟是一个文采风流的时代,连妓女的称号也这样斯文体面,相比之下,后人所说的"婊子"或"鸡"之类不仅荡漾着猥琐的低级趣味,在语词层面也面目可憎。一年四季,录事巷既说不上热闹也不能说清冷,那是细水长流的营生。相国寺大墙内外,宗教的虔诚和世俗的愉悦共存共荣。只是不知道小和尚们偶尔在录事巷遭遇搔首弄姿的"录事"时,会不会脸红心跳甚至夜有所梦?我们只知道他们和文人相遇时并不怯场。来录事巷寻欢作乐的文人很多,有时还要成群结队。据说有一次文士与和尚皆结队而行,文士轻狂,想卖弄一下学识,指和尚而嘲曰:"郑都官不爱之徒,时时作队。"不料对面有和尚应声对曰:"秦始皇未坑之辈,往往成群。""郑都官"即晚唐诗人郑谷,其诗中有"爱僧不爱紫衣僧"之句。至于"秦始皇未坑之辈",就不用解释了,而且就嘲讽而言,和尚的这两句显然更刻毒。大相国寺的和尚,谁敢小视?

从录事巷向东出旧城的丽景门,上清宫就坐落在新宋门里街的北侧。一条浓妆艳抹的录事巷牵连着两处最重要的宗教场所,这是京师城南地区一道奇异的风景,它很容易会让人们想到那个暧昧的与色彩有关的词——"有染"。但东京市民已经习惯了这种百无禁忌的"有染"。习惯了就好,只要习惯了,再荒唐也是真理。宋代崇尚道教,重要的宫观都是有行政级别的,像原先天波门外的玉清昭应宫,宫使照例皆由首相兼领,那是什么级别?仁宗初年,玉清昭应宫毁于火灾,后来也没有重建,上清宫由此上位，承担有关的国家祭祀活动。这里的宫使虽不一定由首相兼领，但起码也应是两府执政或亲王贵戚，而且还要有相当的资历。

庆历三年十一月初一，一把大火把上清宫化为废墟。

大火还烧出了一通闲话。

或者更确切地说，是鬼话。

上清宫大火以后，朝廷随即下诏把那块地方作为禁军的驻地，看来是不准备重建了。但宫内原有三尊神像，为玉清元始天尊、上清灵宝天尊、太清道德天尊，这"三清"是道教所尊的最高神祇，由于是玉石质地，没有烧坏，需要择地安置。有关方面决定迁至景灵宫。这本来是一件很简单的事，没有任何关碍。但景灵宫从上到下却从此惶惶不可终日，何也？因为三清神像这些年已迁过不少地方，不幸的是迁到哪里大火烧到哪里，验证率百分之百，无一例外。你看，神像最早安置在大内的真游殿，后来真游殿失火，遂迁至玉清昭应宫。已而玉清宫又火，迁于洞真宫。洞真宫又火，然后迁于上清宫。现在上清宫又烧了。不是说实践是检验真理的唯一标准吗？这四迁四烧以后，"真理"出来讲话了，说这三尊神像是"行火真君"，到了哪里铁定要失火。景灵宫是什么地方？那是供奉赵宋已故皇帝和皇后塑像的地方，春夏秋冬，皇帝都要亲自来祭拜。如果景灵宫失火，烧毁了历代帝后的塑像，那就真的罪该万死了。领景灵宫使的是张贵妃的伯父张尧佐，后宫那么多女人，眼下就张贵妃最得宠。景灵宫要是出了事，张尧佐倒无所谓，因为他那个宫使是虚衔，并不来问事的；宫里又有张贵妃罩着，他肯定毫发无损。但下面的这些胥吏就吃不消了，到时候丢了饭碗是小事，弄得不好连吃饭的家伙也保不住的。

冬至这天，仁宗照例来景灵宫祭祖，礼仪已过，皇帝即将起驾回宫时，景灵宫的胥吏却在皇帝的乘舆前长跪不起。仁宗知道他们有话要说，那么就让他们说吧，在这种地方当差，闲曹冷局，很清苦的。只有等到皇上来祭拜时，瞅机会提点要求，无非是职级晋升或子女安排之类。他们就是认准了皇上刚刚祭拜了祖先，是不会动怒的；不仅不会动怒，而且还会特别圣心仁厚，体恤下情。但今天听他们说过之后，皇上也犯难了，既然这几尊神像是"行火真君"，那么放在景灵宫里显然是不合适的；但既然迁到哪里大火烧到哪里，那么放在哪里合适呢？毕竟，没有哪一处地方适合遭遇火灾呀。

这种事照例应该由礼部处理，但在北宋初期，礼部的职权大多归于礼仪院。礼仪院设判院一人，由参知政事兼任，这样一来，事情就到了范仲淹手里。

范仲淹心里比谁都明白：什么"行火真君"？鬼话！还不都是祭神的香烛惹的祸？他叫下面的人找一处临水的宫观，最好四面临水。下面的人推荐了集禧观。这个集禧观虽非四面临水，但其后园有一片迎祥池，迎祥池中央有一座水心殿。水心殿四面临水，正好可以安置"行火真君"。[1]

谢天谢地，终于把这三尊大神打发了，请神容易送神难哪。

查《宋史·五行志》，从庆历三年十一月到北宋灭亡，东京共发生大的火灾二十八起,其中相当大的一部分发生在寺庙和道观。老范说得不错,都是祭神的香烛惹的祸。最惨的一次是神宗元丰八年的开宝寺大火,当时礼部的贡院暂借那里办公,又恰逢科举考试阅卷期间,大火烧死十七人,其中包括点校试卷的三名礼部官员。[2]徽宗建中靖国元年,也就是三清神像迁至集禧观五十八年以后,集禧观也遭遇了火灾,大火有没有烧到迎祥池中的水心殿,未见记载,史料中只是说"大雨中久而后灭",看来火势是不小的。

好了,让我们暂且忘掉这惹是生非的"行火真君",先跟随皇上去看望一位弥留之际的皇叔。

皇叔即荆王赵元俨。当年太宗皇帝有九个儿子,仁宗的父亲真宗排行第三,元俨第八。由于老九元亿早夭,所以元俨实际上是最小的儿子。在有些地方,最小的儿子称之为"腊小","腊小"总是最受宠爱的,皇家也是这样。按照规矩,皇子成年(十六岁)后要出宫居住,但元俨直到二十岁时太宗还舍不得让他出外第,宫中呼为"二十八太保",这中间,"太保"是皇子的加官,"八"是排行,"二十"是定语,意思是"二十岁的八太保"。在他那个位置上,皇帝反正轮不到他做——除非他上面的七个皇兄全都抢在老皇帝前面死光光。也正因为他不会参与皇位的角逐,各方面对他都很宽容,这也注定了他一辈子就是关起院门吃喝玩乐的主儿。到了仁宗庆历年间,元字辈的老叶子就只剩下他了,在满朝文武朝廷诸公中,他地位最尊贵,享受的待遇也最高。他身兼荆南、淮南两镇节度大使,领荆州、扬州牧,封荆王,拜太师。此中值得注意的是"节度大使",这个"大"字用得极少,只有所差遣者官秩高,所领路郡地望重,才加"大"字。这就是所谓的希阔之典或位极人臣吧。当然,这些都是虚衔,他并没有理政牧民之责,也没有实权。

根据宋代的工资标准,荆王的俸禄和各种补贴要超过当朝宰相的好几倍,尽管如此,皇叔还老是向朝廷要这要那。当然也不光是皇叔,那些天潢贵胄都是"伸手派",他们生下来就是吃闲饭的,鱼儿离不开水,瓜儿离不开秧,他们不找朝廷找谁呢?江山是赵家的天下,同是洛阳夹马营的赵氏子孙,他们开口叫苦叫穷了,你总要意思意思;而且你还不能把那点意思搞成不好意思。但皇上知道,对这些人又不能太慷慨;你慷慨了,他们就会没完没了。到了仁宗这个时候,宗室子弟如同雨露滋润的禾苗一样,层出不穷,茁壮成长。吃闲饭的队伍浩浩荡荡,朝廷恩荫无节,中央财政难以为继,这些问题大家都看在眼里,皇上也很头疼。但皇上天性仁厚,对亲属拉不下脸皮。好在宰相杜衍立朝孤峻。这个老杜瘦骨嶙峋,一张黑脸,年过四十即须发全白。他的门生欧阳修在诗中说他"貌先年老因忧国,事与心违始乞身",虽是恭维恩师,倒也大体贴切。朝廷对皇亲国戚的赏赐——无论是人事安排还是钱物方面的——一般都是皇帝批条子送到中书来,由宰相具体落实。对这样的条子,杜衍十有八九要打回去。仁宗也乐得顺坡下驴。有时候那些人入宫私谒,仁宗就拿出被打回来的批条,苦着脸说:"朕无不可,但这白须老子不肯。"[3] 他是很会做人的。

西线开战后,中央财政吃紧,朝廷曾动员宗室捐出部分公使钱以助军费,但并不强迫。公使钱是正常俸禄之外的补贴,捐出一部分对正常生活影响不大。荆王府的翊善(家庭教师)王涣上书主人,劝荆王节用度以助朝廷,元俨在后面批了三个字:"愁杀人"。意思是没钱,日子过不下去了。王涣再次上书劝谏,元俨没有办法,只得捐出公使钱的一半——每年一万二千五百缗。但这个王爷也真会作贱,他前面刚把钱捐出去了,一转眼就打报告叫穷,要寅吃卯粮预支下年的俸禄。仁宗没有办法,只得把他捐的那笔钱又还给他。[4]对于荆王来说,还是等于没有捐,但能把很简单的一件事做得如此峰回路转,也不容易了。

荆王入冬以后身体就不行了。今年的冬天又特别冷,陈、楚之地暴雪兼旬。河北降赤雪,这是很罕见的天象。司天监占卜,结论是"忧在大臣"。此话也有道理,这种天气,上了年纪的大臣是最难熬的,感染一点风寒说不定就会要了老命。果然,不久就传来荆王病重的消息。凡元老重臣病危,皇帝都要亲自登门看望。圣上驾临,当事者一般都会受宠若惊,这不光体现了一种政治待遇,而且人之将死,其言也"善"("善"此处作"善后"解),这时候提点什么要求,皇上一般都会答应的。但也不是所有的人都这样想,因为这中间有一点小秘密。凡是皇帝去看望的人,一般都已病入膏肓,随时都有可能撒手人寰。如果车驾上了路,那边来报告说人死了,那就很尴尬。皇上的车驾翠华摇摇,出动一次不容易啊,说兴师动众一点也不是夸张。首先是内侍省,他们要随从供役,且不说那些虚张声势的仪仗,光是预备皇上一路上的吃喝拉撒就够复杂的了。因为是去看望一个垂死的病人,卫生方面的要求不能不特别严格,因此,大抵除去空气,其他所有的生活必需品都得预先带上,茶壶、唾壶、尿壶一样不能少,还有从未接纳过排泄物的金漆马桶。这些东西不一定用得上,只是有备无患而已。再一个是殿前司,要出动禁军保卫、开道、巡逻,重点地段要戒严、清场。有些工作恐怕还要牵涉到开封府,例如沿途路道的清扫、市容市貌的整理。真所谓一人就道,鸡犬不宁。既然出动一次不容易,如果半途而废就不好了。因此车驾出发时就做了两手准备,既准备了太医院熬制的汤药,也带了祭奠用的纸钱。如果人死了,就改成吊唁,省得过几天还得再跑一趟。当然此中变通,一般人是不知道的,一旦知道了,当事人的心情会比较复杂。例如几年以后,晏殊病重,他是做过宰相和枢密使的两朝老臣,皇帝当然要去看望。但晏殊的外甥杨文仲知道那点小秘密,他忌讳皇帝带着纸钱上门,就替晏殊上了一道奏章,声称"臣病小安,不足仰烦临问"。仁宗见病人还没到那个时候,就没有去。但此后只过了两天,晏殊就死了。这段情节,欧阳修在为其所作的神道碑中有隐隐约约的披露,其略云:"疾作,不能朝。饬太医朝夕视,有司除道,将幸其家。公叹曰:'吾无状,乃以疾病忧吾君。'即奏:'臣疾少间,行愈矣。'乃止。丁亥以公薨闻,上以不即视公为恨。"[5]在欧阳公笔下,一种真挚而朴素的君臣之情煞有介事地令人动容,真不愧谀墓文字。但其中却掩盖了一个基本事实:病人及其家属根本就不欢迎皇上去看望,所谓"上以不即视公为恨"完全是自作多情。

皇上去看望荆王当然也要预先带上纸钱的,但好在并没有派上用场。当时的情况是,皇上"亲至卧内,手调药,屏人语久之"[6]。这说明皇叔的状态还不算很差。既然纸钱派不上用场,那就要拿真金白银了,皇上赐白金五千两。白金就是白银,五千两白银不是个小数字,按当时白银和铜钱的比价,当在一万贯以上。在北宋那个时候,由于白银总量太少、价值太高,还没有成为流通货币,只存在于朝廷赏赐与会计结算当中,比如赋税、国家支付(向辽和西夏送交的"岁币"多少之类),市场流通均使用铜钱,局部地区出现了纸币。这让我想到《水浒传》中的那些好汉,吃饱喝足之后动不动就拿出一锭银子或一把碎银两,其实都是不真实的。白银作为流通货币是明代以后的事,施耐庵是元末明初人,他下笔时有点想当然了。

荆王今天倒是表现得相当高调,他不仅不要钱,而且说的话也很讲政治,充分体现了一个老一辈"伸手派"的高风亮节。他说,我这把老骨头不行了,既然不能为国家做什么贡献,就不要再浪费国家的钱了。这话虽然怎么听怎么耳熟,但人家那觉悟却不用怀疑。人哪,只有到了这个时候,才会把有些东西看淡一点,一辈子爱钱如命的赵元俨同志,到了最后命将不保的时候,也终于觉悟了,不爱钱了。

上面说过,病人没到那个时候,皇上是不会去看望的。这话若反过来说,可就不大好听了,凡是皇上看望过的病人,肯定死得快了。庆历四年正月初七,荆王死了。当然,以他的身份,死不叫"死",叫"薨"。这个字有点冷是吧,那我告诉你,和牛皮哄哄的"哄"同音。它也确实很牛皮,就为了那么一小撮有特殊身份的权贵最后翘辫子,专门发明了这个词伺候着。新年伊始,"薨"了一个皇叔算不上什么大事,如何处理殡葬事宜却颇有争议。

我们再来看看这个殡葬的"葬"字,一个"死"(即"屍","尸"的繁体),上下都是草。《说文》中的解释是"古者葬,厚衣之以薪(用草厚厚地裹着尸体)",故其上下皆草,可见古时候的人死了,真的是"草草"安葬的。到了宋朝这个时候,文明了,也讲究了,特别是荆王——他现在的头衔又不同了,死后追赠燕王——这种身份的人,应该是国葬。国葬就应该由国家出钱操办,而且这笔钱还不少,绝非"草草"就能打发的。那么就廷议吧。廷议本来只是走个程序,皇叔死了,为他办个葬礼还会有什么问题吗?有问题。异见分子还真不少。大致归纳一下,这些人反对的理由有三条。一说"年岁不利",也就是从阴阳五行上推算,今年不宜殡葬,这应该是司天监那些技术专家的意见。一说财政困难,没钱,这是三司——"国家计委"和"财政部"——的意见,他们有资格讲这个话。一说京西地区寇盗刚刚平息,不能再有骚扰。这是什么意思呢?得多说几句。赵氏的皇家陵墓在洛阳东郊的巩县,有资格祔葬的亲王和功臣也都忝陪于此。从开封到巩县,迢迢数百里,出殡的队伍差不多要走十天。而且死者有那么多的老婆,那么多的子孙,那么多难以割舍的至爱亲朋。再加上护灵和开道的军士、仪仗、役夫、宦官,这么大的出殡队伍浩浩荡荡地开拔过去,一路踏青毁苗不说,更要命的是,这支队伍中除去棺材里的死人和一路焚化的纸钱是自己带的,其余的吃喝用度都要由地方州县提供。沿途的官员还要组织路祭,趋附迎送。对于京西地区来说,这种骚扰就如同蝗灾一般,躲也躲不开。综上所述,朝堂上的主流意见似乎是这样的:赵元俨同志今年暂不安葬,明年再说。其家属要体谅国家的困难,化悲痛为力量,顾全大局,共度时艰。

那么这些意见对不对呢?可以说,除去第一条有点旁门左道,其他那些意见不仅对,而且冠冕堂皇义正词严放之四海而皆准。但有些问题太冠冕堂皇义正词严放之四海了反倒让人生疑。史料中没有记载这些意见具体出自哪些人,但我总觉得这中间有点怪怪的味道,至少是举轻若重。把一件并不复杂的事情故意上纲上线矫枉过正,弄得不仅不合典礼,而且不近人情,其背后往往潜藏着某种情绪。他们其实并不想就船下篙地解决问题,而是想搅事,或者说搅浑水。这不是无理取闹,而是有理取闹。这个"理",就是正在推行的"新政",既然"新政"已成为飘扬在阴晴不定的政治天幕下一面时尚的旗帜,那他们何妨把它高举再高举,飘扬更飘扬呢?无理取闹是由于心虚,有理取闹则往往是借题发挥,眼下不是强调"重命令""抑侥幸"吗?不是裁撤特权限制恩荫吗?不是整天都在高喊"生民之病必救,政事之弊必去,纲纪之坏必葺"吗?[7]很好!那就请自皇叔葬礼始,一切都照规矩办。弄到最后,堂堂大宋王朝,一个皇叔死了都不能入土为安,只能把棺材搁在家里,等待国家财政好转。这样的结局,不仅会让很多人寒心,恐怕连死者家的一条老狗——丧家的乏走狗——也会为之不平的。

范仲淹不能不讲话了。

老范不讲空话,也不讲"政治正确"的套话,而是从具体问题具体分析入手,实事求是地寻求解决的办法。

关于"年岁不利",他说这种阴阳之论"非圣人之法言",不予讨论。一句话就打发了。

关于财政问题,他先问一句:"天下财利虽困,岂不能葬一皇叔耶?"这样的诘问,让大宋皇帝情何以堪?问题不在于国家有没有钱为皇叔办葬礼,而在于"自来敕葬,多是旋生事端,呼索无算"。以前浪费很大,那是因为没有规矩,再加上有关部门失职,以后从严掌握就行了。他建议由皇帝下旨召集财政部及礼仪部门会商,以简俭为原则,一项一项地开出预算,报朝廷批准后就严格执行。以前的一些陈规陋习也在应该革除之列,例如凡宗室及一品官员殡葬,朝廷遣礼官赖祭,领衔的太常博士按惯例可得绢五十匹。[8]据说太常礼院的那些官员,整天都在算计着皇亲国戚中的老人,谁谁"可赖矣",谁谁也差不多了,期盼着他们早死。这些虽是笑话,但奉旨赖祭,却要拿五十匹绢,这样的惯例是不是合理呢?总之目的是"既减得费耗,又存得典礼",面子和里子都要照顾到。

关于送葬扰民,根本问题在于送葬的队伍太大,以至"道路供应,民不聊生",那就将队伍瘦身呗。他建议仪仗、护灵军士一律减省,沿途官员的路祭也免了;家属方面只批准死者的两个儿子和"左右五七人"送葬,女眷一律不去,因为去一个女眷,身边的服务人员就要好几个,那不得了。他还顺便说到,王爷的那些小老婆和女佣,其中年纪轻的、自己愿意出府的就放她们出去,这样也可以减省不少日常开支。王爷在世的时候,就常常寅吃卯粮;如今王爷去了,各种待遇降低了不少,今非昔比,要有过紧日子的准备。

相对于那些句句在理的有理取闹,范仲淹是实实在在地解决问题的态度,弊端、对策,条分缕析;论点、论据,眉清目秀。不仅小猫吃小鱼,有头有尾;而且小葱拌豆腐,一清二白。皇帝觉得很好,"从之"〔9〕。这说明,新政并不是哗众取宠的高调,而是非常脚踏实地,甚至非常人情世故的一件事。

燕王出殡时已是暮春时分,京师正飞扬着满城柳絮。汴河岸边,御街两侧,还有金明湖以及琼林苑都是以柳树而著名的地方。如果说对柳树最好的形容是"依依",那么对柳絮最好的形容则是"轻狂"。在这个季节里,文人墨客的诗词里往往少不了那点"轻狂"。其实那种毛茸茸的骚扰让人挺不爽的,特别是有风的天气里,黏人的小白花如丝如缕,漫天招摇,让你无所逃遁。因此,诗人又说:"春风不解禁杨花,濛濛乱扑行人面。"〔10〕似乎春风应该为杨花的骚扰负责,这就很没有道理了。不管你喜欢还是不喜欢,风总是要刮的,正如后来有位老人所说:树欲静而风不止。

当然,作为一名政治家,他说的既不是树,也不是风,而是政治。

二

朝廷关于滕宗谅的处理决定是正月初四下达的,在此之前,围绕着他的处理一直争议不断,朝廷的处理决定下达以后,争议仍未能平息。

滕宗谅这个人,一般的读者可能不很熟。但如果说他的表字,初中以上文化的人大抵都会知道的。"庆历四年春,滕子京谪守巴陵郡……"范仲淹的一篇名文让一座江南名楼和一个地方官的名字垂之青史。对,你猜得不错,滕宗谅就是滕子京。其实这个人并非庸常之辈,按当今组织部门的用人标准,他绝对属于想干事、能干事、干成事的能吏,唯一不足的是"常出事",因此麻烦不断,经常处于争议的旋涡之中。

宋真宗大中祥符八年(1015),滕宗谅进士及第,那一年的状元是蔡齐。新科状元总是很出风头的,但那一年蔡齐出的风头尤其大。传胪大典时,皇上见他仪表堂堂,举止端重,很高兴,当下就对宰相寇准说:"得人矣。"又"诏金吾给七驺传呼以宠之"[11]。这个"以宠之"实在是传神之笔,我还是第一次看到皇帝把这个"宠"字用于后宫之外的人。"驺"就是前后导从的骑士,皇帝特地下诏,令金吾骑士七人为新科状元开道,这种待遇以前从未有过,但从此以后便成为惯例。所以《宋史》中说:"状元给驺,自齐始也。"那一年进士及第的名单中还有一个叫范仲淹的年轻人。蔡齐后来虽然也算得上是真、仁两朝的名臣,但就其在历史舞台上的作为和影响力而言,和范仲淹却不在一个级别上,可见科场并不是检验真理的唯一标准。在我的印象中,有宋一代最杰出的人物都不是状元出身,只有南宋末年的文天祥勉强算是一个例外。之所以说"勉强",是因为如果不是亡国,他大抵只能沉沦下僚,老死户牖之下,连登场的机会也不会有的。滕宗谅和范仲淹这种同榜进士称之为"同年","同年"是官场上一种很微妙的关系,互相汲引与互相争斗都不算稀奇。范仲淹后来官做得很大,两人的关系也一直很好,这倒不是由于滕拼命往上贴——"我的同年范希文"——不是这样的。倒是范仲淹很赏识他的才能,一有机会就举荐他,出了问题也敢于为他两肋插刀。

滕宗谅遭遇的第一次麻烦是在明道元年(1032),背景是宫内的一场大火。大内的宫殿都是木结构,而且到处都是明火。照明用的是油灯和蜡烛,那是活泼丰饶的明火。炼丹用的是来自关中的石炭,那是恒久绵长的明火,例如真宗时在金丹阁炼的一炉丹,日供炭五秤,至今仍养火不绝。这炉炼丹的火后来一直烧到神宗熙宁年间,因王安石变法才熄灭。[12]你算算,前后一共烧了多少年?焚香点的则是闲袅醉人的明火——那不是敬神的香,而是香料,就像宋词中"金炉次第添香兽""沉香断续玉炉寒"所描写的——这些都注定了发生火灾是大概率的事情。火灾发生了,臣子们自然要七嘴八舌,其实说的都是平日里想说的话。就像中国传统诗歌中的比兴修辞,平日里想说的话没有找到由头,现在便借着大内失火乘"兴"而发。滕子京当时的职务是殿中丞，一个从七品的小官。小官也要发出自己的声音。他说的前半部分和大家差不多，他说大宋以火德为王，现在火失其性，说明"政失其本"。那么"失"在哪里又如何补救呢？他的说法和别人不同了，别人说的无非是减刑宽政、平反冤狱或赈济灾民之类，滕宗谅却直指当时垂帘听政的刘太后，要求其还政于皇帝。女主垂帘，本是权宜之计，现在皇帝已经二十三岁了，但太后似乎自我感觉不错，一点也没有要还政的意思。她没有这意思，别人也不好说，即使是元老重臣也不敢直接说的，最多也不过旁敲侧击。别人不敢说的话，滕宗谅说了，他理所当然地遭到了贬斥。但客观地说，他这次惹的麻烦不算大，因为皇帝毕竟已经成年，亲政是迟早的事。皇上亲政了，对当初支持他的臣子总会另眼相看的。而且在宋代那种政治环境下，政治上的错误属于公罪，公罪不是什么大问题，不但不影响以后的提拔任用，相反还会赢得直言敢讲的名声。倒是贪赃枉法那样的私罪是要打入另册的。一个对政治错误不很在乎的时代，在今人看来既不敢相信又怀想联翩。

　　滕宗谅被贬是在明道元年，明道后面的年号是景祐，从明道元年到景祐元年只有两年时间，这中间却发生了一系列大事：太后驾崩、仁宗亲政、废后风波，以及朝廷宰执班子的重新洗牌。景祐元年正月，滕宗谅迁为左正言，皇帝开始还他的人情了。虽然仍是从七品，但位置显然更重要了。说左正言大家可能不熟，如果说它的别称，好多人就不会陌生了：左拾遗。宋代的正言就是唐代的拾遗，都是谏官。好多人不陌生，是因为杜甫曾担任过左拾遗,所以有"杜拾遗"之称,从他的"明朝有封事""避人焚谏草"之类的诗句看,他也是给皇帝提了不少意见的。作为官职的名称,"拾遗"这两个字似乎有点寒碜,仿佛捡破烂的,但却足够形象,"拾遗"者,不避琐屑也。联系到谏官的职业特点,则有知无不言、言无不尽的意思。话是这么说,可你如果真的口无遮拦乱放炮也不行。杜甫的左拾遗没当好,原因就是他不懂官场的游戏规则,进言无所顾忌;滕宗谅的左正言也没当好,原因也大致差不多。仁宗既以义无反顾的绝情和郭氏离婚,又以不屈不挠的铁腕处分了阁门事件中的台谏官,接下来便把精力投入大内后宫。于是,关于皇上日居深宫好近女色的传言不仅流布道路,也在一些朝臣的上书里委婉地出现。这里的"一些朝臣"在景祐元年八月实际上就是指两个人,一个是庞籍,一个是滕宗谅。滕宗谅上书中的表述以文学性见长,他形容仁宗在后宫连续作战之后的状态为"临朝则多羸形倦色,决事如不挂圣怀"。一个精疲力尽的登徒子形象跃然纸上。这种话确实说得太难听了,仁宗恼羞成怒,以"言宫禁事不实"把他贬到信州去了。"宫禁事"就是后宫里的那些事。什么叫"言宫禁事不实"?宫闱之内,床笫之事,本来就是一笔糊涂账,皇上说你不实你就是不实,你还能举证不成?到了第二年二月,庞籍因为其他问题又被处分,仁宗想起半年前与庞某一起批评自己私生活的滕子京,大概觉得还不解恨,无缘无故地又把他从信州知州贬到饶州去做一个税官,这就有点意气用事了。到此为止,滕宗谅的官场表现大致验证了一句民间谚语:噘嘴骡子卖个驴价钱——全贱在一张嘴上。

其实,说仁宗拒谏,这肯定是冤枉;说他好色,虽不能算冤枉,但也是一个可以讨论的问题。这里有一个现成的故事,既与台谏进言有关,又涉及后宫嫔侍,我们来看看皇上是如何处理的。

故事出自宋人朱弁的《曲洧旧闻》,说后宫有一个叫奴奴的宫女,专门负责给皇帝梳头,很得仁宗的宠爱。一日仁宗退朝,头痒得厉害,急唤梳头女。奴奴在梳头时,发现皇帝怀里有一卷文书,于是两人便有了以下一段对话。

(奴奴)问曰:"官家是何文字?"帝曰:"乃台谏章疏也。"问:"所言何事?"曰:"霖淫久,恐阴盛之罚(连续阴雨,恐怕是上天对后宫阴气太盛的惩罚)。嫔御太多,宜少裁减。"掌梳头者曰:"两府两制,家中各有歌舞,官职稍如意,往往增置不已。官家根底剩有一二人,则言阴盛须待减去,只教渠辈(他们)取快活。"帝不语。久之,又问曰:"所言必行乎?"曰:"台谏之言,岂敢不行?"又曰:"若果行,请以奴奴为首。"盖恃帝宠也。

"盖恃帝宠也。"一语中的。这个奴奴,恃宠撒娇,当然不会是第一次,但从"帝不语"中,她应该感觉到今天皇上的态度,接下来的那两句半是撒娇半是要挟的疯话,太过分了。就一个梳头的宫女,你以为你是谁呀?

果然……

头梳好了,皇帝发话了,叫掌管人事的内侍带着花名册过来。又传令门卫,任何人都不许进,包括皇后——这是为了防止有人来说情。少顷,圣旨下,即刻裁减三十名宫女出宫,为首者,梳头女奴奴也。当时已到了吃饭的时候,但皇上不肯吃饭,立等回音。后宫的主管是曹皇后,曹皇后也不敢怠慢,立马将三十人遣送完毕,然后过来复命。皇帝这才用餐。饭后,两人又有了以下的对话。

> 慈圣(曹皇后)云:"掌梳头者,是官家常所嬖爱,奈何作第一名遣之?"帝曰:"此人劝我拒谏,岂宜置左右。"慈圣由是密戒嫔侍勿妄言,无预外事,"汝见掌梳头者乎,官家不汝容也"。

奴奴缘何得罪,皇帝说是因为"劝我拒谏"。而皇后在密戒嫔侍时说的是"预外事",也就是干政。很显然,皇后的说法更准确,后宫干政,这也属于"宫禁事"——宫中禁止的事。为什么要禁止呢?这么说吧,如果你想把国事搞得一团糟,那么让后宫干政不失为一种很讨巧的选择;如果你想给后世留下不好的名声,那么让后宫干政也大体可以事半功倍。因此,对于一个想有所作为的帝王来说,后宫干政绝对是一条政治红线。在政治红线面前,仁宗足够清醒,这与拒谏不拒谏或好色不好色没有关系。言官们过多地干预皇上的私生活并不值得赞赏,一个在女人身上从不偷工减料的君王,同样可以在治国理政时宵旰勤勉,无怠无荒,例如仁宗祖父辈的太祖和太宗。

再说那个"全贱在一张嘴上"的滕宗谅。他因进言被贬之后,先后辗转信州、饶州、江宁、湖州等地,一路倒也风生水起地做了不少事,也惹过一些麻烦。例如,他从湖州离任时,与他共事的通判和僚吏怀疑他在经济上手脚不干净,不肯在审计报告上签字。幸亏继任的胡宿为人宽厚,放了他一马。范仲淹经略西线,推荐他担任泾州知州。那几年西线战事吃紧,三川口、好水川、定川砦,宋军屡战屡败,一"川"不如一"川"。泾州在宋夏前线,战时体制,军政一统,老实说,这个知州不好当。这里只说一件事。定川砦会战后,关于西夏军队即将大举进犯的消息沸沸扬扬,而泾州城内又没有防卫的正规军。前方刚刚吃了败仗,阵亡将士的家属因为酹祭和抚恤,每天都披麻戴孝地到州府来请愿,哭闹之声不绝于耳,让全城到处弥漫着失败和死亡的气氛。再加上连续十多天雾霾弥天,这在科学昌明的今天倒无所谓,最多不过男女约会搞错对象罢了。但当时的民众不懂科学,他们认为这是上天示警,将有屠城之祸。泾州风声鹤唳,那种笼罩全城的恐惧和惊惶,如同到了世界末日一般。但知州滕宗谅决不附和"一般",或者说他这个人胆略很不"一般"。他挑选了几千名青壮农民,让他们穿上军装登城戍守,又招募细作出去刺探情报,及时掌握西夏军队的动向。后来范仲淹也从环庆路引兵来援。滕宗谅这个人手面很大,泾州每天都烹羊宰牛,大排宴席。外来援兵加上本地民兵,几千条大汉,今天大肉大酒,明天大酒大肉,吃得大家心情舒畅豪情满怀,然后便是同仇敌忾。滕宗谅又在佛寺为阵亡将士举行隆重的醻祭仪式,军政大员全体出席;招魂过后,当场兑现承诺,厚抚其孥。民众的情绪安定了,泾州以决死的姿态站了起来,而西夏人也始终没有轻举妄动。

这个滕宗谅确实敢作敢为,但读者也不难看出,他的作为都是要大把大把地花钱的,即使不能叫挥金如土也肯定是仗义疏财。那么问题来了:这些钱是从哪里开支的呢?

答曰:公使钱。

公使钱是宋代的叫法,差不多一千年以后,现在叫公务消费。一千年,我们周围的这个社会发生了多大的变化啊,不仅天翻地覆慨而慷,而且人间正道是沧桑。但有一类开支却滔滔不绝生生不息万变不离其宗,从公使钱到公务消费,虽叫法不同,但都姓"公"。这个"公"字十分了得,有万夫不当之勇,有了它打头,无论是"使钱"还是"消费"全都名正言顺理直气壮。公使钱的使用当然也是有规矩的,那就是不能"自入"(放进自己的腰包),除此而外,怎样使用基本上都是合法的,不仅可用于公关、抚恤、赏赐部属、收买间谍;也可用于吃喝玩乐。即使是找小姐——体制内的叫营妓,体制外的叫歌伎——也确实可以在公使钱里开支,一点都不是笑话。

但滕宗谅的麻烦还是出在公使钱上。宋代是一个以人治为行政基础的社会,关于公使钱的制度设置本身留有很大的阐释空间,出事不出事某种程度上就看你的运气。上文曾说到滕宗谅从湖州离任时的审计问题,首先要承认,滕宗谅在湖州是勇于任事的,特别是花钱数十万大兴学校,成就了"湖学为东南最"的文化气象,后来很令湖州引以自豪。其次,他离任审计时,"通判、僚吏皆疑以为欺,不肯书历"[13]。这里虽然用了一个"疑"字,但恐怕绝非空穴来风。不是说滕宗谅把钱贪污了,不是的,他不是贪钱的人,他是喜欢花钱的人。世界上有这种人的,待人手面很阔,办事好大喜功,没钱也要穷大方,有钱更要甩排场。穷大方加上甩排场,经济上能不出问题吗?像滕宗谅在湖州花费数十万钱办学校,那些吃掉、喝掉、用掉、赏掉的钱中肯定有不规范的。这些"不规范"如果没有人较真就不是问题,岁月静好,皆大欢喜。但一旦有人出来较真,那就肯定是问题。滕宗谅那次运气好,他遇上了一个息事宁人的继任者胡宿。但好运气不会总罩在一个人头上,庆历三年初夏,范仲淹离开西线调中央工作,滕宗谅亦从泾州移任庆州。泾州的继任者郑戬是范仲淹的僚婿。"僚婿"是南方人的称呼,意思是共同为一个老丈人效劳的女婿(僚者,共劳事也);北方人的称呼比较形象,就拿穿在身上的衣服打比方,叫连襟。郑戬就任以后,发现前任经济上漏洞很大,其中竟然有十六万缗公使钱去向不明。十六万缗可不是一个小数字,有学者估计,以购买力而论,这笔钱相当于现在两到三个亿人民币。这种换算我不懂,也不便置评。但我可以提供另一组数字:宋代制钱一千(也就是一缗)重约六斤,十六万缗钱堆在那里,至少须得一百辆大卡车才能装走。郑戬不是胡宿,不是他不厚道,实在因为这笔钱太大了,他负不起责任。他立即将此事揭发出来。那些风闻言事的御史亦闻风而动,启动了弹劾程序。根据北宋的法律,如果这笔钱被贪污了,大概可以判五千到六千次死刑。滕宗谅这下麻烦惹大了。

在满朝一片喊打声中,独有范仲淹挺身而出,为滕宗谅辩护。他认为朝廷不能只听信纪检官员的"风闻",不相信他亲眼所见的事实。在当初那种非常情势下,主政官员完全可以"便宜行事",即使有所违规,"情亦可恕"。现在问题还没有弄清楚,应该让滕宗谅继续工作,同时派人去泾州和庆州取到"钱帛文帐"磨勘,认真审计。如果真的查出滕宗谅有贪污问题,他甘愿与之"同行贬黜"[14]。

范仲淹所说的这些都合情合理,朝廷当然要派人去审计。但就在审计人员抵达前,剧情却出现了石破天惊的逆转,滕宗谅把先前的财务账本付之一炬。他这样做的用意,据说是"恐连逮者众,因焚其籍以灭姓名"。这是《宋史》本传中的说法,语气中似有赞赏之意,为了不牵连自己的朋友,因此烧毁了记录资金流向的人情账。这种交友道德似乎很够意思,但法律责任也要他一个人扛着了。

账本烧掉了,调查还得进行。根据当事人的反映,十六万缗公使钱除用于那次非常时期的应急开支外,日常性的流向还有两处,即所谓的"日以故事犒赉诸部属羌,又间以馈遗游士故人"[15]。先说前面的"日以"。和边境地区的少数民族部落拉关系、搞收买,这是原来就有的做法。"故事"就是惯例,但滕宗谅做得太过分了。"日以"是什么意思?如果说"日以继夜"表示日夜不停,那么"日以"就是日日不停。这当然有点夸张,但吃喝活动的频率显然太高了。再说"间以"。滕宗谅是个文人,也是个朋友人,他到前线担方面之任,书生践戎马之场,这历来被视为很风雅的事。于是,三天两头的就有文友打着采风的旗号来打秋风。人情世故谁能没有一点呢?对这些人,滕宗谅手面很大,好吃好喝不算,走的时候还要塞上一只红包,让客人一掂分量心里就怦怦乱跳。这些人回去以后,自然要在作品中说他的好话,并在京师的文酒之会上传扬。这些都是滕宗谅很看重的——大家应该感觉到了,他是个好虚荣的人。但问题是,如果说与那些奇装异服的部落首领大吃大喝尚有"故事"可循,那么这种把公家的钱往亲朋好友的口袋里塞,与贪污还有多大区别呢?接下来就看中央审计组怎么认定了。

中央审计组在争议的唾沫星子中且审且计。争议的一方是参知政事范仲淹力保滕宗谅,且扬言与之共进退;一方是御史中丞王拱辰力主追查到底,亦不惜以辞职相要挟。当然,他们的唾沫星子都不算数,即使多得漫天飘洒也不算数。归根结底还是要看中央审计组的结论。

审计结论千呼万唤始出来,犹抱琵琶——没有抱琵琶,人家抱的是三弦:审计意见大致三条。

一、滕宗谅在泾州和庆州工作期间,"所用钱数分明,并无侵欺"[16]。这就是说,不存在先前炒得沸沸扬扬的所谓"十六万缗公使钱去向不明"的问题。

二、"亦不显入己。"[17]也不存在贪污问题。

三、但在公使钱使用中有不够规范之处，主要表现在讲排场、摆阔气、大手大脚、超规格宴请，以及在公务交往中馈赠红包，等等。

不知道审计组是如何审计的，既然账本烧掉了，所谓"钱数分明"从何说起？又凭什么说没有"侵欺"，没有"入己"？况且，没有问题他为什么要烧毁账册？烧毁账册本身就是抗拒审查。在中央调查组面前，"抗拒"二字该当何罪？但既然审计组这样下结论，总归有他们的理由，而最大的理由就是：

皇上不想深究此案。

皇上的道理总是大道理，这不是恭维话，而是公道话，因为他是皇上，这个"上"是高高在上的"上"。高高在上，看问题就居高临下，一览众山小了。他当然知道在公使钱使用问题上滕宗谅是经不住查的；他甚至还知道不仅是滕宗谅，相当一部分官员都是经不住查的。既然这样，查谁不查谁，放在什么时候查，是深挖细查还是浅查辄止，这就有所选择。政治这玩意说到底就是选择，一部成王败寇的政治史，就是由大大小小的选择组成的。滕宗谅的问题要不要查下去？这是现在仁宗面临的选择。再查下去有什么后果呢？首先，滕宗谅到泾州和庆州任职都是范仲淹推荐的，本朝法律，如果滕宗谅以"私罪"——例如贪污——被处分，推荐他的范仲淹也要被追究，下台是最符合法律和惯例的结果。然老范一去，新政奈何？这样的结局其他人可以不考虑，皇上不能不考虑。范仲淹以宰执之尊，数次要求和有贪污嫌疑的被劾官员并案处理，这显然有"要君"之嫌，对此皇上不会没有想法。但想法归想法，至少在眼下，皇上还只能迁就他。所以说滕宗谅的问题再查下去，只会让自己骑虎难下。还有一点，在滕宗谅事件前后，又接连发生了几起类似案件，都是关于公使钱使用问题，涉案者都是前线的统兵将领。办案中顺藤摸瓜又牵涉了不少人，弄得边将人人自危，谏官欧阳修在上书中把这种气氛形容为"枝蔓句追，囚系满狱，人人嗟怨。自狄青、种世衡等，并皆解体"。我弄不清这里的"解体"是什么意思，是不是现在所说的思想消极，斗志涣散。但我知道狄青和种世衡不仅是西军名将，而且是北宋中后期可数的真正能打仗的将领，其他几个能打仗的应该都是种世衡的后人，《水浒传》中所谓的老种经略相公种师道已经是他的孙辈了。现在查公使钱弄得狄青和种世衡这种身份的人都很紧张，这就不好了。"不好"不是我说的，是皇上的感觉。皇上知道，军队反腐要慎之又慎，文人怨恨，无非樽边裙下；武人怨恨，说不定就是三刀六洞。一旦弄出乱子来，那麻烦就大了。公使钱原本就是用来收买他们的，何苦又来查他们呢？那么就收手吧，也罢！

庆历四年正月初四，朝廷下发了关于滕宗谅的处理决定，一起来看看：

> 降刑部员外郎、天章阁待制、权知凤翔府滕宗谅为祠部员外郎、知虢州，职如故。[18]

我看了半天，怎么也看不出打头的那个"降"字体现在哪里。先看官阶，原来是刑部员外郎，现在是祠部员外郎，都是大部下面的副司长，平级。再看职级，原来是天章阁待制，现在"职如故"，秋毫无损。再看差遣，原来是庆州知州，后来因为审查，临时任命他知凤翔府，新的任命是虢州知州。州府本来是平级的，似乎也没有降。但这只是"似乎"，其实，宋代的州府和县是分好多等级的。县分十等，从正五品的赤县（全国仅京师近郊的开封、祥符两县）到从七品的下下县。州府亦分为雄、望、紧、上、中、中下、下七等，因此，滕宗谅处理决定中打头的那个"降"，就在于凤翔与虢州之间的落差。也就是说，他的级别、工资都没有变化，只是调到了一个条件相对差一点的州府而已。这也是对言官们的弹劾要有所交代。

但言官们不满意，而且相当不满意。王拱辰作出了激烈反应，认为对滕宗谅处理太轻，"臣明日更不敢入朝，乞赐责降一小郡，以戒妄言"[19]。什么意思呢？既然皇上不采纳我的意见，那就说明我的那些都是胡说八道，为了惩罚我，请把我降到一个小郡去。从明天起我就不上班，在家等着。所谓"进言不用居家待罪"是宋代赋予言官的权利。居家待罪，不上班，实际上是对皇帝施加压力。

御史李京又接着上书，揭发滕宗谅还有利用公使钱贩卖茶叶的问题，并且明确提出处理意见："宜夺天章阁待制。"也就是降低他的工资职级。不给他一点实质（实职）性的处分，到底意难平啊！

御史台的一帮哥们儿看来是和滕宗谅摽上了，这除去本职工作的责任感,可能还有几许悲壮情感的驱动。悲壮吗?是的。但我说的是"几许"。悲壮源于御史梁坚,他是第一个站出来弹劾滕宗谅的,然后才有王拱辰、李京等人陆续跟进,终成大呼隆之势。但这些都谈不上悲壮。悲壮的是梁坚不久就死了,他的死当然与弹劾滕宗谅没有任何关系,也说不上是因公殉职。他就是最普通最寻常最平淡无奇的生老病死的——病死。但不管怎么说,他一死,弹劾滕宗谅便成了他的"未竟之志",也就是遗志,也就是所谓"出师未捷身先死",这就有点悲壮了。《续资治通鉴长编》中这样描写一场使命的交接:"会坚死,台官执坚奏劾宗谅不已。"这中间的"执坚奏"恐怕不能机械地理解成"拿着梁坚的奏章"(弹劾滕宗谅),而是继承梁坚的遗志,前仆后继,同仇敌忾,把弹劾进行到底。在他们看来,不给滕宗谅一个像样的处分,不仅对不起自己的职责,也对不起九泉之下的老梁同志啊。

那就再给他一点处分吧。

二月十四日,"徙知虢州滕宗谅知岳州"。相比于虢州,岳州离京师更远,也更荒僻。一个"徙"字,已有贬谪之意。这算是照顾了一点言官们的情绪。"然终赖仲淹之力,不夺职也。"[20] "职"指的是滕宗谅的职级,也就是工资标准。李京在上书中曾明确提出"宜夺天章阁待制",但未被采纳。

到此为止,滕宗谅事件尘埃落定。不能不说,在这次事件中,范仲淹道义上是失分的,他那种为朋友奋不顾身"横身挡之"的做法,可能会过早地唤醒仁宗对"朋党"的警惕,从而给正在推行的新政笼上一层阴影。

已经到虢州上任的滕宗谅只得又往岳州去。中国历来的规矩是右贵左贱，所以称贬秩为左迁。从庆州而凤翔而虢州，最后再到岳州，滕宗谅一"左"再"左"。荆楚大地，山重水复，左迁之旅，一路蛮荒，他的情绪当然也不会好。

大家不要忘了，滕宗谅就是滕子京。"庆历四年春，滕子京谪守巴陵郡"，说的就是这个人。

三

御史中丞王拱辰不是还在闹情绪、"居家待罪"吗？不碍。仁宗把他叫过来，说了一番安抚的话，意思是：纪检官员秉公执法，该怎么干就怎么干，不要因为朝廷一时没有采纳自己的意见就撂担子不干了。今后有什么应该说的，还是要说。这中间多是鼓励的话，但也有两句是比较严厉的，即"勿以朝廷未行为沮己，而辄请解去以取直名"。所谓"取直名"，就有作秀的意思了。王拱辰知道皇上很器重自己，唯其如此，自己更要懂得见好就收，因此第二天就到御史台上班去了。

王拱辰是个很自负的人，这种自负从十四年前的殿试唱名就开始了。

或者说，从殿试唱名的前夜就开始了。

天圣八年（1030），二十岁的仁宗亲临崇政殿主持殿试，殿试题亦由皇帝亲自拟点，无论是《藏珠于渊赋》，还是《博爱无私诗》，都宣示了一种于宽仁淳厚中积极进取的治国理念。看来皇帝虽然还没有亲政，就已经很有想法了。这次考试录取了包括欧阳修、蔡襄、田况、石介等人在内的一大批北宋名臣。关于状元人选，呼声最高的当然是庐陵才子欧阳修，在此之前，他已经在解试和省试中连中两元，如果再中状元，将书写一个读书人"连中三元"的旷世神话。欧阳修本人也志在必得。唱名前夜，他正在房间里挑选第二天穿的礼服，一个锦衣华服的年轻人推门而入，施施然有得意之色。欧阳修觉得很奇怪，来人答道："做状元的，应该穿这样的衣服。"言下之意你不用挑衣服了，状元肯定是我的。这位年轻人当然知道欧阳修是呼声很高的状元人选，正因为知道，他才以这种挑战性的姿态，显示了大魁天下非他莫属的自负。此人叫王拱寿。第二天唱名，王拱寿果然被点为状元。[21]

有人认为，仁宗这样选择可能顾及了形象因素。历代皇帝在唱名时总有点以貌取人的，大魁天下者，最好仪表堂堂，方能体现王朝气象。王拱寿才十九岁，小鲜肉玉树临风，一表人才。欧阳修年纪也不大，二十四岁，但他名为"修"却并不修长，而且面黑，近视，加之唇不著齿（龅牙，或者人中太短）。客观地说，其形象分也就及格而已。仁宗不仅点了王拱寿的状元，还亲自动笔为他改名拱辰。很显然，"拱辰"比"拱寿"的格局大多了，如果光听名字，基本上一个是当朝宰相，一个是地主老财。皇帝为新科状元改名，这种事情怎样阐释也不为过分。刘太后垂帘听政毕竟只是权宜之计，已经二十岁的仁宗即将走上亲政的舞台。"为政以德，譬如北辰，居其所而众星共之。"(《论语》)以政治上的"北辰"自居，期望身边有一批辅佐他的才俊之士，行无妄为之德，不出其位而天下大化，这大概就是仁宗在新科状元名字上寄托的政治理想吧。

欧阳修和王拱辰这一对在唱名前互相抢风头的竞争对手，后来却成了连襟，两个人都娶了薛奎的女儿，而且王拱辰还娶了两个。先娶的是大小姐，后来不幸去世了，老丈人为了让肥水不流外人田，又把待字闺中的三小姐嫁过去。斯文词典里谓之"续弦"，民间俗语中叫作"填房"，都很形象。连襟欧阳修随口以小令助兴，却既不是《念奴娇》，也不是《蝶恋花》，而是两句玩笑："旧女婿为新女婿，大姨夫作小姨夫。"[22]

薛奎这个人很有意思，这从他的绰号也可以看出来。他有两个绰号——"薛出油"和"薛春游"，读出来虽然差不多，却分别代表着他人生中的两个历史时期。他早先知开封府，天子脚下，素称难治，难就难在王公贵族盘根错节，稍微有一点什么风吹草动就会捅到高层去，弄得满城风雨。主政者亦往往投鼠忌器，束手束脚。薛奎却不尿这一壶，他以严刑峻法铁腕施政，一时令行禁止，人称"薛出油"，这当然是不大友好的称呼。后来他知成都府，天府之国，物阜民丰，加之天高皇帝远，游嬉之风大盛。薛奎亦入乡随俗，与时俱进，日以宴游为乐。他曾作《何处春游好》诗十首，看这题目，大概是介绍自己春游中最流连的十处胜境佳景吧。知府大人如此游兴,真所谓乐不思"署"矣。乘着这十首诗的影响力,他索性自号"薛春游",用以取代以前那个不大友好的"薛出油"。[23]他没有儿子,只有三个女儿,因而对择婿特别看重,这也是他要把小女儿嫁给王拱辰续弦或填房的原因,他看好王拱辰的仕途前程,这一点坚定不移。

老丈人的眼力不用怀疑,从天圣八年状元及第到庆历四年,王拱辰的仕途顺风顺水。他既在地方州郡滚打过,又曾在首都开封府独当一面;既有在经济综合部门工作的经历(盐铁判官),又担任过中央高层的大秘(知制诰和翰林学士),现在的职务是替皇帝监察百官的御史中丞。这种多个部门的轮岗锻炼,显示了皇上对他的着意栽培。按照这种势头,他进入两府执政只是迟早的事。他才三十三岁,少年得志,风华正茂,将来位极人臣也是完全可以期待的。

但有时候少年得志并非好事,它会形成一种舍我其谁的心理预期,不仅自视甚高,俨然天降大任于斯人;甚至看不得别人的成功,因为所有的成功都应该是属于他的,这就迫不及待了。迫不及待的表现是喜欢作秀,常常不惜以极端形式秀自己的存在感。例如上次因为反对夏竦出任枢密使,在廷争中他竟然拽着皇帝的衣袖不让退朝。还有最近为了严办滕宗谅,他自说自话地"居家待罪",以不上班胁迫仁宗,这些都有作秀的成分,仁宗说他是为了"取直名",这就一针见血了。说到庆历年间的政坛纷争,人们总喜欢刀劈豆腐两面光,把当时的人事分成改革和保守两个阵营,然后让他们对号入座。但历史毕竟不是厨师手中的一块豆腐,历史活动是人的活动,只有透过各种人物幽微隐曲的心理动机,才能窥见历史的底色。就说王拱辰眼下的心态吧,他当然是新政的拥护者,这绝对不用怀疑。对范仲淹提出的那些政改主张,他并不持异议。或者假设一下,如果皇上不是叫老范,而是让他来主持政改,他也会提出大致差不多的主张。但拥护新政和拥护老范是两回事。随着新政的逐步推开,他的心情相当复杂。他当然希望新政旗开得胜,给大宋王朝带来一派明朗的晴空,政通人和,国富民强,四夷亦为之宾服,万国衣冠拜冕旒。但他又不希望看到由于新政的成功而让范仲淹等人笑傲江湖——官场也是江湖,不仅水深浪急,而且赢者通吃。如果说新政本身并没有触犯他利益的话,那么新政成功后形成的政治局面恰恰会让他在官场竞争中相对弱势。你看在老范周围前呼后拥的那一帮人:富弼、韩琦、欧阳修,虽然年龄比他略大,但也只在四五岁之间,同处三十到四十这个年龄段。官场上的竞争,说到底都发生在同代人之间,他并不会把杜衍、晏殊和范仲淹作为竞争对手,因为年龄摆在那里,尔等迟早要退出历史舞台的。他可以很自豪地宣示:归根结底,这个世界是我们的。但问题在于,"我们"是个复指,这中间包括王拱辰,也包括富弼、韩琦、欧阳修,甚至还包括近来相当活跃的苏舜钦、蔡襄、王洙、王益柔等一班新锐。富弼是晏殊的女婿,这且不去说。前年他因出使辽国而出尽风头,在政坛上呼声很高,现在已是枢密副使,进入了两府执政的行列。而且翁婿同处两府,亦本朝罕见。韩琦先前已担任过枢密副使,后因范仲淹调中央主持新政,他又改任陕西宣抚使。宋与西夏的关系正处在或战或和的关键时期，在皇上眼里，西北前线的军政大局，还是韩琦值得倚重。欧阳修是王拱辰的连襟，入朝以前就以文章名冠天下，前些时以谏官而加知制诰。知制诰俗称"一佛出世"，这是什么意思呢？佛教谓出世为生，涅槃为死，俗语中的"一佛出世二佛涅槃"（也有说"一佛出世二佛升天"的）即死去活来。因为知制诰负责起草官员晋升和贬黜的诏书，似乎官员的"死去活来"全在其笔下。称之曰"一佛出世"，大概有期望其笔下超生的意思。这是很清要的职位，非一般官员或凭资格就能充任的，按惯例"必试而后命"[24]。但仁宗认为欧阳修不用考试，遂破格直接任命，可见皇上对他也青眼有加。连襟之间的关系本来就十分微妙，攀比和忌妒也是人之常情，王拱辰又是很自负的人，面对着别人的成功，他的内心很不坦荡。

又到祈雨的时候了。自庆历元年以来，旱灾就像个死皮赖脸的穷亲戚，每年都要不请自来。而朝廷每年关于祈雨的动议，则有如宋词中渲染的愁绪：才下眉头，却上心头。今年的灾情来得早，开春以后，淮南、江南、两浙诸路持续干旱，这几个地区都是王朝最重要的钱柜和粮仓，若夏熟歉收，不仅影响天庚正供，而且关乎国计民生。朝廷除派遣内臣分赴各地祈雨而外，圣驾还亲临大相国寺进香。为什么要去大相国寺呢？这中间是有说法的。大相国寺的五百罗汉本是南唐东林寺旧物，太祖开宝八年，宋军以曹翰为先锋下江南，尽取南唐金帛财货，连绵竟百余舟，因无以为名，乃取东林寺罗汉分载各舟，谓之押载罗汉，至京师后遂诏赐相国寺。[25]罗汉本江南水土,犹情系故地,江南每遇灾戾,据说有见罗汉流泪者。所以来这里进香祈雨是很灵的。

接踵而来的还有蝗灾。按理说,蝗灾多在夏秋,春天很少见。但今年春天的蝗虫有点迫不及待。这不是我信口开河,而是谏官余靖在奏疏中说的:

伏见淮南、江、浙经春少雨,麦田半损,蝗蝻复生。[26]

蝻,仅有翅芽还没有生成翅膀的蝗虫,也就是蝗虫的预备队。一开春就把预备队预备好了,确实有点迫不及待。其实余靖这份奏疏的主题并不是说干旱和蝗灾,他说的是新政。

更确切地说,他说的是新政推行中出现的问题。

范仲淹的《答手诏条陈十事》是去年九月提出的,在此后不到两个月的时间内,朝廷频频颁布诏令,贯彻《十事》中的新政精神。《十事》之中,第七项"修武备"提出恢复"府兵制",因变革兵制牵涉重大,朝廷未予采纳。第六项"厚农桑"为农业国家立国之本,朝廷向来重视,一直有各种措施加以落实,无须再付诸诏令。第九项"覃恩信"、第十项"重命令"是敦促朝廷本身的,也不一定要以诏令的形式贯彻落实。除此而外,其他六项皆已见诸诏令,或立为法度。这对官僚体制臃肿、官府机构庞大、行政效率低下的宋王朝来说,算得上是雷厉风行了。

那么,新政推行的成效如何呢?

为了回答这个问题,我们先来看看几份有意思的奏章。

今年二月二十二日，崇政殿说书赵师民上疏要求变革朝政。崇政殿说书是个小官，负责给皇帝讲读经史，但地位在侍讲、侍读之下。也就是说，同样是给皇帝"讲读"，他连"侍"的资格也没有。说他的奏章"有意思"，不是因为其中洋洋洒洒地提出了十五条变法主张，而在于这些主张比之于范仲淹倡导的新政，只能说换汤不换药，有些甚至连汤也没有换。本来，这中间的大部分内容在范仲淹倡导的新政中已有体现，朝廷也正在大张旗鼓地贯彻落实，那么赵师民为什么还要提出类似的建议呢？只有一种解释，那就是在新政施行一百多天以后，大臣们既感不到变革的震动，也看不到新政的气象。一句话，新政雷声大，雨点小，成效平平。不知道这个赵师民籍贯何方，是不是江南人，因为"说书"一词在吴方言里有"信口开河"的意思。但是给皇帝讲读经史肯定是不能"信口开河"的，那么他的这份奏章是不是"信口开河"呢？

再来看看余靖这份更"有意思"的奏章。

余靖所反映的是，新政所涉及的六项措施，在推行过程中由于各级官员的消极应付，敷衍塞责，大多水过地皮湿，不了了之。具有讽刺意味的是，唯有一项意在改善官员待遇——所谓的"高薪养廉"——的措施，却令人啼笑皆非地得到了坚决、迅速，甚至过度的执行，并在不少地区产生了恶劣的影响。这项措施就是在《十事》中位列第五的均公田。

所谓公田又叫职田，即各级政府所拥有的用于补贴官员开支的田产。这种制度古已有之。我们还记得，当年陶渊明在彭泽当县令时,要在他的公田里全部种"秫"(高粱),因为高粱可以酿酒,他认为"令吾常醉于酒足矣"。一个嗜酒如命的人,这很正常。但他老婆不同意,坚持要种"秔"(粳稻),因为她知道,老头子喝酒固然重要,但全家老小还得吃饭呀。最后双方达成妥协,"乃使二顷五十亩种秫,五十亩种秔"。以此算来,则当时一个县令的公田为三百亩。这是《宋书》中的说法。《晋书》中的说法稍有不同,"乃使一顷五十亩种秫,五十亩种秔",公田为二百亩。但不管三百亩还是二百亩,一个县令的收入不仅仅只有"五斗米",这是肯定的。

新政中的"均公田"本意是为了厚禄养廉,改善外放官员的生活条件,"然后可以责其廉节,督其善政"[27]。与以往相比,官员公田的数量这次有相当大的增加,这个"相当大"到底是多少呢?据说"比于旧数,三倍其多"[28]。根据统计,各地公田原先存在三种情况:没有公田的,公田数量不够的,公田过于贫瘠不能耕种的。朝廷指令从庆历四年开始,用三年时间,将公田补充到位。可以想见,在一个官本位的体制里,这项有利于现任官员的措施将遭遇怎样一种干柴烈火般的热情。诏令下发后一路绿灯所向披靡,各级外官欢欣鼓舞,以空前的积极性迅速落实。谁说他们效率低下执行力不强?扯淡!遇上对自己有好处的政策,他们何曾有过一丝敷衍半点懈怠?他们不仅闻风而动,而且争先恐后;不仅不折不扣,而且层层加码;不仅一抓到底,而且务求实效。从来没有看到他们像现在这样精神振奋意气风发斗志昂扬,他们或巧立名目,强夺民田为公田;或突破朝廷规定的标准，随意增加公田顷亩；或在购置公田过程中徇私舞弊，收受贿赂。他们那个起劲啊，那个嘚瑟啊，简直就像一群扎进剩饭剩菜里的猪。他们不做表面文章，不搞形式主义，而是亲力亲为，真抓实干，在两三个月的时间内，各地就呈现出"分田分地真忙"的喜人景象。好家伙！朝廷诏令中明明说要用三年时间，他们竟然三个月就落实到位了。对中央精神这样地只争朝夕，立竿见影，谁曾见过？望着他们那屁颠屁颠乐此不疲的身影，我得承认以前严重低估了他们的工作热情。综上所述，这应该是一个关于行政效率、关于执行力、关于创造性和主动精神的经典案例，完全应该列入教科书而历经千载熠熠生辉。但是在惊叹之余，我又不由得生出几许奢望：如果他们拿出这种热情的一点零头来处理民生疾苦，那该多好！

好了，让我们赶紧丢开这惹是生非的公田，回到新政本身。

毋庸置疑，这两份奏章都暴露了新政推行中的负面问题。人们也许要问：这是不是政敌的诽谤呢？当然有这种可能。何以解恨？唯有诽谤，这是政治斗争中司空见惯的伎俩。但联系到上书的两个具体人，又似乎不像。赵师民是个级别很低的"说书人"，他上书只是为了显示一下自己的存在感，为日后的进步做一点铺垫，犯不着动用杀伤性武器。余靖的情况就更不用说了，在蔡襄的《四贤一不肖诗》中，他和范仲淹、尹洙、欧阳修同列"四贤"，怎么会成为老范的政敌呢？

为了更能说明问题，我们再来看看另一份上书，这是集贤校理苏舜钦的《上范公参政书》。苏舜钦是范仲淹的朋友，也是范很赏识的青年才俊,一个多月前,苏刚刚被他举荐到朝廷任职。这本来应该是一封苏舜钦写给范仲淹私人的信,但因为范是主持新政的中央领导,信中所说的又都是国家大事,所以苏舜钦采用了上书的形式,用现在的话说,也就是公开信,以期引起更多的关注。

苏舜钦在信中说了些什么呢?

他说,阁下刚担任执政时,朝野都寄予厚望,大家每天都"倾耳拭目,望阁下之所为"。但新政实施以后,这段时间却收效甚微。我从山阳回京师时,听到了不少批评的声音。

他说,开始听到这些声音时,我认为是少数别有用心的人在造谣惑众,为此我跟他们争得面红耳赤,我说医治老病不可能药到病除,如果急于求成,用药过猛,最后是治好还是治死都不好说。

他还说,后来我听说是你推荐我到集贤院任职的,为了避嫌,我就不敢再替你解释了。但批评的意见听多了,我渐渐发现事实果然像他们所说的那样,新政本身在设计和贯彻中存在不少问题。我在后面附了七点变革时弊的主张,供你参考。

稍微归纳一下,苏舜钦这封公开信至少说明了以下问题:一、新政确实没有产生多大的政治效果;二、这是朝野的普遍共识,不是政敌的恶意诽谤;三、支持范仲淹的官员们也逐渐失望。打一个不确切的比方,这场新政就有如一个人尿裤子,自己觉得热乎乎的,别人则无所谓。

其实范仲淹自己也未必"热乎乎的",他已经在官场里沉浮了将近三十年,何曾不知道在这里混资历容易,真正要办成一件事可谓难矣哉。新政的主要措施——"明黜陟""抑侥幸""精贡举""择官长"——都是围绕着建设高效廉洁的官僚队伍而提出的。然而,谁来掌握"黜陟"尺度?派遣到全国各地考察官员政绩的按察使的为官素质如何?他们不作为怎么办?乱作为怎么办?或者该作为的不作为该不作为的乱作为怎么办?淘汰不称职官员时遭遇权贵是否能够坚持执行?按察使也是人,世间一切事物中,人是第一个可宝贵的,也是第一个可鄙薄的,因为是"人"就有自己的利益、欲望、嗜好、阴私和人际圈子,他们无意或有意制造冤假错案怎么办?谁来监督这些"人"?诸如此类的问题,剪不断,理还乱,而且许多问题在人治背景下都是解不开的死结,总不能把所有的问题或程序都呈请我老范定吧……

或有人反唇相讥:你以为你老范就一定是模范的"范",就不会变成犯错的"犯"?你也有自己的小圈子,也可能因感情用事而有失公正,例如在滕宗谅的问题处理上……

"有人"者谁?也许是他的政敌,也许是他的朋友,甚至,也许是当今皇上。

四

今年的洛阳牡丹进宫了。

洛阳这个地方,唐代称东都,到了宋代又称西京,一会儿

"东"一会儿"西",真正不是"东西"。其实不管"东"还是"西",都是陪都,说得不客气一点是做小的。但洛阳人到了开封却牛气得很,举一个简单的例子,大凡与外人说起自己的家乡,总要称"敝乡"的,这是约定俗成的礼节。但洛阳人却大言不惭,自称"贵乡",这是不是太无礼太狂妄了?不,人家理直气壮,因为太祖皇帝生于洛阳东郊夹马营,赵宋龙兴之地,焉能不"贵"?如果自称"敝乡",那就是大不敬了。

"贵乡"最有名的东西,有一样是大家都知道的,就是牡丹。还有一样东西虽然也很有名,但知道的人要少些,即洛阳嘉庆坊的李子。嘉庆坊的李子甘鲜味美,人称嘉庆子。[29]当然,好东西理所当然地都是贡品,这两样东西也不例外。

牡丹进宫当然不会有"一骑红尘妃子笑"那样的排场,不仅不排场,甚至还有点寒碜,因为"所进止姚黄魏紫三四朵"。姚黄魏紫是极名贵的品种,不可能很多。但要把这三四朵娇客侍候好倒并非易事。花枝剪下来以后,要用火略微舔一舔创口,再用白蜡封住花蒂,这样做是为了保鲜的时间长一点,不容易谢。为了减少一路上的颠簸,又"用菜叶实笼中,藉覆上下,使马不动摇,亦所以御日气"。"使马不动摇"是个省略句,就是使得马在奔跑时笼里的花不动摇;而"御日气"大概是防止蒸发过快吧。这样打点以后,再"差府校一人,乘驿马,昼夜驰至京师"。[30]可以毫不夸张地说,就为了这三四朵花,有关部门动用了当时园林植保方面最前沿的科技成果,这是当之无愧的"科技之花"。

其实皇宫里也有牡丹,就在前不久,仁宗还以后宫的牡丹花

会为平台,进行了一次生动活泼的反腐教育。事见《苕溪渔隐丛话》:

> 广州有死番商,没官珍珠……上与后宫同阅……张贵妃在侧,有欲得之色,上……以赐。时因同列有求于上,有司被旨和市(奉命组织政府采购),缘此珠价腾涌,上颇知之。一日于内殿赏牡丹,贵妃最后至,以所赐珍珠为首饰,欲夸同辈。上望见,以袖掩面,曰:"满头白纷纷,更没些忌讳。"贵妃惭赧,遽起易之。上乃大悦,令人各簪牡丹一朵,自是禁中不尚珍珠,珠价大减。

这实在是一段很好的戏剧素材,其中有情节,有场面,又极富于动作性,人物形象亦活灵活现。先是看珍珠时张贵妃稍微表露了一点"欲得之色"——请注意,仅仅是欲得之"色",她并没有说出口——但皇上马上就心领神会,赐给她了,可见对她的宠爱。接下来的内殿赏花,众妃嫔都在场,皇后也可能要参加,在这种情况下,张贵妃竟然故意姗姗来迟,施施然最后一个出场,其恃宠骄矜可知。仁宗则很懂得因势利导,他连一句大道理都没有讲,就让张贵妃"惭赧",而且"遽起易之"。情节的推进和逆转水到渠成,相当顺畅。更难得的是这中间还形象地体现了反腐与物价的关系,即文中所谓市场上的珠价从"腾涌"到"大减",这也是很值得我们今天深长思之的。

类似的情节还有不少,说的都是张贵妃如何因为得宠而在后宫搞特殊化,例如《宋稗类钞》中的这一则:

> 金橘产于江西,以远难致,都人初不识……温成皇后特好食之,由是遂重京师。

原来开封人能吃到金橘,都是沾了张贵妃的光。需要指出的是,当张氏在后宫津津有味地品尝南方的金橘时,她还不是"温成皇后",所谓皇后云云,是她死后才追封的。这位美丽的妃子只活了三十一岁,这大概也是她圣宠不衰的原因之一——还没等到皇上开始讨厌她,她就早早地"薨"了。

仁宗对张贵妃确实很宠爱,台谏官员也总是抓住这一点不放,认为他好色。其实,作为一个男人,好色并不能算是缺点,因好色而丧失原则而糊涂才是缺点。仁宗虽然好色,但并不糊涂,他是一个有原则的好色之徒。在他看来,后宫的那些女人其实很容易摆平,因为她们一个个都要争宠,相互之间又钩心斗角。她们之间钩心斗角并不可怕,可怕的是她们和外面的人勾搭或勾结。自古以来的外戚之祸,就是因为后宫与外臣勾结在一起。在这一点上,赵宋的祖宗家法是不能容忍的。仁宗有一次到张贵妃那里去,见到一尊漂亮的定州红瓷器。一问知道为王拱辰所献,大怒,当即"以所持柱斧碎之"[31]。大家不要把这个举动想象得多么威猛,所谓"柱斧"乃一种水晶做的文房用品,也是北宋皇帝手边的一种仪物,好比老人的手杖一般。传说中的"烛影斧声"——那与太宗继位的"阴谋论"有关——之所以被列为宋初的三大疑案之一,原因就在于后人对"柱斧"的误读,以为是可以杀人的武器,那就望文生义了。现在,仁宗就用这把精致的水晶小斧头砸碎了贵妃阁里同样精致的定州红瓷器,这种"精致"的摧毁旨在重申赵宋祖宗家法中的某项政治原则,与皇上好色不好色没有任何关系。

一个皇帝如果把主要心思都用在对付后宫的女人,那肯定不是个好皇帝。仁宗当然不是这样的皇帝,他的主要心思还是用在对付外廷的大臣。对付外廷比对付后宫要难得多,难就难在大臣们不仅钩心斗角,而且有可能结党营私。这个"党",古时候可不是个好字眼,这从最初造字的寓意可以看出来,繁体字的"党"是"尚"下面一个"黑","尚黑"什么意思?不用解释。查诗书典籍中的"党",没有一处是招人喜欢的。"君子矜而不争,群而不党"(《论语》),孔老夫子这还只是正面训导;"惟夫党人之偷乐兮,路幽昧以险隘"(《离骚》),三闾大夫就是诅咒加痛斥了。党的名声不好,连与之结缘的那些词也跟着倒霉:党羽、党与、党徒、党棍、党同伐异,没有一个意思是正面的。所谓"党",就是一帮人因为共同利益而抱成一团。他们抱成一团,对君主有什么好处呢?恐怕什么好处也没有。所谓"三人一条心,黄土变成金",所谓"三个臭皮匠,顶个诸葛亮",所谓"一个篱笆三个桩,一个好汉三个帮",说的都是团结的好处。不错,"团结就是力量",但那是他们的力量,不是你的力量。他们的力量大了,大到遍布朝廊,无所顾忌,你就离垮台不远了。相反,他们之间七翘八裂，钩心斗角，那倒并不可怕，本朝的说法，叫"异论相搅"，让他们相互之间去"搅"，"搅"得越热闹越好。为了"搅"垮对手，他们就得死心塌地地依靠君王，对君王负责，向君王效忠。看他们"搅"得实在不像样子了，君王站出来说几句话，或推或拉，或打或揉，于是一局终了，重新洗牌。长此以往，臣子奴性益足，君王权威益高。这样的政治局面，朕何乐而不为呢？

没有哪一个君王希望大臣们结成朋党，不管他们打着多么堂皇的旗号。仁宗也不例外。

前不久，内侍蓝元震上书劾论朋党，矛头直指范仲淹、欧阳修、尹洙、余靖、蔡襄等人，这位内侍数学功底极好，他以数学推演而得出的结论令人不寒而栗：

> 今一人私党，止作十数；合五六人，门下党与己无虑五六十人。使此五六十人递相提契，不过三二年，布满要路，则误朝迷国，谁敢有言？挟恨报仇，何施不可？九重至深，万几至重，何由察知？[32]

根据上文给出的条件，这种滚雪球般的朋党人数如果取最小值，即最初的"五六人"取五人，"三二年"取二年，则算式如下：

$5 \times 10 \times 2 = 100$（人）。

如果取最大值，即六人三年，则为：

6×10×3=180（人）。

这么多人——无论是一百人还是一百八十人——浩浩荡荡啊,然后都一个萝卜一个坑地占据了朝廷的要害岗位,确实是很可怕的。

但很快我就发现以上的计算其实是错的,因为蓝元震给出的题意是"递相提契",这里的"递相"就像后来的传销那样,其扩张模式不应该是一个乘法的概念,而应该是一个乘方的概念,因此上面算式中的十乘以二或三,应为十的二次方或三次方,最后的结果自然又要大得多,那就不算也罢。

皇上当时有没有算这笔账呢？似乎也没有,因为对于蓝元震上书中反映的问题,"上终不之信也"[33]。"不之信"就是不信,他不相信范仲淹等人会结党营私。不相信就好,云淡风轻,晴空万里。但反过来说,他如果相信,那又能怎样？范仲淹等人是他亲自起用并赋予重任的,眼下新政正在全面推开,成败得失,尚未见出眉目,这时候总不能把他们再拿下吧,中流换马,兵家大忌,可不慎欤！那就暂且大度一点,示之以"不之信",看看事态的发展。

关于蓝元震的这份上书,我总有一种奇怪的感觉,认为可能是出于皇帝的指使或暗示。蓝的身份是内侍,《续资治通鉴长编》在记载此事时没有标明他的官职,《宋史·宦者》中也没有他的列传,可见级别不高。内侍的主要职责是入值禁中供奉,料理帝后的日常起居,属于皇帝的家臣。鉴于晚唐的阉党之祸,宋代对宦官的控制非常严格,他们一般是不能随便对外朝政治指手画脚说三道四的,一个级别不高的内侍,上书指名道姓地抨击当朝政要,这很不正常。如果他对朝政确有进言,完全可以私下对皇帝讲,他有这个得天独厚的条件。而且就进言的效果而言,这样也会更好。采用上书劾论的形式,轰轰烈烈,朝野耸动,这多少有点作秀的意思。如果不是出于皇帝的指使或暗示,蓝元震这样做是没有多大意思的,甚至还会引起皇帝的反感:你整天就在我眼皮下供役,为什么不能直接对我说,非要跑到前朝来作秀?那么皇帝为什么要指使或暗示他来这一手呢?盖因新政以来,"朋党"之声不绝于耳,仁宗对范仲淹等人虽然很信任,但听的声音多了,耳朵就有点发热了。特别是范仲淹等人在处理有些问题时也确实给人桴鼓相应快意恩仇的感觉,这就不能不让皇上有所警惕。他这样做的目的,第一是故意打草惊蛇,警示对方:你们几个人的问题大家都是看在眼里的。让对方有所畏惧,有所收敛。第二是通过"上终不之信",又显示了皇帝的宽仁大度,经历了这样峰回路转的情节,做臣子的岂能不感恩戴德改弦更张?指使或暗示下面的人就某个问题上书,这种事情当然不方便让外臣去做。因此,这实际上是皇帝和家臣合演的一出双簧,两人配合得严丝合缝,惟妙惟肖,好戏!

光是让蓝元震上书警示还不够,四月初的一天,两府执政都在场时,皇上向大家出了个题目:"自昔小人多为朋党,亦有君子之党乎?"[34]

他当然希望下面的人作出"君子不党"的回答,哪怕他们口是心非也好,因为那毕竟是一种承诺,也是作为人臣者对一项基本政治操守的重申。

其他人的回答我们今天已不甚了了,只有范仲淹的话见诸史籍。他说:"臣在边时,见好战者自为党,而怯战者亦自为党。其在朝廷,邪正之党亦然,唯圣心所察尔。苟朋而为善,于国家何害也?"[35]

话说得似乎不错,特别是最后的反诘:"苟朋而为善,于国家何害也?"如果他们团结起来做好事,对国家有什么不好呢?何等雄辩!但皇上绝对不会认可这种雄辩,认可了,就是认可结党有理。党禁一开,妖魔鬼怪。况且这种雄辩是建立在"苟"之上的,"苟"者,假设也,假设是靠不住的,对重大政治原则问题的评判,更不能以假设为论据。

范仲淹的这个回答,意在敲打被皇上视为重大政治原则问题的"朋党理论"。关于朋党,这原先是一个板上钉钉的问题:君子不党,结党者必有祸心。经范仲淹这么一说,却变成了一个可以讨论的问题:朋党本身无所谓好坏,关键在于什么人结党,是君子之党还是小人之党。

不久,欧阳修又上了一份《朋党论》,对范仲淹的观点继续发扬光大。他是名列"唐宋八大家"的文章高手,自有举重若轻之功,在短短六百字的篇幅中,自尧舜以下直到晚唐,治乱兴亡之迹娓娓道来。朋党,古已有之,关键不在于人们是否结为朋党,而在于辨别是些什么人结成什么样的党,君子有君子之党,小人亦有小人之朋。这些话似乎没有多少新意,都是范仲淹已经说过的。但是,且慢,他再往下说就锋芒逼人了。小人搞在一起是为了利益,难免"见利而争先,或利尽而交疏"。所以从根本上说,小人无朋。或者说,小人之朋只是暂时苟合的伪朋。而君子有着远大的抱负和志向,大家志同道合,结成朋党是为了更好地为国家做事。故小人无朋,君子有党。为人君者,应当退小人之伪朋,用君子之真朋。

小人无朋,君子有党。欧阳修这就从根本上颠覆了"君子不党"的经典信条,他比范仲淹走得更远,面对着政敌关于"朋党"的攻击,他一点也不躲闪,索性摆出堂堂之阵,正正之旗:有人说我们是朋党,你们说对了,我们就是朋党,是"同道而相益""同心而共济"的君子之党。只要人君相信我们,则党之为用可谓大矣哉。

这是一篇针对"君子不党"传统观念的翻案文章,也是一篇议论风发的宏文。和前面我们说过的《与高司谏书》相比,又别是一种风格。《与高司谏书》是斥责官场中自私而怯懦的无耻之徒,《朋党论》则是为了上达天听,回答皇帝的朋党之问。两者对象不同,口气不同,文章亦各具气象。前者干戈大动,意气横陈,嬉笑怒骂,痛快淋漓,以至咳唾珠玉,留下了"不复知人间有羞耻事"这样的名句;后者则含蓄委婉,条达酣畅,旁征博引,循循善诱。因为是对皇帝讲话,通篇理虽直却并不一味气盛,于迤逦浩荡的文气中蕴含着巨大的逻辑力量,令人无可辩驳。

好文章!

《朋党论》是欧阳修上呈仁宗的,仁宗看后的反应如何呢?没有说。

没有说不等于没有话说,只是还没到要说的时候。

那就骑毛驴看唱本,走着瞧吧。

但毛驴安在?综合开封府、枢密院及西线诸路奏报,这几年由于与西夏的战事胶葛,物资输挽繁冗,连京师的毛驴也被征集到前线去了,以至大街上的肩舆(轿子)又开始流行起来。

皇上的想法是,即使没有毛驴,但只要自己有唱本,照样可以走着瞧。

唱本者,祖宗家法也。

注释

〔1〕（宋）欧阳修《归田录》。

〔2〕（元）脱脱等《宋史》卷六十三。

〔3〕（宋）孙升《孙公谈圃》。

〔4〕（宋）李焘《续资治通鉴长编》卷一百四十一。

〔5〕（宋）王铚《默记》卷上。

〔6〕〔9〕〔16〕〔17〕〔18〕〔19〕〔20〕《续资治通鉴长编》卷一百四十六。

〔7〕（宋）范仲淹、富弼《答手诏条陈十事》。

〔8〕（宋）孔平仲《谈苑》。

〔10〕（宋）晏殊《踏莎行·小径红稀》。

〔11〕《宋史》卷二百八十六。

〔12〕（宋）张邦基《墨庄漫录》。

〔13〕《宋史》卷三百一十八。

〔14〕（宋）范仲淹《范文正公政府奏议》卷下。

〔15〕《宋史》卷三百零三。

〔21〕〔22〕（宋）邵伯温《邵氏闻见录》。

〔23〕（宋）范镇《东斋记事》。

〔24〕《宋史》卷三百一十九。

〔25〕（宋）叶梦得《石林诗话》。

〔26〕〔28〕《续资治通鉴长编》卷一百四十五。

〔27〕《答手诏条陈十事》。

〔29〕（清）顾张思《土风录》。

〔30〕（宋）王辟之《渑水燕谈录》。

〔31〕（清）潘永因《宋稗类钞》卷二十四。

〔32〕〔33〕〔34〕〔35〕《续资治通鉴长编》卷一百四十八。

第六章　声声慢

一

从季节上讲，四月初就进入夏天了。乡下人一觉醒来，伸伸懒腰，突然想到该准备麦收了。但城里人对季节的感觉与农事无关，他们的感觉来自大街上的色彩。例如现在，东京的大街上开始出现穿"旋裙"的女子，这种前后开衩的"露易"系列裙装是从番族传入的，最早开风气之先的是录事巷的妓女。[1]可见在审美这一点上，妓女总能捷足先登。"旋裙"最初的遭遇是被人们色情化浅薄化，这很正常。但东京的大多数妇女并不关心诗和远方，她们关心的是自己身边美的诱惑。女性服装的核心是取悦男人，对"旋裙"所洋溢的女性美和性感，她们从羡慕到效仿，竟不以为耻，这些年终于蔚成了夏日京师的一道风景。事实上，使女人漂亮的不是裙子上的两条衩，而是欲望。一部服装史，就是一部欲望表达史。"旋裙"最先的设计只是为了便于骑马,但到了妇女很少有机会骑马的东京,原先的实用功能便悄然隐退,而它以"露易"为特色的另一面——奇异、开放、新潮、靓丽——则被发扬光大,渐至风靡。这是一次时尚对社会规范的成功挑战,北宋是一个很开放的社会,挑战虽有点冒险却分寸得当地表达了社会的前卫意识,很好。

女人的"旋裙"早些年曾经是人们的话题,但现在不是了。京师毕竟是京师,信息来源多,更新的频率也快,再加上市民特有的首都意识,特别善于从政治高度解读和发酵新闻,一件新闻经解读和发酵,很快就过去了,成了明日黄花。今年人们议论的热点是"纳降"。"纳降"的对象是西夏和辽国,这是很令人亢奋的事。先说西夏,据说元昊最近又派人送来降表,被朝廷拒之宣德门外。论者皆欢欣鼓舞,认为朝廷做得堂堂正正,无损天朝体面,彼等跳梁小丑,是该给他们点颜色瞧瞧,一个"叛"字,该当何罪!岂是派人来送一份降表可以了结的?至少必须元昊本人来负荆请罪。说到这个"负荆请罪",又有人站出来纠正,说身为叛王,应该是"面缚舆榇",这是一套收降的仪制,当年宋军平定后蜀和南唐,在东京收降时,对孟昶和李煜就是照这套仪制铺张的。到时降王着白冠素服,又用三尺白绫把自己绑了。身边且用车子载一口白皮棺材,此即"舆榇",表示自己罪该万死,只等着天朝皇帝发落。此外还有"肉袒而降"的,"袒"就是袒露,"肉袒",即降王一只袖子不穿,光着一只大膀子,以表示臣服、认罪。据说当年李煜归降时用的就是"肉袒",太祖皇帝笑嘻嘻地说:"好一个光膀子翰林学士。"说到这套从年代深处打捞出来的仪制,东京的市民都跃跃欲试,恨不得明天就在宣德门或玉津园重演,毕竟已经七十年不曾见识过了,那场面,可遇而不可求啊。

与辽国有关的"纳降"说的是一个人。不久前,辽国驸马刘三嘏秘密投奔宋朝。我们应该还记得前年春天宋辽之间发生的那场纠纷,当时辽国趁火打劫,派刘六符为特使向宋朝索要关南十县。而且我们也应该对该特使印象颇深,刘六符本河北人氏,一个汉族人,毫无利己的动机,把契丹贵族的侵略事业当成自己的事业,这是什么精神?他口才极好,长于诡辩,能把歪理邪说阐述得振振有词咄咄逼人。巧的是,今天叛辽投宋的这个刘三嘏就是刘六符的哥哥。这件事虽没有元昊归降那么具有轰动效应,但是在富于联想的东京市民口中,其潜在价值也不可低估。驸马是皇室至亲,驸马叛逃,说明辽国天怒人怨,内乱在即。既然刘三嘏已经归降,契丹底细自然尽在我朝掌握之中。若我朝挟降服元昊之神威,以精锐之师伐内乱之敌,燕云十六州可望风而下。重整金瓯,一雪前耻,此亦当今皇上不世之功也。屈指算来,自后晋石敬瑭割让燕云,迄今已一百零八年矣。

以上这些当然都是街谈巷议。中国民间有一句老话:坛子口捂得住,人口捂不住,说的是人权之一种——言论自由。街谈巷议无疑是最自由的,但自由的另一面往往是良莠不齐,所涉及的话题有些是无中生有,但大部分属于有中生有,也就是事情原先是有影子的,但经过人们的反复传说,变成了八卦。以上所说的"纳降"事件,大抵都属于这种情况。与西夏的议和其实一直在进行,但所谓"面缚舆榇"云云,那就不光是太乐观,而且近乎痴人说梦了。契丹驸马刘三嘏秘密投奔倒确有其事,这个刘三嘏也确实是刘六符的哥哥,但除此以外的种种联想就不靠谱了。既然"本事"是真的,那就先说说。

刘三嘏的南逃与政治无关,也说不上弃暗投明,如果一定要扯上政治,那只能说是其老婆一系列家庭暴政合乎逻辑的结果。作为一个男人,刘三嘏把人生中最幸运和最不幸的遭遇都揽于一身,《辽史》中说他"进士及第……娶公主,为驸马都尉"。如果不知道他人生中后来的情节,看了这样的表述或许会为他感到高兴,因为这中间说的是"娶公主",而不是"尚公主"。"尚"有高攀的意思,这是中原王朝历来的表述。或许人家游牧民族崇尚男女平等吧,单就是这个"娶",确实比"尚"字更适合用在婚姻关系中。但事实证明,刘三嘏这一"娶",无异于自"娶"其辱甚至自"娶"其祸。老婆河东狮吼倒不去说了,因为人家是公主,那种居高临下的优越感与生俱来,骄横霸悍自是难免,这些都是"妻贵夫荣"必须付出的代价。但公主河东君并不满足于此,她要继续挑战丈夫的心理极限。有一个不大好的词,叫欺男霸女,稍微修改一下,欺男霸男,用于这个女人正好合适。"霸男"是说她不守妇道,放荡淫乱。她给丈夫戴绿帽子如同小户人家的主妇操持油盐柴米一般敬业,或者说,她给丈夫唯一慷慨不吝的礼物就是绿帽子。这就太过分了。对于刘三嘏来说,你既然不能拒绝皇家婚礼上那通向荣华富贵的红地毯,也就不能反抗妻子的凌轹和满头绿帽子的耻辱。地毯红了，帽子绿了，这是刘三嘏命运中合乎逻辑的两个侧面，互为因果，珠联璧合。但他还是试图做一点小小的反抗。他的反抗是和身边的一个婢女偷情。有道是"妾不如婢，婢不如偷"。这似乎很好玩，但他不幸把婢女的肚子玩大了，这下就不好玩了，因为一旦事情露馅，谁也不敢奢望那个歹毒的女人会善罢甘休。万般无奈之下，刘三嘏索性一不做、二不休，带着小情人偷偷越境，投奔大宋来了。

人臣无外交，这句话的意思是，外交的决定权在朝廷，在皇帝。宋广信军知军刘贻孙一面对刘三嘏以礼相待，一面向朝廷报告。

奏报送到京师，朝廷喜忧参半。有人主张厚待刘三嘏，"以诘契丹阴事"。欧阳修也建议把刘三嘏接到京师来，授以馆阁之职，作为对辽战略的一个筹码。因为这种事情和国防有关，仁宗便征询枢密使杜衍的意见。杜衍说：邻国之间的交往要讲信义，若接纳人家逃亡的叛臣，这就是我们不讲信义了，反而会给辽国留下寻衅滋事的借口。况且刘三嘏身为皇室近亲，却背叛家族和朝廷，这种人连修身都没有做好，怎么能和他讨论国家大事呢？"纳之何益？不如还之。"[2]

杜衍这样一说，本来刘三嘏已经"休矣"，但这段时间恰逢辽国军事上有异动，弄得宋朝很紧张，影响了对刘三嘏叛逃事件的判断。

所谓"异动"是北宋方面的感觉，对于辽国来说，他们的举动很正常。这几年他们和西夏的关系有点麻烦，双方从心怀不满到互相指责，终于发展到兵戎相见。辽国是西夏的宗主国，无论幅员还是综合国力都据有绝对优势。但到了战场上，小国打败大国并不是千载难逢的事，至少最近这四五年里西夏就"逢"过两次：他们先让北宋一"川"不如一"川"，又让辽军铩羽而归。自澶渊之盟后，辽国已经整整四十年未识干戈了，整个国家的战争机器有如衣马轻肥的纨绔，只有一身赘肉。而西夏则在这些年里人不卸甲、马不下鞍，和吐蕃、回鹘、北宋轮番交手，恰似问剑江湖的大侠，血气方刚且好勇斗狠。辽国打不过西夏，但又不肯放下架子，那就只能扩大战争的规模。今年初夏，辽兴宗决定御驾亲征。宋辽之间是签过誓约的，一方有军事行动，事先要通知另一方。这是大国之间的一种战略互信机制，可以防止因误判而引发擦枪走火，体现了人类进入文明社会以后的政治智慧，确实很有必要。征伐西夏前，辽国按规矩遣使通知了宋朝。但这一通知却让宋方大为紧张，范仲淹一口气列举了辽方此举的六点"大可疑"和三点"大可忧"，认定这是辽国声西击东的阴谋，目的是要大举进攻宋朝。他要求朝廷调兵遣将，宋辽边境全面进入战备状态。但杜衍、富弼和韩琦等人都认为老范反应过度，这三位都是枢密院的首长，对军事问题有更大的发言权。富弼对当时东北边防的形势有非常详尽的分析，他在肯定范仲淹这些举动都是"忠勤体国之至"以后，指出范仲淹的措施"恐过之"。他根据自己出使契丹的见闻和系列情报推断："契丹必不寇河东决矣。"所以宋方没有必要自我骚扰，"劳费不悛，则正落贼计"。杜衍和韩琦也认为契丹一定不会入侵。范仲淹单挑杜衍,两人在仁宗面前互不相让,争得面红耳赤。平日里范仲淹都是把杜衍当作长辈尊敬的,但在这次争议中,范仲淹情绪激动,以至口不择言,"诋衍语甚切"。范具体说了些什么话,史无记载,但从这个"诋"字推测,唇枪舌剑中的火药味可以想见。在这里,我们虽然不能完全根据《辞海》的释义把"诋"理解为毁谤、污蔑或辱骂,但严厉斥责是肯定的,甚至也不排除有意气用事不大恭敬的言辞,更何况在"诋"字后面还跟着一个歇斯底里般的"甚切"呢。但需要指出的是,在这场争论中,当事人既意气风发又心地坦荡,上殿相争如虎,下殿不失和气,不管当时的情绪如何冲动,措辞如何过激,但对事不对人,了无芥蒂。史载,事后杜衍"不以为恨",范仲淹"亦不以为忤"。[3]这几个当时宋王朝最有权势的宰执大臣,用他们光风霁月般的人格精神,诠释了何谓担当,何谓度量,何谓君子之朋党。

仁宗后来还是听取了大多数的意见,没有发出战争动员。但既然辽国的动向还有待观察,朝廷也就暂时搁置了对刘三嘏的处理,既没有把他送回辽国,也没有把他接到京师来。刘三嘏实际上一直被软禁在广信军。但从名义上讲,他仍旧是这里的客人。知军刘贻孙是个文人官僚,可能对刘三嘏的遭遇也不无同情,在没有得到朝廷明确指示之前,对他照顾得很周到。因此,至少从表面上看,刘三嘏的这个夏天过得有滋有味,广信军成了他的温柔之乡。在这里,他得以每天都和自己的小情人厮守在一起,再不用提心吊胆地偷鸡摸狗,读书则红袖添香,夜谈则西窗剪烛。酒也是有得喝的,有时还和刘贻孙诗酒唱和。几个月以后,又有弄璋之喜——小情人为他生了个大胖儿子。曾有人根据统计资料得出结论,说私生子多为男孩,这是又一个证明。只是不知刘三嘏给孩子取了什么名字,在北方的有些地区,私生子称为"偷宝儿",因此取名时亦往往以"宝"为中心词,例如"来宝""拾宝""留宝"之类,刘三嘏好歹也是进士出身,估计他不会喜欢这样土气的名字。

夏日迟迟,岁月静好,广信军成了刘三嘏的温柔之乡。再这样厮混下去,恐怕又要"弄璋弄瓦"了,抓紧吧!

二

当契丹驸马和他的小情人在广信军消夏时,西夏国的使者正住在东京宜秋门外的瞻云馆里,和宋朝有关方面的官员敲定誓书的最后细节。

他们其实不应该在瞻云馆下榻的。东京用于接待外邦使节的驿馆大致有四五家,规格也各个不一,分别对应相关的国家。辽国使节安置都亭驿,西夏国使节安置都亭西驿,高丽国使节安置礼宾馆,其余远番小邦的使节安置瞻云馆或怀远驿。这中间,规格最高的是辽、西夏和高丽。辽是邻国,又是大国,与宋是兄弟关系;西夏和高丽都是对宋称臣的藩国,而且都奉正朔,也就是采用宗主国的年号和节令。因此,这几个国家的使节到了东京,可以享受在驿馆赐宴的待遇。现在把西夏使节安置在瞻云馆，显然是降低了规格，把他们和"远番小邦"一般看待了。这不仅因为自元昊立国称帝以后，宋朝和他们原先的亲善关系已不复存在，更重要的是最初的几次西夏使者到京后，宋朝方面虽然在礼数上曲加优厚，夏使却态度倨傲，谈判中处处拿大，动辄出言不逊。消息传出后，谏官欧阳修、余靖等上疏表示义愤，要求降低接待规格，以"抑其骄慢"。仁宗准奏，指示鸿胪寺和国信所移至瞻云馆接待，这一"寺"一"所"合起来大致相当于现代的外交部，官属有掌仪、通司等，前者掌管礼仪，后者负责翻译。当然，他们只是工作人员，与人家谈判的是品级更高的官僚。

宋夏之间的和谈其实从定川砦大战之前就开始了。可以武断地说，世界上所有与战争有关的和谈都有一个先决条件，那就是谁也没有力量把对方灭了。如果能把对方灭了，还谈什么？尽管放马过去，攻城略地，然后赢者通吃，慢慢受用就是了，没有什么客气的。有一句话，叫"弱国无外交"，无外交就是没有和人家对等谈判的资格，人家说什么你就得答应什么，这不叫谈判，这叫替人家背书，因为人家有足够的实力，随时可以把你灭了。如果谁也没有这份实力，那就要坐下来谈，讨价还价。谈判这两个字，有言有刀，因此谈不拢再打，打不赢再谈，有时甚至边打边谈或边谈边打。边打边谈和边谈边打是不同的，就正如俗语中所说的"搂草打兔子"一样，两桩事体有主有次，以排列先后为序。但只要谁也不能把对方灭了，最后总还是要回到谈判桌上来解决问题。

宋朝和西夏,是大国和小国,不是强国和弱国,所以双方都有外交。要说把对方灭了,宋朝最初可能有过这种想法,所谓"蕞尔小丑,何足挂齿,大兵一出,咸就诛殄",这样的措辞和口气常常出现在文武大臣的奏章中。但经历了几次大败以后,才知道自己在军事上根本不占上风。而且长期的战时体制,中央财政也吃不消。于是朝廷上下"和"风劲吹,觉得还是用金帛换和平熟门熟路。那么西夏呢?一"川"接一"川"的大胜,是不是可以把宋朝灭了?也不可能。双方的体量和综合国力明摆着,宋朝的人口是西夏的五十倍,经济总量更是西夏的数百倍。元昊虽然取得了三大战役的胜利,但也并非兵不血刃,自己也付出了相当大的牺牲。就这样打下去,就算他们一直打胜仗,兵员损失也耗不过宋朝。与西夏相比,宋朝就这一点硬气:人多。到了战场上,你死一个,咱死三五个,但到头来咱死得起,你反而死不起。再从经济上看,西夏全国总共二百来万人口,就有五十万军队,这样畸形的比例就是死心塌地不考虑生产也不考虑过日子的比例。而开战以后,宋朝又停止了对西夏的大宗"岁赐",关闭了榷场(边贸市场),西夏境内生活必需品奇缺,连吃饭穿衣都成了问题,这仗还怎么打下去?

那么就谈起来吧。

和谈一波三折,但说到底,大家争的其实就是个名分。双方最初的试探也是从名分开始的,事见《石林燕语》:

> 已而旺荣及其类曹偶四人,果皆以书来,然犹用

敌国礼。公（庞籍）以为不逊，未敢答以闻（以不敢贸然回信向朝廷报告）。朝廷幸其至，趣（催促）使为答书。

这个旺荣是西夏当时的"用事大臣"，所谓"用事"，就是做得了主。旺荣当然是可以"用事"的，因为他是元昊的舅子，而且还不是一般的舅子——元昊的老婆多，舅子当然也不会少——他是皇后野利氏的大哥，也是所有舅子中地位最尊崇的大国舅。但他给庞籍写信倒并非擅自"用事"，而是得到元昊授意的。庞籍是宋朝的经略安抚缘边招讨使兼鄜延都总管，驻节延州。宋夏最初的窃窃私语就发生在他们之间，发生在往来于兴庆府和延州的信使的背囊里。但双方一开始就在名分问题上卡住了，因为西夏人在来信中用的是"敌国礼"。请注意，这个"敌"不是仇敌的"敌"，而是匹敌的"敌"；"敌国"也不是指互相敌对的国家，而是指地位相等的国家，例如澶渊之盟中确定的宋辽两国就是"敌国"——双方是平等的兄弟关系。现在西夏也以"敌国"自居，这当然是宋朝不能接受的，你不过是大宋敕封的节度使、西平王，一个地区领导人，怎么能和中央王朝平起平坐呢？所以庞籍"以为不逊"是很正常的，不敢贸然回信，只能向朝廷报告也是很正常的。但朝廷的反应很积极，因为他们早就想和谈，只是放不下身段先开口。现在人家先开口了，这不是瞌睡送枕头吗？所以"幸其至"，一个"幸"，是那种喜出望外而又悄悄收敛着的感觉。可是这一"幸"，却疏忽了称呼上的政治,他们催促庞籍抓紧回信,并指示在回信中称旺荣为"太尉"。好在庞籍腹笥深厚,他回奏提醒朝廷,太尉乃"天子上公",一人之下万人之上。如果称旺荣为太尉,那么称元昊什么呢?肯定僭越了。于是为了旺荣的称呼,驿卒又在延州和东京之间来回奔波,这个称呼要恰到好处,既不能贬低人家的身份,让人家不高兴;又不能触犯敏感的政治原则问题。最后经庞籍提议朝廷同意,称旺荣在西夏的官号"宁令谟"。其实还是相当于宋朝的太尉,只不过叫法不同而已。

《宋史》中说元昊"性雄毅,多大略,善绘画"。这个"善绘画"当然不是说他有艺术才能,而是遇事长于谋划的意思。他认准了的事,绝不羞羞答答,当年叛宋立国是这样,现在要和宋朝和谈也是这样。和谈这件事,出面的是国舅旺荣,决策者其实是元昊。旺荣和庞籍不淡不咸地通了一年多的信,但和谈始终没有什么实质性的进展,在这期间,宋夏之间发生了定川砦之战,西夏人在战场上把宋军杀得落花流水。但随后元昊又中了宋将种世衡的反间计,把在定川砦之战中将宋军杀得落花流水的旺荣杀了。旺荣死了,西夏和宋朝之间和谈的路线被掐断了,元昊决定自己走上前台。他摸准了对手的心思,宋王朝从上到下其实都是想和谈的。他也摸准了对手的国情,这种国情就是大宋式的民主政治——"异论相搅"。一桩事从提议到拍板,翻来覆去地"搅",没完没了地"搅",凡是场面上的人物,一个个都要一本正经地胡说一通,一个个都很享受那种唾星四溅的快感。有时候,甚至一个个都像乌眼鸡似的啄来啄去,似乎谁不来啄几下，就对不起自己的那份俸禄。"搅"来"搅"去，全他妈的放屁脱裤子，没事找事。在这一点上，彼等民主实在不如吾等专制，做什么事都是一豁两响，干脆，阴谋便阴谋，阳谋便阳谋，自己想怎样"谋"便怎样"谋"，用不着让下面的人去"搅"的。例如，彼朝廷上下，明明大家心里都想和谈，可表现出来的全是义愤填膺：不谈。因为"不谈"爱国呀。爱国如果再加上主义，那就不仅正确，而且永远正确。因此，在元昊眼里，宋王朝就有如一个春心荡漾却又故作正经的女人，你想和她发生点故事，就必须主动进攻，在她的半推半就中把事情办了。旺荣死后，元昊的和谈攻势升级了，他要直接和宋朝的中央政府对话。这期间也不知是仁宗还是曹皇后过生日，他便利用这机会派伊州刺史贺从勖作为特使入贺。但表章一落笔，便又牵涉到名分问题。说起来，这个所谓名分倒和人类的三大终极问题差不多：我是谁？我从哪里来？要到哪里去？

元昊是这样回答的：

男邦面令国兀卒郎霄，上书父大宋皇帝。

稍微解释一下。"男"不用说，就是儿子。"邦面令国"是西夏国的党项语音译。"兀卒"是元昊的头衔，即天子可汗。"郎霄"是元昊新改的名。他原来的姓名李元昊或赵元昊中的姓氏都是别人赐予的，为了漂白被赐的痕迹，西夏王族的姓氏改用"嵬名"。因为是晚辈向长辈上书，只具名而不带姓氏；如果带上姓氏,其全称应该是鬼名郎霄。

好了,现在我们根据元昊表章中的抬头,替他格式化地把那三个问题回答一下:

我是谁?男兀卒郎霄。

我从哪里来?邦面令国。

要到哪里去?遣使上书父大宋皇帝。

老实说,初看这段文字,我觉得元昊够低调够谦恭的了。一个四十一岁的男人,称另一个三十二岁的男人为父亲,已经巴结得有点肉麻了,这还不叫低声下气卑躬屈节吗?但宋朝的经略安抚缘边招讨使兼鄜延都总管庞籍不这样认为。西夏特使贺从勖刚刚进入宋王朝的边境就被庞籍拦截并劝退,在审核特使的表章时,庞认为其中犯了一个重大的原则性错误,即称儿不称臣,这是不能容忍的。他说:

> 天子至尊,荆公叔父犹奉表称臣,若主可独言父子乎?[4]

连皇帝的亲叔父在表章中也要称臣,你们国主怎么能叫一声老爸撒一下娇就不称臣了?宋夏之间原来并没有父子关系,现在元昊玩了一次小聪明,想用父子关系偷换君臣关系,称儿而不称臣,这是一次新的试探。称儿与称臣,一为人格,一为国格,当然后者重要。一百年前的后晋天福八年,晋少帝石重贵对契丹也玩过这样的小聪明,结果把后晋玩完了。当年他的父亲石敬瑭以向辽太宗称臣、称子、岁贡，以及割让燕云十六州为代价，换取了契丹对他的支持而当上了皇帝。石在位期间真像龟儿子一样侍奉辽国，每年除岁贡三十万外，还额外赠送大量珍玩财货，甚至对契丹的太后、诸王、大臣都各有孝敬。辽国小不如意就严词谴责，但他一概低眉顺眼忍气吞声，以博取辽国的欢心为最高国策。这里只说一桩小事，石敬瑭南下洛阳，打算留个儿子守太原，就这点事也要让辽太宗定夺。儿子一队排列接受挑选，辽太宗指着其中的一个说：这孙子眼睛大，就他吧。这个大眼睛的"孙子"就是后来的后晋少帝石重贵。石敬瑭太恭顺太殷勤了，后来弄得契丹人都有点不过意，就让他上表不必称臣，只需自称"儿皇帝"就可以了。我不知道"儿皇帝"这个称号是不是从石敬瑭开始的，但一提到这个称号，人们首先就会想到石敬瑭，这绝对没有问题。但"儿皇帝"的日子也不好过啊，石敬瑭在担惊受怕中当了七年"儿皇帝"，之所以担惊受怕，倒不是怕自己哪里做得不周到，而是因为中国想当"儿皇帝"的人太多了，他随时都有可能被取代，所以最后还是忧惧而死。他死后，其子石重贵继位，是为后晋少帝。少帝也不知是真糊涂还是想把腰杆稍微挺直一点而故意装糊涂，在向契丹的告哀表章中，他延续父亲的辈分称孙，但没有称臣。辽太宗见表大怒，他当初确实让石敬瑭称儿不称臣，但那是开恩特许的，你继位者不经许可岂能如此？于是遣使责问。后晋的主政大臣有点昏头了，居然振振有词：高祖（石敬瑭）是大辽所册，今主乃我国自立。为邻称孙则尚可，奉表称臣则不可。辽太宗没有其他选择，只能发兵讨伐"孙皇帝"。后晋遂亡。

石重贵在位时间不长,年号开运。乃父的那份政治遗产是他生命中的不能承受之重。他这个皇帝当得很窝囊,想"开运"却一直运途多舛。他后来一再向契丹卑辞乞和,但契丹不依不饶。这又一次证明了国际关系中的那条定律:只要谁有力量能把对方灭了,就不可能有真正的和谈。巧合的是,元昊立国之初也曾用过"开运"这个年号,不久有人提醒他,说这是后晋少帝最后败亡时的年号,因此又匆匆忙忙地改元广运。开运只"开"了一个多月,就寿终正寝。但元昊不是石重贵,他有足够的底气,既敢于在战场上向宋王朝叫板,又敢于在谈判桌上和宋王朝讨价还价。这底气来自西夏与宋朝之间事实上存在的战略均势,谁也灭不了谁。

以上情节发生在庆历三年春夏之间,那时范仲淹已调中央工作,宋夏边境亦相对平静。我推测西夏特使的这次行动可能是因仁宗皇帝乾元节(生日)而上表称贺。仁宗的生日是四月十四日,时间上大致吻合。虽然元昊的小聪明被庞籍揭穿了,贺从勖无功而返,但那也无所谓,元昊有的是小聪明,下次肯定还会以别的由头来和你讨价还价的。

元昊知道,在称臣问题上,宋朝是绝对不会让步的,他们所在乎的不过就是最低限度的臣属关系,以维护其基本的国际形象。其实谁都知道,这种臣属关系几乎完全停留在国书上。作为做臣子的,除了每年收获大宗岁赐而外,一辈子连膝盖都用不着朝着汴梁的方向弯一下。元昊也准备作出这种"停留在国书上"的让步，但他觉得还没到时候，他要把这张大牌留到最后"抠底"的时候用。他的策略是先在枝枝蔓蔓的问题上和宋方纠缠，用自己一枝一蔓的让步——或曰合作——换取宋方的回报。等到把对手纠缠得筋疲力尽时，再把那张大牌打出去，到那时还不把赵家小儿高兴得疯掉？其实他疯掉不疯掉并不重要，重要的是他必须拿出够意思的真金白银来。你懂的。

下一轮纠缠的由头，是元昊那个让宋朝君臣众声喧哗的称呼——"吾祖"。

我是谁？男兀卒郎霄。这是元昊以前在表章中的表述。"兀卒"这个词是党项语的音译，既然是音译，就可以有多种写法，就像意大利一座著名城市的中文音译，一般人都译作"佛罗伦萨"，诗人却译作"翡冷翠"。不知从什么时候开始，在西夏表章中，元昊的称号由"兀卒"变成了"吾祖"。自己的称号，其汉语音译可以写作"兀卒"，也可以写作"吾祖""乌族""勿阻""误足"，甚至"巫祖"，这似乎无可非议，但宋朝的君臣不能容忍了。

因为……还用得着"因为"吗？你试着读读这个词"吾祖"，再设想一下如果宋朝皇帝给元昊下诏书"吾祖郎霄……"这不是佛头着粪吗？

元昊这个人，除去雄才大略外，性格中还有阴损的一面，把自己的名字写作"吾祖"，平白占人家的便宜即为一例。这并不奇怪，历史上有好多大人物都能把这两手玩得很堂皇，用现在的话说叫"两手硬"。或许阴损集大成了，就成了雄才大略，就像阴谋玩多了,就成了阳谋一样。

于是宋廷大臣纷纷上书声讨元昊,光是庆历三年七月二十八日这一天,上书的就有欧阳修、韩琦、蔡襄、余靖等人。朝堂大臣,群情激愤。

谏官蔡襄言:

"吾祖"犹言我翁也,今纵使元昊称臣,而上书于朝廷自称曰"吾祖";朝廷赐之诏书,亦曰"吾祖",是何等语耶?[5]

谏官余靖言:

臣朝夕思之,此乃西贼侮玩朝廷之甚……且彼称陛下为父,却令陛下呼为我祖,此非侮玩而何?[6]

谏官欧阳修言:

夫吾者,我也;祖者,俗所谓翁也。今匹夫臣庶尚不肯妄呼人为父,若欲许其称此号,则今后诏书须呼"吾祖",是欲使朝廷呼蕃贼为我翁矣,不知何人敢开口?[7]

大家都在给皇帝上语文课,解释何为"吾祖";大家都在骂元昊,从"昊贼"骂到"蕃贼"骂到"西贼"再骂到"羌贼";大家都用了很多反诘句来发泄愤怒,都说元昊的这个"吾祖"是侮玩陛下,侮玩朝廷,千万不能上他的当,千万不能叫他爷爷或老祖宗。但怒发冲冠慷慨激昂过后,仿佛也没有拿出什么多好的对策,只有欧阳修提出"先薄其礼以折之,亦挫贼之一端也",也就是再次降低接待规格,"然朝廷竟不从也"。[8]

朝廷为什么"不从"?因为还得和人家谈下去,这种意气用事的做法于事无补。而且和谈的眉目也渐渐清楚了,元昊纠缠来纠缠去,他阴损也好雄才大略也好,无非是想多敲几两银子几匹绢而已。到了这一步,宋朝也有底气了,你不就是要钱吗?就像《黔之驴》中老虎眼中的驴子,"技止此耳"。几年以前,那时范仲淹还在西线,宋夏之间也没有就和谈进行接触,范仲淹就主张给西夏一些岁币,换取永久和平。至于钱的问题,他打了个比方:我以前在越州任职时,一州的税收有三十余万。现在如果每年送西夏三十余万,就是"费一郡之入,而息天下之弊也"[9]。范仲淹只是打一个比方,其实给西夏的岁币是用不着三十多万的。好多人或许以为老范是对夏政策的强硬派,宁为玉碎,不为瓦全。其实他的思路是一以贯之的:我先把篱笆扎紧了,再和你慢慢谈。你要打,我不怕你;你要钱,也好商量。

这边宋朝和西夏"好商量",那边西夏和辽国的关系却持续趋向紧张。早在辽重熙十一年(宋庆历二年),辽国就"以吐浑、党项多鬻马夏国,诏谨边防"。"谨边防"也就是边境冲突的前兆了。此后,两国围绕着争夺河套地区的党项部落冲突不断,以至有庆历四年春季辽兴宗的御驾亲征。在这种背景下，元昊为了防止宋辽联合而腹背受敌，与宋朝的和谈变得认真起来，双方开始就船下篙地解决问题了。

到了这个时候，所有的恩怨都可以用一样东西来了结——钱；所有的意愿都可以用一样东西来表达——钱；所有的问题都可以用一样东西来解决——钱。那就开始算钱吧。大家心里都大致有个底线，澶渊之盟宋给辽岁币是三十万，西夏的地位不及辽国，岁币也要相应少一点，那就估计二十五万左右吧。但这个二十五万是个很不精确的表达，因为虽然名目叫岁币（后来在正式文件中称"赐币"），但二十五万并不全是"币"，而是包括四大项：银、绢、茶、彩。银以两为单位，绢以匹为单位，茶以斤为单位，这三样——并没有折合成货币——的毛数加在一起，就是那个二十五万。但我发现还漏说了一项：彩。"彩"是什么呢？就是赏赐。这个"彩"和男婚女嫁中的"彩礼"意思差不多。"彩礼"是我把女儿嫁给你，你得给我一笔财富；"彩"就是我做你的臣子，你除去给我额定的岁币而外，逢年过节，还要给我一笔赏赐。具体地说，就是你过节，我遣使祝贺，你给多少回赐；我过节，你送多少人情，这些都要在条约上写清楚。"逢年过节"的"年"指元旦，"节"主要是仁宗的乾元节和元昊的生日。这样一来，所谓的"彩"就和"彩礼"一样，成了一方对另一方的勒索了。再接下去说那个二十五万。在银、绢、茶这三样东西中，茶叶当然最便宜，按当时的物价，一两银子大约可以买两匹绢，可以买五十斤质量中等的茶叶。于是宋方的谈判官员就抱定了多给茶叶。这很好理解,如果岁币总额为二十五万,那么多给一万两银子和多给一万斤茶叶谁合算?这是一个不需要多少智商就能回答的问题。他们首先提出,每年给西夏五万斤茶叶。

但消息传出后,问题来了。田况是在三司(国家计委)工作过的,对财政经济方面的有些细节比较了解,他提醒皇上:茶叶的计量单位有大斤和小斤之分,现在我们笼统地答应给人家五万斤,也没有说清楚是大斤还是小斤。人家也乐得装糊涂,不和你挑明。到时候条约订了,人家认定是大斤,这个闷亏吃下去不得了。五万大斤相当于三十万小斤,你拿得出吗?即使拿得出,运输也很成问题。三十万斤茶叶,从南方水陆辗转二三千里才能运至西夏边境,只此一项,就让我们公私俱困。三十万斤加二三千里,常年搬辇不绝,劳民伤财,岁岁如此,人何以堪。而且还有一点,我们一年给他们三十万斤茶叶,他们全国的消费就基本上解决了,我们边贸中的茶叶自然就卖不出去,商人做不到生意,国家税收也随之减少,"此不得不悔也"[10]。

欧阳修也上书提出茶叶大斤小斤的问题。好在这不是最后文本,还有更改的余地。从后来条约的最后文本看,宋朝给西夏的茶叶实际上是三万斤,而且是小斤。其中包括"岁赐"中的茶叶二万斤,进奉仁宗乾元节回赐和贺正旦回赐中的茶叶各五千斤。元昊已答应称臣,也就是把最后一张大牌打出来了,今后他的身份将是西夏国主。谈判的气氛开始变得轻松了,这时的讨价还价也是愉快的,饶舌的官员甚至可以和对方调笑几句。宋方正在考虑给西夏使节换个驿馆,例如都亭西驿或者干脆就是都亭驿,那样离皇城更近。

大势已去,还是大局已定?我拿不准该用哪个词。反正到了庆历四年的夏季,宋夏谈判就这个状况,就像一对被恋爱撕扯得筋疲力尽的男女,终于到了讨论陪嫁和彩礼的阶段了。那么就用皆大欢喜吧。

其实欢喜什么呢?五年之前的宝元二年,元昊刚刚立国称帝时,宋廷上下,伐罪之声甚嚣尘上。在一片"荆舒是惩"的同仇敌忾中,集贤院的一位官员建议采用开国之初太祖对待江南藩国的方针,即稍易其名,姑许其求,暂时顺抚,伺机收服,被当朝宰相讥讽为脑子有毛病。[11]现在回过头来看,打了这么多仗,花的钱更像流水似的,还死了那么多人——虽然说要奋斗就会有牺牲,死人的事是经常发生的,但是太太平平地不打仗不死人不是更好吗?最后的结局,还是集贤院那位提出的"稍易其名,顺时而抚"。这说明,一个人的脑子有没有毛病,并不取决于说他脑子有毛病的人地位有多尊崇,而恰恰取决于说他脑子有毛病的人自己脑子有没有毛病。

吴育,福建建安人。与建安同名其实没有任何关系的是"建安风骨",不知道吴育对魏晋之际的那种文学风尚是否欣赏。我们只知道,当吴育发表那一通被权贵讥讽为"脑子有毛病"的建议时,他还在崇文院东廊的集贤院书库管理图书。现在,当他的建议即将被宋夏和谈的最后结局验证时,他已坐在权知开封府的位子上了。

再说一遍,"权知"不是临时代理,而是正式差遣。因为当年太宗和真宗在储君时期曾兼领开封知府,以后的大臣知开封府,前面都得加一个"权"字,表示不敢僭登先王之位。

开封府在皇城南侧,所以俗称"南衙"。后世那些看惯了传统戏的人,一听到"南衙"便觉得很威风,但他们想到的大抵不会是吴育,而是一个姓包的黑子。

三

宋代公务员的假期很多,除去国家法定的节日要放假外,每个月还有旬休,全年节假日加起来总共有一百一十多天,大体上和现在差不多。这些年京师的城市规模膨胀很快,再加上人多,除去深夜到黎明的那几个时辰,大街小巷里永远是熙熙攘攘的人流。城内的旅游资源毕竟有限,因此到了节假日,往郊区跑的人越来越多。郊游需要的只是兴致,基本上可以说走就走的。租一匹马代步,一天不过一百多文钱。如果租驴,那就更便宜了。[12]那时乡村里还没有眼下这么多的"农家乐",郊游者都是自带饮食,当天来回。开封周遭平旷,连一座土丘也没有,所谓"游",也就是在田畴阡陌间走走看看,观赏田园之美,亦感受稼穑之苦。有时也和农人闲聊几句。今年春夏南方干旱,中州大地却风调雨顺,是最近几年难得的好年景。于是就有了郊游的官员和农夫间的以下对话。

官员见到田间耕作的老农,远远地一揖,打趣道:"老丈辛苦了,看来今年你大丰收啊,你觉得应该感谢老天爷眷顾呢,还是感谢皇上洪福?"

老农"俯而笑"。这话无知得太有意思了,不由得不笑。但看他是个城里人,而且还像是个"宝盖头"(官),尊重他一点,所以把头低下来,"俯而笑"。笑过了之后,决定还是要修理他一顿:"何言之鄙也,子未知农事矣!"(以下为意译)我每日辛勤劳作,今日之获,全是我的汗水换来,为何要感谢老天爷?我按时纳税,官吏也不能强我所难,我为什么要感谢皇上?我这么一把年纪,经历的人和事太多了,没见过像你这么蠢的。⁽¹³⁾

都说天高皇帝远的地方人们才敢放肆作为,这京师近郊,天子脚下,老人竟也口无遮拦,既不买老天爷的账,也不买皇上的账。但他一介老农,又说得入情入理,你能拿他咋的?那官员被骂得悻悻然,也不好生气,只得怏怏而去。

这样的对话过去了也就过去了,不会有多少人知道的,更不会见诸史册。但如果被骂的这个人有记日记的习惯,回去后把这段经历写进了日记;而他又是个名人,日记传了下来,情况就不同了。

这种情况今天就碰上了。被骂的这个人叫宋祁,也就是在宋代政坛和文坛上被称为"小宋"的,"大宋"是他哥哥宋庠。宋庠原名宋郊,后来同僚中有人抓住他的名字做文章,说这个名字不好。如果是一般的不好,那只是他自己的事。但因为他姓宋,宋是国号;而郊的谐音是"交",有交待(终结)、替代的意思。宋"交",什么意思?这样一上纲,问题就大了。这种性质的问题,如果他晚生三百年或者六百年就够杀头了,但宋朝不喜欢杀士大夫,仁宗也只是叫他改名而已。遂改名宋庠。[14]"大宋"官做得大,"小宋"才名高,一阕《玉楼春》里的名句"红杏枝头春意闹"脍炙人口,以至获得了"红杏尚书"的美称。话说小宋那天在田埂上被老农骂了个狗血喷头,回家后以《录田父语》为题,将老农的话写入了日记。从他记录的语气来看,他对老农的话是赞赏的,这就很好。

开封府下辖十五个郊县,宋祁郊游的地点在哪里,他日记中没有记,我也不好瞎说。其实我写小宋郊游只是为了"暖场",让思路进入初夏季节的开封郊县这个特定情境,因为下面的故事就发生在这个情境之中。具体地说,发生在开封府陈留县。

出开封东南的陈州门向南,就是陈留县的地界了。陈留县南镇西侧的汴河上有一座桥,名字叫土桥,但实际上是砖木结构。这座桥是三十年前从别处移来的,当初的那座桥没有设计好,阻挡航道,于是迁于此地。但这座桥也没有设计好,桥墩正对着航道。汴河上的漕船联翩接踵,由于是"天庾正供",所以一路上派头很大,有如奉旨巡按的钦差一般,但经过这里时却不得不放低身段,小心翼翼,生怕撞到桥墩。但小心归小心,漕船倾覆的事故每年总要发生几起,南镇也因此成了漕船进京前的"难症"。陈留县催纲李舜举建议把桥迁回原来的地方,因为催纲的职责就是押送漕船,漕船如果老是误期,从皇室到小民的饭碗就不能保证了,那样的话,朝廷第一个要敲的就是他李某人的饭碗。

这项工程牵涉到两个衙门：开封府和三司。因为桥在开封府的地界上，因此拆旧桥建新桥，施工由开封府组织；又因为这是与漕运有关的桥梁，工程立项应由三司决定，费用亦由三司下拨。开封府为全国州府之首府，三司则为中央部委之首揆，两大强力部门合造一座桥，弄得好就势如破竹；但如果互相扯皮，那扯起来也不是一般的响动。

移桥的报告由陈留县送到开封府，根据决策程序，开封知府吴育首先派两个人去实地调研。这两个人，一个是开封县主簿李文仲，一个是陈留县知县杜衍。这个杜衍当然不是当枢密使的那个一品大员，杜是个比较大的姓，衍的意思也很不错，叫杜衍的不止一个。陈留县移桥，为什么要派一个开封县的主簿参与调研呢？这是为了防止陈留县搞地方保护主义，不能实事求是地反映情况，是制衡的意思。主簿是仅次于知县和县丞的三把手，但开封县是全国仅有的两个赤县之一（另一个是同属开封府的祥符县），一般的知县正七品，赤县的知县为正五品。因此不要小看了李文仲这个主簿，就级别而言，他也不一定比杜衍低多少。"李杜"到南镇实地勘查过了，觉得行船是不大方便。意见反馈到开封府，吴育请示三司同意后，便下令拆桥。

但这一拆就拆出麻烦来了。

汴河是漕运航道，水面应该比较宽，桥也不会小，水里有桥墩，两岸陆地上还有引桥。有人就利用引桥下面的空间造了房子出租。现在如果把桥拆了，引桥下面的房子也要拆掉。拆迁补偿，天经地义，这没有任何问题。但这种房子本来就属于违章建筑，补偿只能免谈了。在这种情况下，房主如果是个识相的，也就认了。但这个叫卢士伦的房主偏偏不识相。卢家是当地的大户，卢士伦本人还是朝廷命官（管理后勤仓库的卫尉寺丞，正六品）。他想动用一下自己的人际关系，把桥保下来。

卢士伦动用的这个关系叫王溟，现在的头衔是都官员外郎，该头衔的全称为尚书省刑部都官司员外郎，由此可见，是从事司法工作的。王溟早年在陈留县当税官时，曾租住过引桥下面的房子，卢士伦见他是进士出身，又和翰林学士王尧臣是同年，就有意结交他，房租也都是友情价。现在遇到了移桥的事，卢士伦便送了一笔厚礼给王溟，请他去做三司使王尧臣的工作。三司负责工程立项审批和经费划拨，卢士伦通过王溟找王尧臣，思路是对头的。在王尧臣那儿，王溟当然不会说卢士伦的房子，他只是说好好的一座桥，对漕运的影响也不像李舜举说的那么严重，开封府纯属多此一举。现在国家财政这么困难，可有些人花起财政的钱来眼睛都不眨一下，太任性了。

王尧臣觉得这话不难听，别的也没多想。在别人看来，他这个三司使简直炙手可热，有时连皇帝都要求着他，所以又有"计相"之称。为什么称"计相"呢？我们国家把类似部门称为"计委"是现代的事。古代的"计"和现在意思差不多，就是算账，掌管收入和支出，说白了就是皮夹子。"计"而且称"相"，那就是朝廷的大皮夹子了。但有谁知道这个"大皮夹子"的难处呢？庆历以来，各地天灾连年、兵乱不断，再加上对辽国的补充岁币以及和西夏的战争，这些不期而来的有出账没入账的事大概可以称之为事故吧，每次事故都要在中央财政上挖一个坑，形形色色的坑秩序井然地排列着，就像等着领导植树节中挥锹填土那样。三司使这活儿，有钱才是硬道理，若"一往无钱""坐而待币"，那就只能像个到处躲债的破落户一样，一点自尊也没有。不错，皇帝有时是要求着他，但那也是为了向他要钱呀。无米之炊，再巧的媳妇也没有风光的时候。就说眼下，他整天心心念念的就是两件事，一件是宋夏和谈，一旦有了结果，那大笔的岁赐和彩礼就要往外拿。外交无小事，这是政治纪律。政治有时是不讲道理的，它不管你有钱没钱。还有一件是十一月的南郊大祀，不光那么大的排场要拿钱去铺，更大的花费在于赏赐和恩荫。这种仪式三年一次，每次都要给公务员普调一次工资，对皇亲国戚和亲贵大臣的子女还要加官晋爵。皇帝只顾着在前台满面春风地做人情，但他在前台的每一缕笑容，都是需要他在后台挥金如土的。他一个三司使，要操心多少事，陈留县的一座桥算什么事？他实在懒得多想，就对户部判官慎钺说：你去看看，桥不必拆了，能节约就节约点。

慎钺背后一了解，知道事情不这么简单，心中迟疑，就决定把事情冷一冷，且按下不表。那边卢士伦急了，又通过王洙找王尧臣。王尧臣再找慎钺，慎钺误解了，领导对一座桥咋这么关心呢？看来和房主之间确有猫腻。他当然不敢得罪领导，便说开封府已经开始强行拆桥。

王尧臣不高兴了。三司和开封府平时工作上交道很多，发生的摩擦也不少，都是有权势的衙门，难免都有点拿大。王尧臣认为这是吴育不买三司的账，对慎钺说："一座桥移过来才三十年，又要移回去，难道不怕浪费钱吗？"⁽¹⁵⁾就叫以三司的名义正式发文，停止拆桥。

但他还是慎重的，又派一个叫陈荣古的殿中丞去现场调研，看这座桥究竟该不该移。殿中丞是体现工资级别的寄禄官阶，陈荣古实际上的差遣是提点在京仓草场，这个职务会让人想到林教头风雪山神庙中的草料场。没错，就是管理粮仓和草料场的，不过那是在沧州，这是在京师。几十万禁军驻扎在这里，粮仓和草料场会少吗？

管理仓场的人心思大多细密。陈荣古先不忙着调研，他得先把领导的意图揣摩透，也就是领导希望他调研出什么结果来，然后他就用这个结果去倒逼自己的调研，一个萝卜一个坑地把证据往里面填，这样才会赢得领导的欢心。不然的话，就可能吃力不讨好。比方说，领导不想移桥，你偏偏调研出一个应该移桥，领导能高兴吗？他揣摩的结论是：王尧臣不想移桥。不仅不想移，还为此和开封府的吴育闹掰了。于是他到南镇后的全部工作，就是怎样对原始证据重新进行筛选、甄别、加工和重塑，让它们英姿飒爽地集合在自己观点的大旗下。例如，当地有统计表明，这些年桥下所损舟船共五十五艘。对五十五艘这个数据是必须绝对尊重的，既不能夸大也不能缩小。但尊重数据不等于尊重附着在这个数据之上的结论。他的策略是将这个五十五艘加以细化，说这中间百分之九十——五十艘——出事的舟船其实与桥没有关系,事故的原因是被大风吹刮,加之船夫驾驶不当。只有百分之十——五起事故——确实因桥致损。他这样说用不着承担任何责任,因为现在谁也拿不出任何一次事故的详细档案,请问,谁说得清某年某月某日某时河面是几级风?更何况还有一个完全属于评判者主观范畴的"驾驶不当"呢。一切都是"据说",一切都可以随意涂抹,只有致损的五十五艘船这个基本事实,而他是忠于这个基本事实的。这样,陈荣古调研报告的倾向性就很清楚了:桥对船的不便是存在的,但只要小心驾驶完全可以避免事故。而最后的结论则是:不移无妨。

这个陈荣古不愧是管理仓场的,特别会玩数字。他先煞有介事地弄出两个百分比来,然后堂而皇之地宣布:百分之九十大于百分之十,保桥有理。这是一种以尊重事实为标榜,以数字造假为手段,以强词夺理为特征的诡辩术,也是一种以话语权为依仗的捣鬼术。例如有人曾演绎出一种更形象的"九个指头和一个指头",并所向披靡地用于证明自己总是代表真理。九个指头大于一个指头,这当然很雄辩。但问题是,为什么你总是九个指头,别人总是一个指头?还不是因为你掌握了绝对的话语权!

桥拆了一半不让拆了,吴育也不高兴。而且他也风闻这中间有舞弊情节。好啊,拆迁纠纷,官场腐败,还有弄虚作假,当今社会这些让人血脉偾张的热点话题都赶到一起来了。他一个首都市长,又挂着翰林学士,向上面反映问题用不着走多少程序,直接就捅到皇帝那里去了。

仁宗见事情牵涉到吴育和王尧臣,就想息事宁人,因为这两个人都是他看好的。本朝进用执政级的高官，多从三司使、翰林学士、知开封府、御史中丞中挑选，谓之"四入头"。两府执政中今后有了位子，这两个人都是后备人选。特别是王尧臣，马上就是南郊大礼，他是朝廷的大皮夹子，这时候不能让他分心。但开封府把问题反映上来了，而且还有官员舞弊的情节，他要有个处理。于是就派监察御史王砺去调查。

派监察御史去调查是对的，但是派监察御史王砺去调查就不合适了，因为他和两位当事人的关系都不一般，有可能影响调查的公正性。和吴育，他当监察御史是吴育推荐的，也就是说，吴育是他的举主；和王尧臣，他恰巧和王尧臣的祖父同名，这本来算不上什么关系，但就因为这一点，两人竟互有成见，"素不相喜"，此种莫名其妙的现象应该是心理学研究的范畴。这些千丝万缕的人际关系，皇帝是不可能知道的，但作为当事人的王砺应该主动请求回避，但是他没有。也不知道他是怎么想的。

王砺的调查很认真，也是实事求是的。调查结果很快报到中央，其中披露了一些新的情况，大略如下：

一、三司原先说南镇桥下既有私房也有公房。经查实，没有公房，只有卢士伦一家的私房。卢士伦为了保住自己的房子，通过王湜影响三司的决策。在此案中，王尧臣与豪民亦有情弊。

二、调查期间曾发生慎钺指使小吏打探消息及干扰捣乱之事，且发生冲突。王砺认为该吏对他有"杀害之心"。而慎钺为王尧臣所举，感惠本深，此为"希合举主"。

三、据旧桥原址的乡民反映，三十年前将桥移往南镇，是因为朝中当权的大臣收受了豪民的贿赂。此桥本不当移,"民间至今切齿"〔16〕。

很难说王砺在调查中有挟私的动机,只能说他把有利于开封府一方的证据调查得很充分。当然个别情节有所夸张,例如认为慎钺这个小吏对他有"杀害之心",显然是过分了。至于三十年前移桥旧事,那很好理解,一座桥移走了,当地人肯定会有很多不便,也会有很多怨言,产生诸如豪民买通权臣之类的传说也并不奇怪。但这中间王砺犯了一个错误,即他没有弄清楚当年移桥的决策者是谁。只关心所谓民众的呼声,不去弄清有关的政坛内幕,很危险。

仁宗本想让王尧臣解脱,这样一来,反而更加绕进去了,只好再派工部郎中吕觉侦查。

一拨又一拨的调查人员不绝于道,这不一定说明主政者对这件事有多么重视,有时只能说明前一次的调查结果不符合他的意图,需要用新的调查来否定或否定之否定。请注意,围绕着一座桥的移与不移,迄至目前为止,有关各方已派出的调查人员共五拨六人次,他们分别是:开封府方面派出的陈留县知县杜衍、开封县主簿李文仲;三司方面派出的户部判官慎钺、提点在京仓草场陈荣古;朝廷方面派出的监察御史王砺,以及刚上路的工部郎中吕觉。

查来查去,事情越查越复杂。但吕觉不想再复杂下去了,他得到了皇上的暗示,大事化小,尽快了结。这中间最关键的情节是卢士伦行贿王湨,卢士伦交代了一半,说两人原本就有交往,这次送了一点土特产，属于朋友之间的礼尚往来，不能算贿赂。吕觉据此上报，皇上各打五十大板，与事件有关的一干人等——不管保桥派还是移桥派——大多带了点颜色。处分名单上排在最前面的王尧臣罚铜七斤。排在最前面不是因为他问题有多大，而是因为他的职务最高。处分最重的当然是卢士伦和王溟，都是行政降一级，并认定为私罪。慎钺和陈荣古罚铜七至十斤不等，也认定为私罪。其余的都是公罪，有罚铜六斤的，有罚铜七斤的。[17]户部副使郭难以前没有听说过，这次也被莫名其妙地罚了六斤铜，大概因为移桥是户部的事，现在闹出了纠纷，他要负领导责任。我算了一下，此次处分，总共罚铜五十八斤，对于捉襟见肘的国家财政倒也不无小补。

与事件有关但没有列入处分名单的只有三个人：吴育、王砺、吕觉。吴育实在说不上有什么过错，而后面两个人则是朝廷派出的调查人员。

回头想想，桥不管架在哪里，对行船总会有影响的，所谓"船到桥门自然直"其实是没有办法，只能顺其"自然"。因此南镇的这座桥移与不移都无所谓，本来只是一件小事，却人为地分为两派，明争暗斗，很是热闹了一阵。这都是因为其中掺杂了太多的官场潜规则。如果一定要说王尧臣有什么失误，那就是他派出去调查的两个人太会"潜规则"了。一事当前，先不去考虑怎么把事情做好，而是习惯性地去揣摩人际内幕、利益关系。于是越揣摩越有名堂："复杂啊，有背景。"他们自以为很复杂，有时其实一点也不复杂。王尧臣并不是一定不肯移桥，他和卢士伦更是一钱关系也没有。但政治生活中的潜规则有如暮春时节的满城飞絮一般，飘飘洒洒，漫天飞扬，那种令人呼吸不畅皮肤瘙痒的细节的骚扰无所不在，那种耳熟能详的提醒亦有如海枯石烂一般坚贞不渝："复杂啊，有背景。"

王尧臣罚铜七斤，从经济上说，这点处罚连毛毛雨也算不上。当时制钱一贯，用铜三斤十二两（十六两为一斤），七斤铜相当于两贯钱。再对照一下他的收入，宋代官员的俸禄名目很多，正项有职钱、料钱、添支钱，另外还有禄粟、衣赐、餐钱，甚至还有茶汤钱。[18]三司使的薪资级别大致在第三档，光是月给禄粟就有一百石，每石折钱三百文，全年为三百六十贯。这还只是补贴之一项，别的那些正项就不去说了。反正以他的收入，罚掉的这点钱完全可以忽略不计。以高消费的眼光看，洛阳牡丹中的魏紫，一枝就要卖一贯钱。[19]如果以普通消费的标准来衡量，和三两知己到以美食著名的马行街上吃一次"御烧肉"，再加上酒水饮料，大概要花二百文。也就是说，王尧臣罚掉的那点钱，刚好可以买两枝名贵的牡丹花或者请朋友到马行街吃十次"御烧肉"。

但就是这两枝牡丹花或者吃十次"御烧肉"的钱，范仲淹和欧阳修还不让罚，这两个人的奏章上来了。

他们的奏章都是为了给王尧臣评功摆好，同时激烈抨击参与调查的王砺，这两个问题其实是一回事。以前的三司使不会弄钱，国家有大的开支时，要么向豪民强借，要么细碎刻剥，连卖瓜果蔬菜的小摊贩都要加税。这一任"计相"入主三司后，在财政十分困难的情况下,能保证国用粗足,而且民不加赋,王尧臣人才难得啊。这样的官员,本应得到鼓励,让他安心为朝廷做事。王砺这家伙却为了一座桥的小事,诬蔑他和豪民勾结,差一点铸成冤案。所以说王砺"不恤朝廷事体"——他不体察朝廷的苦衷啊。现在我们应该知道老范和欧阳为什么要站出来说话了,这两位都是新政的中坚人物,才大半年时间,新政已经不像开始时那么干柴烈火了。现在有点像南方的梅雨季节,潮湿、阴郁、闷热、泥泞,随处可见的腐烂和偶尔的清风交替出现,一切都在苦熬中等待。搞政治的都知道,要肯定或否定什么,最方便的就是拿经济形势说事。那么经济形势看什么呢?一看市场,二看国库。如果市场繁荣,国库充盈,谁也无话可说。所以老范的眼睛不光盯着政改,也盯着三司的皮夹子,这叫撒尿擤鼻涕,两手都要抓。这时候如果财政上无钱可用,特别是像南郊大礼这样的重大活动不能从财政上得到保证,那就不光是给朝廷丢脸,也是给新政丢份。到那时,出来说话的人就多了。

范仲淹和欧阳修的奏章中还披露了一个重要事实:三十年前之所以将桥移至南镇乃出自真宗圣意,工程是由真宗皇帝亲自决策、名相王旦具体实施的。因为这是有利于国计民生的圣政,所以被史官写进了实录,现在只要翻开那一页史册,当年的情景就会主动向人们走来。这样一来,移桥不移桥就不用争了,因为先朝有诏,这无疑让保桥派占据了政治上的制高点,所向披靡了。于是保桥派再度得到宽赦,对他们的处分几乎成了一轮又打又揉的健身按摩。王溟的行政降级取消了,只是象征性地被多罚了十斤铜,这当然是很合算的。除去卢士伦而外,王洙、慎钺、陈荣古全都改为公罪。这一点很重要,私罪是个人品质问题,一旦认定,几乎身败名裂。公罪则是工作中的失误或政见不同。失误本来就不应该被揪住不放,而"不同政见"也不是什么了不得的事情,既不会被赶尽杀绝,也不会影响以后的提拔任用。这体现了一种很开明的政治观:在一个和平的环境里,政治并不一定就是你死我活的互掐,它完全可以在协商和宽容中走向健全;政治家也完全可以大度一点,不需要那么神经兮兮地视"不同政见"为洪水猛兽。

唯一倒霉的是王砺,他听信民间谣言而且随意传布,现在给他一上纲,就是"谤黩先朝圣政"。最后处分得最重的也是他,监察御史当不成了,打发到邓州去当通判。谁叫他不弄清政治内幕的呢?看来不懂一点"潜规则"还就是不行。

范仲淹在奏章的一开头就先戴了顶大帽子,诚惶诚恐地大讲学习最新圣谕的体会,这就透露了一个信息:皇上最近召集两府执政,鼓励大家解放思想,大胆说话,不要怕。其中最值得玩味的是这几句:

> 今后不得更事形迹,避涉朋党,须是论列,必无所疑。[20]

反映情况时不得改变事情的本来面目,也就是要敢于讲真话;更不要怕人家说你们搞朋党;该说的尽管说,不用疑神疑鬼。这种不揪辫子、不扣帽子,要大家畅所欲言的表态当然很好。那么,皇上为什么要在这个时候突然提出"放"呢?是不是前段时间关于朋党的议论多了,搞得自诩为"君子党"的那些人有点紧张,不敢讲话了?

立此存照,走着瞧吧。

注释

〔1〕（宋）江休复《江邻几杂志》。
〔2〕（宋）李焘《续资治通鉴长编》卷一百五十二。
〔3〕《续资治通鉴长编》卷一百五十。
〔4〕（宋）叶梦得《石林燕语》卷八。
〔5〕〔6〕〔7〕〔8〕《续资治通鉴长编》卷一百四十二。
〔9〕《续资治通鉴长编》卷一百三十五。
〔10〕《续资治通鉴长编》卷一百四十九。
〔11〕（元）脱脱等《宋史》卷二百九十一。
〔12〕（宋）孟元老《东京梦华录》。
〔13〕（宋）宋祁《景文集》。
〔14〕（宋）江少虞《事实类苑》、（宋）蔡絛《西清诗话》。
〔15〕〔16〕〔17〕〔20〕《续资治通鉴长编》卷一百四十八。
〔18〕龚延明《宋代官制辞典》。
〔19〕王仲荦《金泥玉屑丛考》。

第七章　添字丑奴儿

一

京师东北的封丘门俗称酸枣门，因为出此门向北可到酸枣县。如果再向北，则是往北京大名府和辽国去的官道。从封丘门进城向南则是马行街，它当然是南北方向的。马行街是京师有名的美食街，这里的饭店酒楼太多了，以至有这样的说法：

> 天下苦蚊蚋，都城独马行街无蚊蚋。马行街者，都城之夜市、酒楼极繁盛处也。蚊蚋恶油，而马行人物嘈杂，灯火照天，每至四鼓罢，故永绝蚊蚋。[1]

蚊子怕油烟，怕灯火，所以马行街无蚊。这种说法有没有道理呢？我说不准。至少现在的蚊子是不怕油烟，也不怕灯火的。

这有可能是一千多年进化的结果。如果宋朝的油烟和灯火真的可以灭蚊,这倒是一个可以研究的课题。

说马行街无蚊,却又有商家的对联拿蚊子说事,联曰:

门前生意,好似夏日蚊虫,队进队出。
柜里铜钱,要像冬天虱子,越捉越多。

不仅有蚊子,而且还"队进队出",很不少。更出奇的是,在蚊子身上寄予生意兴隆这样美好的愿景,这也是极罕见的。

关于马行街,孟元老在《东京梦华录》中专辟一节,名为"马行街铺席"。铺席者,饭店也,介绍的都是各类美食,千百年后的读者看到这一节,仍然会像巴甫洛夫实验中的狗一样产生条件反射。各种食物的香味和烹调时散发的油烟味汇成一种美食街特有的气息,成为马行街最招摇的标志。某种标志性的气息和一条十里长街,很难说谁比谁的历史更悠久,或者说谁缔造了谁,这是真正的相濡以沫,也可以称之为这座城市浮华的底色。但是若仔细体味,这种笼而统之所谓的气息中其实也是流派纷呈性情各异的,有的文雅,有的粗犷,有的爽利,有的缠绵,有的轰轰烈烈,有的拖泥带水。例如大酒楼的气息是倨傲而高高在上的,露天小吃摊上的气息则带着巴结讨好的卑贱。最强势的当然是"御烧肉"的气息,那几乎可以用霸道和跋扈来形容。

从字面上看,"御烧肉"就是皇帝吃过的烧肉,没错。但这里的"烧"是烧烤的意思,如果说得通俗一点,就是"东京烤肉"。

那么"御"从何来呢？本朝定鼎之初，太祖为平定周边诸国夜不能寐——为此他说过一句很有名的话，"卧榻之侧，岂容他人酣睡"。他自己睡不着，也看不得别人酣睡——便同其弟光义冒雪到宰相赵普家商量。赵普事先不知道圣驾光临，没有准备酒菜；又因事体重大须得保密，不能惊动下人，便让其妻取切成小块的生肉和酒来，三人围着火炉烤肉喝酒，通宵而谋，制定了"先南后北、先易后难"的方针。这就是著名的"宋太祖雪夜访赵普"的典故。后来宋军按照此既定方针果然旗开得胜，太祖认为那次吃的烤肉有吉祥之兆，所以每次出征前都要吃这道菜。统一天下后，赐宴群臣亦每每以烤肉为主打。一时民间争相效仿，终成风靡之势，名曰"御烧肉"。其实除去名字而外，这道菜在东京的大街小巷里是如此地亲切家常。人类虽然早就进化到了食不厌精的程度，但是在基因里依然迷恋火与肉直接相撞带来的味觉颠覆。而且既然烤起来了，就不光烤猪肉，凡能吃的东西都可以往火上放。例如这两句诗里所说的"鲈脍古来美，枭炙今且推"。"鲈脍"就是鲈鱼羹，我们且不说。"枭"是什么？猫头鹰。"枭炙"就是烧烤猫头鹰，这也太会吃了。所谓"今且推"，就是正在风行。那么这个"今"是什么时候呢？告诉你，该诗的作者是梅尧臣，此人就在国子监当教授，这说明"枭炙"就是眼下的时尚吃法。

我以前曾认为宋人崇尚简约，大街上的色彩亦不像唐朝那样华丽繁复。后来才知道，我想象中的那种简约应该是在宋朝初年，到了仁宗庆历年间，经过八十多年的休养生息和励精图治，王朝的里子和面子都已经相当可观了，就是东京大街上的色彩，也可称惊艳。宋朝是广告意识空前觉醒的时代,大街上,传统的幌子和招牌就不去说了,值得注意的是,当时已开始出现了招摇过市的广告模特,还有那种横空出世的大型广告装置——用竹木与彩帛搭建的门楼,称之为彩楼欢门。光是这名字,就荟萃了多少颜色,多少喜气!不仅溢彩流光,而且放之四邻而皆准——为什么不"准"呢?你做广告,也给我带来人气,我亦与有荣焉。当然,有些广告上的表达可能会让人误解,例如高扬在酒店门前幌子上的"十千",你如果理解成酒价,那就肯定错了。这个词最早出自曹植的《名都篇》:"归来宴平乐,美酒斗十千。"这里的"斗十千"显然是诗人的夸张,像陈思王这样的腕儿,写诗能不夸张吗?我们只要知道,那是指价格昂贵的好酒就行了。唐诗中的"新丰美酒斗十千"也同样是这个意思。需要说明的是:到了宋朝这个时候,"十千"只代指酒,与价格已经没有任何关系,就像"千金"有时只代指女儿,与价值没有任何关系一样。设想一下,酒价如果真的"斗十千"那还得了?杜甫诗中一斗酒不过三百钱,只及"斗十千"的三十几分之一。北宋中期的酒更便宜,一斗一百钱,与"斗十千"相比,正好一百分之一。

把"十千"理解为酒价,是今人之误,古人并没有写错。但古人在广告中写错字的情况也在所难免,例如这家店铺只在朝向大街的墙上画一个红圈,里面端坐着一个字:

当今世界,在墙上画圈已经司空见惯了,但里面肯定是一个张牙舞爪的"拆"。那时候圈一个"煖"是什么意思呢?"煖"就是"暖",异体字。难道内有暖房,经营错季的鲜花不成?错也。这个"煖"与男女婚嫁有关,女子出嫁三日后,娘家送一批食品过去,谓之"煖女"。可以想见,这家店铺是专门供应煖女食品的。但这个"煖"字却写错了,音对字不对。正确的应该怎么写?先听一段故事。大才子宋祁——我们在前面说过的小宋——娶儿媳,第三天,儿子拿着岳父家煖女的礼物清单让老子过目,宋祁粗粗看过,说:"错一字。"但这是人家的礼单,错便错了,也罢。到了宋家给人家回礼时,儿子又把礼单给老子过目。老子一看,大怒:"说人家写错字,自己却也是错的。"儿子"惶骇叩其错"。这个"叩"不是磕头,是询问的意思,问哪个字错了。老子用笔狠狠地把"煖"字涂去。儿子又问当用何字。老子板着脸,过了好一会儿,才说:"从食,从而,从大。"儿子一边在手心画字,一边回房间查字典,在《博雅》里查到了这个"餪"字,注云:"女嫁三日饷食为餪。"[2] 毕竟还是老子的学问大呀。但尽管他"红杏尚书"的学问大,街头上的店铺仍旧照"煖"不误,而且还画了一个大大的红圈保护起来,这一保护就风雨不动安如山了。朝堂上的君臣旧的去了,新的来了,一批批你方唱罢我登场,可那红圈圈里的"煖"字还在那里端坐着,一副冷眼看兴亡的淡定神色。你能奈他何?

　　大街上的店铺里写错一个字问题不大,或者说一点问题也没有。但在有些时候,有些情况下,写错一个字却是要人头落地的,即使人头不落地,乌纱帽也肯定要落地。这是资政殿学士、宣徽南院使、河阳三城节度使、判大名府夏竦夏大人这些日子一直在琢磨的问题。

对，他就是琢磨字。琢磨字不是研习书法，而是研究落在纸上的字与一个人命运的关系，渐渐地他竟悟出了许多原来没有弄清楚的学问。例如国人自古有一种很好的习惯，叫"敬惜字纸"。字纸是写了字的纸，纸上有了字，便不能随便作垃圾处理，需另外收拾好，能利用的利用，实在不能利用的，烧掉。为什么要这样"敬惜"？首先源自国人对文化的尊崇，因为文字是文化的载体，在人们心目中天生就有一种庄严感，亵渎不得。还有就是农耕民族对粮食的那种相濡以沫的感情，据说墨是用糯米做成的，字纸若随便乱丢，任其委泥淖、落风尘，最后进了垃圾堆甚至茅坑那样的地方，就属于大不敬了。这些都是前人的说法，也都说得不错。但夏竦现在又有了新的发现：写在纸上的文字有可能涉及个人的隐私，随手乱丢，如果落到仇家手里，是要出事的。所以民间还有两句说法，一句是："宁跌在屎上，不跌在纸上。"另一句是："一字入公门，九牛拖不回。"说的都是写在纸上的文字，不能随便落到别人手里，更不能落到仇家手里。

夏竦现在并不回避"仇家"这个词，他甚至很受用那种由仇恨而激发出来的生命能量。在人的七情之中，恨的能量是最大的。有人认为爱有多深，恨有多深，这两者是匹配的，错！爱是容易疲倦的东西，但是恨不会。因此古人在七情之中单作《恨赋》。但江淹的《恨赋》写得并不好，南朝人的毛病，太追求辞章的华丽，没有写出那种铭心刻骨的力量感。看来他还是恨得不深，或者他有的只是一种大而化之的恨，不像夏竦这样，仇家的影子每天都在脑海里晃动，那都是一个个具体的人，恨不得将他们满门抄斩，而且还要零刀碎剐。

他的仇家很多。王拱辰、欧阳修、余靖等人把他已经到手的枢密使搅黄了，这些台谏官毫无疑问是他的仇家。他没有当成枢密使，后来杜衍当了，杜衍也理所当然地成了他的仇家。石介在《庆历圣德诗》中把他作为反面教材，而正面大捧特捧的是范仲淹、富弼、韩琦、蔡襄等人，这些人也顺理成章地走进了他仇家的行列。当然，最大的仇家还是《庆历圣德诗》的作者石介。

他的复仇计划别出心裁，首先从研究对手的笔迹开始。

夏竦自己的字写得如何，相关史料中没有说。史料中只说他家有两个女人的字写得好，一个是他老婆杨氏，一个是杨氏的婢女。《宋史·夏竦列传》中说杨氏"工笔札，有钩距"[3]。在一个人的列传中专门介绍他老婆的字写得好，这是一个特例。杨氏的这个婢女也不简单，天生悟性好，加之环境的熏陶，一手行书甚至比女主人还要有骨子。这样的书香之家应该是很让人羡慕的了？非也！夏竦的"竦"是恭敬的意思，你看这个字形，"束"，拘谨，一个人拘谨地"立"着，是不是很恭敬？名字是长辈取的，与一个人的禀赋无关。夏竦的个性特征倒不是拘谨或恭敬，而是脑子转得快、聪明，即《宋史》中所谓的"才术过人"。"才"当然是个好东西，但这个"术"的含义稍带负面，似乎有玩手腕的意思。夏竦不仅有"术"，而且"过人"，这很不简单。但他的家庭关系一团糟，不能齐家，这就不好了。不能齐家的原因是他私生活很不检点,好色,也就是所谓的"帷薄不修":间隔内外的帷幕没有整理好。这是一种委婉的说法,就如古代称大臣犯了贪污罪是"簠簋不饰",字面意思是放祭品的篮子没盖好。男人没有把帷幕整理好,而杨氏又生性悍妒,她曾经把丈夫这种下半身的糗事闹到开封府正堂,让丈夫被"御史台置劾"而左迁。夏竦平日里总是尽量少和婢女接触,因为在杨氏看来,自己的丈夫只要和女人在一起就会含情脉脉,只有和自己在一起时是个例外。为了替他的政治生命负责,她唯一的办法就是限制丈夫和女人的接触。但是近来,她满腹的怨怼有所缓解,丈夫专注于复仇的执着精神终于感动了她,她也因同仇敌忾而变得大度起来,竟然听任他经常和那个写得一手好字的婢女厮混在一起。当然,他们在一起是为了研习写字。那为什么要说"厮混"呢?因为他们研习写字的目的实在不那么高尚,或者更直接地说是一场阴谋的一部分。他要求婢女在这段时间内专门学写一个人的字,要学到能够乱真的程度。

不用说,这个人肯定是石介。夏竦要伪造一封石介的信,往里面塞进大逆不道的内容,置石介于死地。

石介的字和他的为人一样,怪怪的,且狂放不羁,看不出是哪一家的路子。如果能从师承上看出来龙去脉,模仿就容易多了。他偏偏是自成一家的,而且金石味很重,这就要下功夫了。好在夏竦也不急,因为他还没有想好这封信写给谁,这个"谁"不光是这场戏里的一个重要配角,而且理所当然地是他的仇家,这样可以一石二鸟。

机会终于来了，因为石介写了一封信给富弼，而这封信现在被夏竦拿到了。

中国古代的散文，有很大一部分是臣子给君王的奏章，还有一部分是朋友或亲人之间的信札，像现在这种纯粹风花雪月地无病呻吟的作品很少，因为那时候没有发表或得奖的说法，也没有稿酬，流传和口碑才是硬道理。书信也是文章，写得好，收信人脸上有光，只要其中不涉及隐私，会拿出来让大家传阅，这就给文学史留下了很多著名的篇章。例如从司马迁的《报任安书》中，人们窥见了一个"刑余之人"内心那巨大的痛苦和屈辱，以及对史学魂牵梦萦的苦恋情怀，正是这种精神性的光芒让《史记》超越了史学的范畴，最终走向伟大和不朽。而白居易的那首长达一千字的《代书诗一百韵寄微之》则是他用诗代替书信寄给好友元稹的，那时候，他们经常用这种五言和七言的长篇排律代替书信，互相唱和，以至开创了中唐诗风中的元和体。这些信札在当事人在世时就广为流传了，"奇文共欣赏"，有好文章拿出来让大家看，这是一种时尚。正是在这种文化风习下，石介写给富弼的这封信也在京城的士大夫之间传阅。石介的文章好，字也很有筋骨，这是大家公认的。

夏竦不在京师，他现在是大名府知府。大名府是宋王朝的四京之一（北京），又是宋辽前线的军事重镇，庆历二年宋辽关系紧张时，宰相吕夷简曾奏请皇帝亲自率师北上，驻跸大名府作出进取的姿态。皇上把夏竦从亳州调到这里，说明对他还是重视的，或者说皇上对他那种不时流露的怨妇式的哀告心有恻隐。按照当时的政治规矩，地方官没有皇帝召见的命令，是不允许私自回京的,不然就是"擅去官守,无人臣礼"。夏竦当然不敢"擅去官守",但京师政坛上的任何一点风吹草动他都了如指掌,这中间当然也包括石介写给富弼的这封信。不知道通过什么手段,他把这封信截留了。石介的文章是不错,书法也很见功力,但是他关心的不是这些,而是信中有没有做手脚的缝隙。在一双邪恶的目光下,缝隙总是有的,但是连夏竦本人也没有想到会找到如此优美的缝隙,这几乎是作者有意给他留下的一处破绽,在这里,你可以用最小的篡改达到最大的杀伤。而且富弼这个"配角"也最理想不过,如果自己干得漂亮,不光是一石二鸟,而且是一石三鸟,连富弼的老丈人晏殊也一起带颜色。

接下来轮到那个把石介的字练得烂熟的婢女出手了,根据主人的授意,她将伪造一封同样的信,只把原文改了一个字。原文中石介责以富弼"行伊周之事",她把这中间的"周"改成"霍",变成了石介要富弼"行伊霍之事"。

这个字太厉害了!一字之改,严于斧钺,至少从夏竦的主观愿望来说,写信人和收信人都将死无葬身之地。伊、周、霍,这三个字代指三个历史人物,伊即伊尹,周即周公,霍即霍光。而这三个字不同的两两组合,则隐潜着不同色泽的历史经验以及与之相关的惊心动魄的政治场景。

伊尹,商初大臣,曾帮助商王朝攻灭夏桀。汤去世后,伊尹历佐卜丙、仲壬二君。仲壬死后,由太甲即位,因太甲不遵汤法,不理国政,被他放逐。三年后太甲悔过,伊尹又将他接回复位。也就是说,他先后辅佐过四代君王,其中包括用惩罚的方法改造过一代君王。

周公，西周初年政治家。武王灭商后很早就死去，周公辅佐年幼的成王。其间平定诸王叛乱，并制作礼乐，建立典章制度。成王亲政，接手的是一个花团锦簇的大周王朝。这个周公，是孔子连做梦也经常遇到的上古圣人。

霍光，霍去病异母弟。汉昭帝年幼即位，他受武帝遗诏辅政，任大司马大将军。昭帝死后，迎立昌邑王刘贺为帝，不久即废。又迎立宣帝。前后历任四朝，执政凡二十年。其死后两年，霍家被朝廷以谋反罪族诛。

这三人都是历史上的权臣。权臣的一个重要标准是可以操纵废立，这三人都有这样的能耐，而且伊尹和霍光确实做了；周公没有做，但他如果想做也不难。所谓君臣大义历来被视为政治原则中的重中之重，这中间，伊尹的做法后世略有争议，但他虽有不臣之举，毕竟没有废掉人君。周公则一直高踞圣坛，博得了历朝历代众口一词的赞赏。伊周连在一起，绝对没有问题。但改成伊霍就有问题了。霍光在世期间立三帝，废一帝，很长时间独自把持朝政，让皇帝很不舒服。《汉书》中说宣帝与之同车时"若有芒刺在背"[4]。我敢说，班固的这种笔法来自司马迁，一百多年前的一位帝王瞬间的心理感受，他是如何知道的呢？当然是想象。司马迁在《史记》中经常有这样的神来之笔。班固这里的想象也很有光彩，而且经他这一想象，汉语词典里从此便多了一个成语。现在我们应该知道了，所谓"行伊霍之事"的潜台词就是：人君好，我们就辅佐；人君不成器，就废了他，重新

219

换一个姓赵的上台。这一字之改，就不光是严于斧钺，而是罪该万死了。夏竦此举不仅老谋深算，而且恶毒透顶。

对于捉刀的婢女来说，她并不需要老谋深算和恶毒透顶，她只需要笔下的每一个字惟妙惟肖。但惟妙惟肖并不容易，自去年主人在蔡州落难以后，她已经把这个陌生人的字掰开揉细地临摹了差不多一年。起初倒没看出这活儿有多难，十天八天以后，她就能把陌生人的字临得像模像样的了。但艺术实践中似乎有一种规律，入门越是容易，到了一定的程度提高越难。《水浒传》中有一个情节，梁山泊军师吴用为了营救在浔阳楼题反诗的宋江，让圣手书生萧让伪造一封蔡京的信。结果信倒是伪造得不错，图章用错了，露了馅。伪造蔡京的信并不难，萧让几乎一挥而就，因为蔡是书坛名家，大家都学他的字。但伪造石介的字就不容易了。作伪的全部奥秘就在于隐蔽自己，因为每件伪品都隐藏着某些真实，在临摹他人的作品时，造假者会因无法抗拒的诱惑而加入自己真情，这种诱惑和真情其实是一种习惯性的艺术趣味。往往一个平淡琐碎的细节或一个不经意的笔画就会流露出造假者的气息，使得造假者无可避免地出卖自己。夏竦是一个苛刻的旁观者，他决不容许婢女轻易出卖自己。那么就从头再来，把对方每个字的结构和笔画都分解开来，找出先前的师承和他自己的创造。这样心中有数了，再反复摹写。长期摹写一个人的字会让她对那个陌生人产生种种想象，他的仪表、神采、性情、身世况味以及家庭背景，等等，这些都与字没有关系，但也不能说完全没有关系。甚至还有他写字时偶尔出现的某种习惯性的姿态。很显然,有些笔锋只有在某种姿态下才会很畅快地在纸上流走,这是只有写字的人才会有的体验。到了这个时候,她实际上已经离主人要求的"乱真"不远了。

作伪也可以作得尽善尽美,她做到了。但夏竦并没有马上采取进一步的行动,他还在等待,等待一个因某种原因让皇帝不能很好地把握自己理智的时候,最好是天灾人祸。

这种机会没有多长时间就被他等着了,"丁未,开宝寺灵宝塔灾"[5]。灵宝塔是京师最高的建筑物,高处不胜"烦",最"烦"的就是容易遭受雷击。丁未是六月十八日,时值盛暑,灵宝塔因雷击起火,民间俗称"天火"。

二

开宝寺在皇城东北方向的旧封丘门附近。京师四近无山,灵宝塔不光是市民登高远眺的好去处,也是京师最醒目的地理坐标。一般来说,站在高处的人总会有一种凭眺的优越感,似乎别人都是他眼中的风景。其实他们也常常在别人的远望之中,装点了别人眼中的风景。灵宝塔遭遇"天火",按惯例会被理解成一种"天谴",皇帝要虚心听取各方面的意见,责躬修省,以谢天变。这时候也照例要有很多人借题发挥,把一些平时不方便讲的话讲出来。而开宝寺的僧人则另有所图,他们在清理火灾废墟时，从宝塔地宫里发现了原先瘗藏的舍利子，便借此说事，大肆宣扬，认为舍利经火不坏，必有神灵所凭。又将舍利送进后宫展览，企图借皇室的声音为重建灵宝塔造势。发现了几粒舍利子有什么值得大惊小怪的呢？那东西其实就是人体内的结石在火化时生成的一种珠状小颗粒。这时候流言就出来了，说舍利在内廷之时，"颇有光怪"[6]，也就是发出奇异的光。皇上便下诏允许民众前往开宝寺烧香瞻礼。寺僧则以重建开宝寺为号召，向民众募集钱物。

于是，谏官余靖在上朝时向皇帝提意见。从他唾沫乱飞的进谏中，我们至少获得了以下信息：

一、舍利出宫时，宫中给了不少赏赐，有钱有物。现钱皆"内帑自余之币"，也就是后宫结余的公款。此外还有一些所谓"内廷无用之物"。

二、官员中亦有人支持重建灵宝塔，理由是：重建无须动用国库，亦无须"诛求于民"，只要准许该寺僧徒化缘募集，另外宫里再给一些物品，这些东西在内廷本是"无用之物"，但寺庙里用其作为号召，却可以吸引到财力雄厚的施主。

三、还有人提议，既然舍利有神灵护佑，就应该将之"迎入内中供养"，以为内廷延福呈祥。

针对这些论调，余靖首先描绘了一幅国蹙民穷的悲惨画面：

自西陲用兵以来，国帑虚竭，民间十室九空……
天下之民，皆厌赋役之烦，不聊其生，至有父子夫妇携手赴井而死者,其穷至矣。[7]

请注意,这里面没有一句对光明面的肯定,也没有关于九个指头与一个指头或者三七开的分析,更没有"天皇圣明臣罪当诛"的责任认定。他说的就是整个形势糟得很,暗无天日。而且再联系下文来看,最高领导显然难辞其咎。以今天的目光来看,在一个还算英明的官家领导下的也还算得上升平的世道里,一个臣子用这样阴暗的表述来指斥形势,需要怎样一种义无反顾的勇气。但宋代的人不会有这样的感慨,因为那时候臣子在朝堂上把形势说得严重一点,困难讲得多一点很正常,不会因此而得罪人主,也用不着事先顾虑人主有没有雅量。这不仅因为他是谏官,谏官的职责就是监督皇帝,不会因言获罪。即使他不是谏官,也用不着瞻前顾后。因为臣子可不可以在朝堂上讲几句真话,在那个时候是一个无须讨论的问题。

说过了形势,余靖接下来的话就更加不好听了。

他说,这两年财政削减了后宫的支出,结果怨声四起,都说钱不够用,"内中煎迫"。既然钱不够用,以至到了"煎迫"的程度,怎么又会有"内帑自余之币"施舍给开宝寺呢?而且据说一出手就不是小数字,这怎么解释?再说,既然财政拨给后宫的钱还积余不少,而那些"内廷无用之物"出了宫又可以变出大笔钱来,那么:

陛下若恤民之病,取后宫无用之物、内帑有余之币,出助边费,勿收中民一年田租,……此则陛下结天下之心,感召和气,虽造百塔,无以及之。[8]

这段话的逻辑非常严密,无可辩驳,而且其推理过程或许会让人们想到那个著名的成语:请君入瓮。现在"入瓮"的就是朝堂上的当今之"君"。

至于把舍利迎入后宫供养,余靖的应对就更聪明了。他说,胡人的军校都叫舍利,舍利入宫,岂不是说胡人的军马进了后宫,这是什么兆头?

作为谏官,余靖无愧优秀,他政治上很敏感,能见微知著;遇事有原则,敢讲话,而且讲得有理、有利、有节。仁宗是很看重他的。一次出使辽国之前照例陛辞,他把要对皇上讲的事记在笏板上,每桩事记一个字,一共几十件事。仁宗觉得好奇,把笏板拿过来看看,叫他不要慌,一件事一件事地慢慢讲,一直讲到宫里掌灯,皇城关门了,仁宗叫内侍把他送出东华门。仁宗很欣赏他的见识和负责精神,又让他参与修起居注。修起居注要参与皇上的日常事务。皇帝御常朝,他们要在崇政殿和延和殿轮流值班。崇政殿是上朝的地方,延和殿是皇帝御朝后处理政务的所在。他们的任务是随身记录皇帝的"言动"。记言包括记录皇帝说的话——所谓的"德音"——和制定的诏书;记动就是记录皇帝在前殿的活动(在后宫的活动由内侍记录)。他们把这些记录下来修成起居注,送史馆备修实录和正史。这是很清要的职位,其重要性不逊于知制诰,不是一般官员或凭资格就能担任的。让一个专门监督皇帝的谏官参与修起居注,这不仅说明皇帝对余靖很放心,而且说明皇帝对自己也是放心的,他认为自己没有什么需要防着谏官。

但余靖这个人也有一样毛病不受欢迎:个人卫生习惯不好。不知他有没有狐臭,但是口臭是肯定有的。自己有口臭却又不肯刷牙,再加上不经常洗澡,内衣也很少换洗,所以走到哪里总带着一股异味,令人退避三舍。其实那时候洗澡很方便的,走在大街上,你只要看到门口挂壶的所在,便是公共澡堂,而且名字很好听,叫"香水行"。挂壶是宋代公共浴堂的标志,就如同用箬笠盖着的"红栀子灯"是色情酒店的标志一样。[9]这种浴堂往往前面设有茶馆,供人饮茶休息;后面是洗澡的浴堂。浴堂的消费也不高,大约每人十文,也就是市场上一升米的钱。[10]如果要搓背,小费另付。享受搓背服务已经成为当时的一种时尚,后来苏东坡曾将此写入一首《如梦令》:"轻手,轻手。居士本来无垢。"他大概是经常搓的,所以无垢。如果是余靖,搓澡工的成果恐怕就要壮观多了。有的人不讲卫生,你拿他也没有办法。这和经济条件没有多大关系,也和人品什么的没有多大关系。在这之前,朝廷里有个窦元宾,出身名门,才华出众,就是邋邋遢遢,人们就把他和另一个几乎有洁癖的梅询合称为"梅香窦臭"。在这之后,有去年刚刚及第的王安石,此公"经岁不洗沐",上班时蓬头垢面,不修边幅,但治国理政倒是一把好手。像眼下这种六月酷暑,余靖既不洗澡也不换内衣,在皇帝面前讲话时唾沫乱飞,直飞到皇帝脸上,于是《续资治通鉴长编》中便有了这样的记载：

> 时盛暑，靖对上极言。靖素不修饰，上入内云："被一汗臭汉熏杀，喷唾在吾面上。"上优容谏臣如此。

在正史中，写一个官员进谏而连带着写出这样生动的生活细节是很少见的，当然其目的是隆重表彰"上优容谏臣"。但行文中也顺便表扬了余靖的"对上极言"。所谓"极言"，不光是知无不言，言无不尽，而且还包括情绪很激动。

大概就在皇帝被余靖喷了一脸唾沫星子之后不久，夏竦的密奏到了。

来自全国各地的奏章、公案、文牍，以及在京百官的表疏，一般先经进奏院送银台司。银台司为禁中"帝门"，工作人员根据贴黄——写在黄纸上的内容提要——将文书分门别类，再送垂拱殿门内的通进司。通进司又称承进司，因真宗刘皇后之父名刘通，曾为之避讳。文书在这里还要接受检查，查验有无稽留及做手脚，然后再根据内容的轻重缓急进呈皇帝批阅。银台司和通进司都隶属中书省，因此，宰执大臣要想知道文书的内容并不难。夏竦用的是密奏，他早年曾是仁宗的老师，后来，又在仁宗身边担任侍读学士，对宫里的人头比较熟。他有意绕开了银台司和通进司，通过后宫的私人关系直接送到皇帝手里。这种做法虽然不够光明正大，而且外廷官员交通内臣也违犯了政治规矩，但在特殊情况下应该是允许的。

不知道仁宗看了夏竦的密奏是怎么想的，帝王的心是世界上最深的海，深不可测。既然深不可测，我们就不去揣测。但有一点是不用揣测就可以肯定的，夏竦的小报告给仁宗出了一个很大的难题：如果小报告中揭发的内容成立，那么就应该追究石介、富弼等人的大逆谋反罪；如果揭发的内容是捏造的，那么则应该追究夏竦的诬陷罪。二者必居其一，不是东风压倒西风，就是西风压倒东风，在大是大非的问题上没有调和的余地。而只要把夏竦的密奏交付廷议，要弄清事实真相简直易如反掌。

但仁宗谁也没有追究，他不声不响。

这是什么意思呢？我们不妨按照正常的逻辑稍作揣测。首先，他一眼就看出密奏的内容不像是真的，因为以他对这两个人的了解，石介刚正激切，富弼温良宽厚，但临大节皆正色慷慨。这样的臣子，政治上都是可以信得过的，绝不会有大逆不道的念头。再说，现在朝中的政治环境已与商周以及西汉截然不同，以石介和富弼的地位与权力，想操纵废立只能是痴人说梦。自己已三十四岁，登基已二十二年，亲政也已十年。自亲政以来，自己一直是掌控局面的，这一点谁也不会怀疑。而且还可以这样说，在祖宗家法的庇祐下，大宋王朝从来不曾有过真正的权相或权臣，更谈不到有谁可以像霍光那样，让皇帝"芒刺在背"了。既然如此，那么就应该追究夏竦了？也不，归根结底，对于打小报告这种事，不管离事实远近，人主总是不会太反感的。中国帝王的特务政治至明清两代才登峰造极，与之相比，宋代的君臣关系还算得上宽松开明。但这并不是说宋代的帝王不想通过耳目刺探大臣的动向。有臣子向人主打小报告，说明他们甘当鹰犬。鹰犬总是越多越好，无论鹰击长空还是犬吠闹市，反正都是看人主脸色的。即使出击偏而无当，人主也应该袒护。太宗皇帝当年对打小报告的王化基有过两句评语："自结人主，诚可赏也。"[11]"赏"什么呢？打小报告无非就是咬人，你咬对了，赏你升官发财；你若咬错了，至少也赏你个不追究。人都喜欢听效忠的话、告密的话、阿谀奉承的话。听这样的话，有一种被依靠、被爱戴、被崇拜的感觉，不仅轻松惬意如春风雅奏，而且暖心暖肺如艳阳在怀。这种嗜好在帝王身上尤为突出，这与他们个人的品德、智商、政治志向无关，而是人性的弱点在专制体制纵容下的恣意膨胀。夏竦揭发的事情虽然子虚乌有，但他在密奏中提出的问题却切中了皇帝的心病：朝中朋党纠结，互为援手，考历代兴亡治乱之道，为人君者不可不防。

过了一段时间，皇帝又故意把夏竦密奏的内容透露出来，且看君子党诸公如何反应。

后人评价仁宗，有两句名言："百事不会，只会做官家。"有人据此认为他平庸无能，若这样说，简直是在侮辱十一世纪中期的中国政治史。那个"不会"和"只会"我们且不去管他，只看看他对夏竦密奏事件的处理，便知道这个人的城府了。

农历的六月下旬正是一年中最热的时候。去冬今春，中州地区风调雨顺，夏熟作物赖以丰稔。可苍天像个吝啬的老妇人，偶一施舍就马上变脸，入夏以后，干旱和蝗灾接踵而来。朝廷下诏疏决系囚以答天谴，原先判杖笞的无罪释放，原先判流放的罪减一等,死囚中可以从轻的,上报大理寺裁决。皇帝也不吃荤腥了,只吃蔬菜。如果仍然不下雨,还准备连饭菜都不吃,只喝水,以此来感动上苍。这是他私下告诉近臣的,但随即又叮嘱近臣不要说出去,因为他"不欲使外闻之"。在史书中,我们经常会看到仁宗"语近臣""密示""不欲使外闻之"这样的举动,看得多了,我们只能理解为一种表演。因为事实上近臣马上就把这些作为圣德而大肆宣传了,皇上也从来不曾因泄密而追究过他们。但不管怎么说,老天不下雨,皇上的日子也不会好过。酷热、干旱、蝗灾,在中州百姓的记忆中,这个六月是如此单调而无奈,每天都是灰黄的天空和一成不变的炎炎烈日。而对于君子党诸公来说,这却是一段阴晴难测的日子:

(夏竦)飞语上闻,帝虽不信,而仲淹、弼始恐惧,不敢自安于朝,皆请出按西北边。未许。[12]

庆历四年的盛夏,就这样随同两位新政领袖的"恐惧""不敢自安"等字眼嵌进了正史。

皇上没有同意范仲淹和富弼的按边请求,这种"未许"只是一种姿态,表示我还是相信你们的。但是你如果真的相信了他的"相信"而"自安于朝",那就不仅不知趣,而且会很危险。请求巡按边防只是一个借口,其实就是辞去在中央的领导职务。如果直截了当地提出辞职,弄得不好要被理解成闹情绪或要挟皇上。他们当然不可能没有情绪,但这时候有情绪也不敢"闹",更不敢要挟皇上。他们是真心诚意地要离开中央高层,以避开权力的光环,也避开皇上的猜忌,还有来自四面八方的攻击和中伤。既然皇上的"未许"只是一种姿态,他迟早会允许的。当时契丹与西夏正在为争夺呆儿族及夹山部落大动干戈,边境上的宋军也理所当然地提高了警戒级别。范仲淹以此为由,再次提出巡视西线,这次仁宗同意了,给他的身份是陕西、河东路宣抚使。宣抚使属于临时性的差遣,事毕即应回阙罢使,因此原来参知政事的头衔还挂着。不要把这里的河东路和黄河下游流经的京东地区混为一谈,因为自黄河在濮阳决口改道以后,就分为东流和北流"二股河"入海。既有北流,便相应地也有河东地区,即是指从山东临清到河北沧州直到天津一带。但这里的河东路是指今天山西的内长城以南地区,因黄河经此作北南流向,本区位在黄河以东而得名。翻开地图,这个河东路正与老范原先经营的鄜延路相邻,当然也属于他在《渔家傲》中描写过的"长烟落日孤城闭"的宋夏前线。

范仲淹冒着酷暑开始了西行苦旅。上次走在这条路上是在四年前,当时他从越州调任陕西都转运使,先到京城陛辞,然后西行赴任。时值阳春三月,满眼生机勃勃的春景。范仲淹轻装简从,一路上虽不能说意气风发,但至少也可以说跃跃欲试,很有一点天降大任舍我其谁的豪迈气概。但今天走在这条路上时,已是执政大臣的范仲淹却难说豪迈,眼前景,心中事,都不似当年了。在干旱和蝗灾的反复蹂躏下,盛夏的中州大地竟然绿意惨淡,连树叶也被蝗虫扫荡殆尽,只剩下光秃秃的树枝无助地伸向苍天。此情此景,让范仲淹不由得想起了桓大司马的感慨:"树犹如此,人何以堪?"

路过郑州时,他无意中碰到了一个人,此人原先住在京师榆林巷,致仕后定居郑州。

来者通名!

原中书门下平章事、昭文殿大学士、许国公、授司徒、赠太尉——吕夷简。

为什么要把吕夷简的这些头衔写得满满的呢?因为这中间的每一个头衔说不定都与范仲淹这些年的官场沉浮有关。作为范仲淹的老对手,吕夷简是真正了解他也是真正知道他分量的人。这世界上的了解可以分出很多级别,但最高级别只属于一种人——对手。因此,范仲淹的好几次被贬斥都出自吕夷简的打压,但也有几次关键性的起用出自吕夷简的推荐,包括四年前由越州调往西线主持边事。

上文中的"来者通名"只是作者的游戏笔墨,但在现实生活中,这种情况像吕夷简这样的退休高官也偶有遭遇,宋人笔记中此类记载颇多,我随手摘引几则,且隐去主人的姓名,一律称之为"某公"。

例如这一则。

有"新贵人"——以很高的名次荣登金榜,又出任大州副职——经过应天府,地方官预计此人前程无量,为了巴结他,安排了隆重的仪仗为其导从,呵拥特盛,路遇者皆肃然退避,而这中间正巧有一退休高官:

（某公）遇于通衢，无他路可避，乘款段（驽马），裘帽暗弊，二老卒敛马侧立于傍，举袖障面。新贵人颇恚其立马而避，问从者曰："谁乎？"对曰："太师相公。"[13]

这中间，最传神的是"举袖障面"四个字，它让人们感到了"新贵人"那种前呼后拥、惹动尘埃的排场和气焰。应该说"某公"及其随从已经表现得相当低调了，不知道"新贵人"为什么还要"颇恚"，也不知道他听到回答后是如何反应的。但在这段情节里，由于答话的是"从者"，"某公"和"新贵人"并没有直接对上话，其精彩程度也就打了折扣。下面这一则就生动多了：

（某公）罢相归乡里，不事冠带。一日在河南府客次，道帽深衣坐席末。会府尹出，衙皂不识其故相。有本路运勾（转运司勾当官）至，年少贵游子弟，怪某公不起揖，厉声问："足下前任甚处？"某公曰："同中书门下平章事。"[14]

看完这一段，两个人对话的神态和语调竟一直在我脑海里活灵活现，挥之不去。运勾的盛气凌人固然令人发哂，但关键还是某公那种看似谦恭的回答。所谓喜剧就是在这种对比——前者趾高气扬，后者低眉恭顺——中产生的，两者反差越大，喜剧感越强。因为这中间有一个错位，即双方张扬的程度和他们实际上的分量恰恰成反比。我不妨把那两句对话再稍微翻译一

下,供诸君仔细品味:

运勾(厉声):你,以前是干什么的?

某公(谦恭地):不好意思,在中书省和门下省做宰相。

说"某公"不卑不亢还不确切,我觉得这位历经宦海阅人无数的老官僚有点"以卑示亢"的味道。你说呢?

这样的遭遇,不光弄得人家很尴尬,老官僚自己其实也不太舒服的。不错,你的那些头衔够光鲜够堂皇的,但现在,那些前面都得加上一个"原"字。这个"原"字是点金成铁的,再光鲜堂皇的东西一旦与它结缘,顿时风尘垢面迅速贬值。不管你原先是多大的人物,现在毕竟不在其位了,人家除去表面上恭维你,谁也不会把你真正当回事。都说岁月是把杀猪刀,其实真正有杀伤力的是炎凉世态。因此,有些人在位时生龙活虎呼风唤雨,可一旦退休,整个人就像掉了魂散了架似的,精气神全没了。有的甚至很快就病魔缠身,一命呜呼。离开了权势的滋养,或者说离开了权力的竞技场,他们似乎就失去了人生的理由。这样的现象,让一直羡慕他们的升斗小民怎么也看不懂。

范仲淹和吕夷简在郑州属于不期而遇,但就双方的愿望而言,他们早就期待着有一次敞开心扉的畅谈。我甚至怀疑这种"不期而遇"其实是预先策划的,如果只是偶然路遇,双方寒暄几句,拱拱手,也就够了,何至于要到吕夷简家里去坐下来谈?又何至于要"欣然相与语终日"?经历了这些年的政坛风雨,范仲淹真正体会到了干事之不易,变革之艰难。宋王朝就像一辆笨重的牛车,不紧不慢地行驶在坎坷的故道上,想让它产生一点加速度谈何容易,更不用说想让它驶上新路了。因此,对吕夷简当年的那些做法,他也有了更多的理解。吕夷简问范仲淹为什么要急于离开朝廷,范不好说夏竦打小报告的事,只说是想经制西事。吕夷简则认为,想经制西事,还是在朝廷更方便。一旦离开了中央高层,失去了权力的魔杖,想办事就更难了。吕夷简精通官场中的钩心斗角之术,在他看来,即使就明哲保身而言,离开朝廷也是错误的。宋代采取二府班子集体觐见皇帝的制度,极少有个人面见皇帝、独进谗言的机会。范仲淹离开了朝廷,就给了政敌在皇帝面前诽谤攻击他的机会,以后发生什么事情就很难说了。在郑州,这一对政坛冤家不仅谈得很投机,也不仅尽释前嫌,双方还有一种历尽宦海风涛之后的惺惺相惜,这是一种庄严而高贵的情愫。这时候,所谓的宠辱不惊之心、沧海桑田之感就成为双方共同的财富了。真正了解一个人分量的,毕竟还是他的对手。有时,一个人的幸运,恰恰在于遇上了好的对手,不管他们是正邪相克还是兰蕙齐芳,只要彼此有真切的了解再加上事后有真诚的反思,在我看来,这就称得上是优美的对手。

"日之夕矣,羊牛下来。"城里当然看不到牧归的牛羊,是厨房里的牛肉和羊肉下锅了。到了郑州,吕夷简是东道主,两人又这样相见恨晚,酒总要喝两杯的。"羊牛下来"以后,就该是"君子于役"了。老范的这趟差事其实也和服役差不多,但以他这样的身份,"苟无饥渴"应该是不用担心的。

不料二十几天以后,就传来了吕夷简病逝的消息。范仲淹痛失畏友,悲悼之情诉之祭文:

> 得公遗书,适在边土。就哭不逮,追想无穷。心存目断,千里悲风。

范早年曾在《桐庐郡严先生祠堂记》中歌而颂之:"云山苍苍,江水泱泱,先生之风,山高水长。"被誉为千古名句。与之相比,我觉得这篇《祭吕相公文》也并不逊色。前者胜在意境,后者则以情感蕴藉见长。而即使就意境而言,"心存目断,千里悲风"其实也不遑多让。

范仲淹和吕夷简这种"优美的对手"应该可以传为佳话。几年后范仲淹辞世,好友欧阳修为之作神道碑,其中说到他晚年与吕夷简关系的转变:"于是二公欢然相约,共力国事。天下之人,皆以此多之。"[15] 范仲淹的儿子范纯仁不同意这样的表达,认为"我父至死未尝解仇",要作者修改。欧阳修不从。范纯仁就自作主张,在刻石时删去以上二十多字,后来把删改后的碑文送欧阳修时,被对方拒绝,理由是"非吾文也"。

对于这场纠纷,后来朱熹有一段评论至为中肯,他认为:"忠宣(范纯仁)固是贤者,然其规模广狭,与乃翁不能无间。"

"不能无间"就是有间,有间就是有差距。这不是说范纯仁气量狭小,而是说范仲淹的胸襟太博大了,一般人很难理解,包括他那同样被誉为一代贤臣的儿子。

三

富弼的河北宣抚使任命是八月五日下达的,《续资治通鉴长编》中认为:"其实弼不自安于朝,欲出避谗谤也。"夏竦的密奏以后,君臣双方心理上都有阴影,富弼离开京城是迟早的事。

忍看朋辈成新阃(阃,宣抚使之别称),现在轮到《朋党论》的作者欧阳修了,他出任河北都转运按察使,时间是八月十四日。范仲淹和富弼的宣抚使属于临时差遣,事毕即应回阙罢使,因此原先的执政头衔还保留着。欧阳修的这个都转运按察使却稍逊风骚,新职任命以后,原先的谏官和知制诰就自动解除。君子党的几名骨干接连离开朝廷,谏官蔡襄和孙甫提出异议,请求把欧阳修留在谏院,仁宗没有同意。但在欧阳修陛辞时,仁宗却对他讲得很软和,他说:"你这次下去是临时性质的,不要做长久的打算。对朝廷有什么意见还可以照样提。"欧阳修说得很老实:"我以前是谏官,可以风闻言事。今后如果还那样提意见,就犯越职罪了。"仁宗说:"应该提的意见还是要提,有没有谏官身份不成为理由。"[16]这种意思的话,我记得上次王拱辰"居家待罪"闹情绪时,仁宗也讲过,那次的原话是"有当言者,宜力陈无避"。这次的原话是"有事第言之",这个"第言之"就是但说无妨的意思。反正都是慰勉的话,让你觉得很受信任、很舒服。他是很会说话的君王,软话、硬话、软硬搭配的话,拿捏得很好。我想,当时的那些御前学士如果就此申请一个课题,研究人主的语言艺术,出一本专著,笃定叫响。不仅书大卖,人亦可大卖。

富弼一到河北,就遇上了保州兵乱。

这个保州,与生产定窑瓷器的定州相邻。定窑有北定和南定,定州为北定,南定亦即粉定,南宋时制于景德镇。定州和保州都处于对辽战略的前线,驻军多,麻烦也多。军队也像瓷器一样,是易碎品,一不小心就会磕碰出事端来。宋代兵乱相对频繁,与当时的兵制有关,或者说与当初太祖皇帝的建军思想有关。太祖皇帝是行伍出身,对军队问题的认识不仅深入浅出,而且还有深谋远虑,特别是武人乱政对中央皇权的威胁,可谓触目惊心。于是他上台伊始,很快就推行以"释兵权"为特征的军队改革。这种改革主要针对军队高层,涉及的是统兵将帅。而对低层,宋代实行的是唐末五代以来的募兵制。太祖认为,凶年饥岁,多事之秋,往往有叛民而无叛兵。这就启发了他建军思想的另一个侧面:如果把"行暴之民收隶尺籍",让他们参军吃粮,把民间桀骜危险的力量纳入军队管束,这种募兵制实为消弭民众叛乱的最佳方案。于是饥寒交迫的农夫,游手好闲的流民,还有刁滑蛮横的泼皮无赖,都被送进了丘八的行列。军队这种地方,弄得好就是大学校,弄得不好就是大染缸。或者说,战争时期往往是大学校,和平时期基本上是大染缸。因为军队是打仗的,长时间没有仗打,就会无事生非。社会上的那些剽轻不逞之徒堂而皇之地进入了这个大染缸,动乱的根苗虽然暂时得以隐伏,但一有风吹草动的诱导因素,就会转化为兵变爆发出来。因此,可以这样说,太祖皇帝的军事改革,赢得的是中央皇权的稳定和巩固,削弱的却是军队的素质和战斗力,这与赵宋王朝"守内虚外"的基本国策是并行不悖的。去年范仲淹在《答手诏条陈十事》中有"修武备"一条,说的就是改革兵制。其中罗列军队存在的弊端时,亦说到新招募的士兵大多是"市井之辈,而轻嚣易动,或财力一屈,请给不充,则必散为群盗"。范仲淹非常认同唐代的府兵制,并认为唐代的衰乱与开元末年罢府兵制有关。但变革兵制毕竟牵涉面太大,而且事关祖宗家法,不仅仁宗没有这么大的魄力,其他宰辅大臣也认为不可,未能付诸实行。

保州兵乱发生在八月五日,也就是发布富弼任河北宣抚使的同一天。但兵乱的消息四天后才报到京师,当时富弼还没有启程赴任,朝廷就让他直接去保州主持平叛。富大人还挂着国家最高军事机构长官的职衔(枢密副使),保州又在他宣抚的地区之内,代表朝廷去处置兵乱,没有比他更合适的了。

其实兵乱的规模并不大,参与者大约有三四百人,再加上军人家属及被裹挟的民众,总共两千余人,为首者也就是几个都头或曰百夫长吧。唐人杨炯《从军行》诗云:"宁为百夫长,胜作一书生。"他说的是为国家建功立业,并不是说穿了军装就可以恃武作乱。几个百夫长能作多大的乱呢?那种小打小闹的喧哗与骚动是玩不出什么名堂的。朝廷的平叛诏书已下,羽檄交驰,风起云涌,诸道兵马正在向保州结集。定州离保州最近,定州知州王果率军最先到达,随即发起攻城,不克;又派人招降,叛兵亦不信。于是一方兵临城下,一方困兽犹斗,势成僵持。

但如果说官军在保州城下无所作为,那肯定是不公平的。

因保州地处宋辽边境地区，兵乱之后，谣言四起，都说乱兵将效仿当年的后唐叛将石敬瑭，引契丹兵马大举入侵。一时边民人心惶惶，举家出逃者不绝于道。朝廷便命令缘边安抚使，对造谣惑众的"奸人"严加侦缉，一经捕获，便可"法外施行"。这个"法外"属于战场纪律，就是不经过审判的意思，也是从重、从严、从快的意思。这样一来，平叛官军还不曾伤到保州城里叛兵的一根毫毛，一大批"奸人"的头颅已经被割下来示众了。

平定兵乱大体上还算顺利，这是双方力量对比的必然结果。但诸道兵马只是摆在那里做样子的，并没有扯旗放炮地开打。不开打做甚？答曰：训练爬绳。他们和城头上的叛军说好了，让上面放下绳子，其一二人赤手袒胸，缘之登城，苦口婆心地劝降。一次不行，两次，反正越到后来，爬绳亦训练得越是麻利。最后是劝降者带着朝廷的诏书登城，许叛军以"赦汝罪，又以禄秩赏汝"[17]。也就是说，不仅赦他们无罪，还赏他们官秩，这皇恩也太浩荡了。叛军在糖衣炮弹面前败下阵来，忙不迭地开城投降。但城门一开，皇恩浩荡顿成皇恩泡汤，原先的承诺一概不算数，投降者一共两千多人，其中谋逆者四百二十九人，"悉坑杀之"。挖几个大坑，推进去活埋，这是真正的兵不血刃。那几个百夫长说不定还在盘算着"苟富贵"之类的好事呢，做梦去吧！

大开杀戒其实在高层蓄谋已久，兵乱刚发生时，谏官蔡襄就向仁宗提出，武力平叛，决不招安，这一点要坚定不移。一旦城破则格杀勿论，以绝骄慢叛乱之源。理由是："今州兵杀官吏，闭城门，从而招之，使传于四方，明朝廷畏众不杀之恩，官吏有触事可持之势，何惮而不为！"⁽¹⁸⁾这话不是没有道理，如果容忍他们叛了降，降了叛，弄成了惯例，反正朝廷"畏众不杀"，官吏则"触事可持"（这个"持"应该是对抗的意思），他们还怕什么呢？但问题是，既然如此，那你们就不要和叛军谈判，更不要以朝廷诏书的名义承诺什么。你们一开始就应该明确宣示：反叛作乱，罪无可赦，一律斩尽杀绝。这是堂堂正正的做法，也是可以真正震慑对方的做法。像现在这种先招降，再杀降，就很丑陋了。政治也是应该讲规矩的，你当然可以玩弄阴谋诡计以至无所不用其极，但只要对方停止了抵抗，针对他们的一切杀戮、迫害和阴谋诡计就应该停止，这是某些高等动物都遵守的规矩，遑论人乎？有时候，遵守某种约定俗成的规矩，看起来似乎保护了对方，其实最终保护的还是自己，因为，如果你不守规矩，言而无信，一个最现成的问题是：那么，下次呢……

后人知道蔡襄，一般只知道他字写得好。他的楷书恬和秀雅，行书淳淡婉美，是二王平正秀逸古典书风的忠实继承者，恐怕很少有人会联想到这种怂恿皇帝大规模杀人的充满了血腥气的言论。其实，文人杀人，有时比武人还下得了手。其深层次的心理动机或许在于他们本身没有武艺，生怕对方报复，所以不把对方"馘"了，心里总不踏实（这个"馘"是杀头的意思，但古人所谓的"献馘"，献的其实不是人头，而是所杀敌人的左耳）。这就好比新教师往往特别严厉，那其实是不自信，怕搞不定学生。武人反倒坦荡一些，你如果要报复，那就放马过来，我再把你打败就是了。保州投降的军士一共两千余人，杀掉了四百二十九人,剩下的那些人分散安置,由各州驻军消化。富弼虽然身任军职,但毕竟是个文人。文人的特点是想得太多,他担心那些人会生事作乱,半夜把欧阳修找过去扃室密谋,想秘密发一个通知,让各州同时动手,把降卒全部杀掉。杀人是不是最好的解决办法,这是一个可以讨论的问题。但怀疑人家会怎样,然后就要砍人家的头,这一点总让人想起来心里就拔凉拔凉的。欧阳修也是文人,但他比富弼想得更多,他说:

> 祸莫大于杀已降,况胁从乎!既非朝命,诸州有一不从,为变不细。[19]

前面的半句话不重要,因为杀那四百二十九人,已经开了杀降的先例。关键是后面半句话:这次杀降是你的决定,不是朝廷的命令。这么大的事,既然命令不是出自朝廷,下面就有可能不执行。只要有一个州不执行,消息走漏出去,酿成动乱那就不是小事了。于是"弼悟,乃止",一场大屠杀胎死腹中。

欧阳修和富弼年龄相仿,两人后来皆仕历三朝,也都是做过大官的。上文说"欧阳修也是文人",这样的表达有点大而化之。在文人官僚中,他属于才子型的士大夫,他的诗、词、文章在那个时期均为扛鼎揭旗之作,他在历史上的地位也主要是由"唐宋八大家"之一这样的身份标签奠定的,也是由总共四百字的《醉翁亭记》中的二十一个"也",以及《蝶恋花》中的"庭院深深深几许"这样脍炙人口的名句奠定的。而富弼则属于典型的文人官僚，他个人的品德和修养几乎无可指摘，以至在朝堂上一时众望所归。至和二年召拜同中书门下平章事（宰相），宣制之日，士大夫竟相庆于朝。仁宗见了这场面也很感动，认为"古之命相，或得诸梦卜，岂若今日人情如此哉？"富弼一生的作为，无愧"一代名臣"这样的称誉。作为一个科举出身的官员，富弼当然也写过不少诗文，但他的才华似乎只够用于应酬文字，不足于传世。这说明才华这东西与你的考试成绩没有关系，与你官做得大不大也没有关系。富弼就是一个称职的文人官僚，调和鼎鼐，治大国若烹小鲜。他不是才子。才子和文人之异同，我实在说不上很多，但从处理保州降卒这件事至少可以看出，才子型的欧阳修对有些东西的感觉似乎更敏锐，这一点与所谓的灵感没有关系，而是在于人性的温度。从表面上看，他担心的只是"诸州有一不从"这种小概率事件，其实往更深处想，他大抵会觉得杀人毕竟不是一件很好玩的事，更何况一下子杀这么多人。这是一种不仅仅属于才子但真正的才子却不可或缺的悲悯情怀。文学艺术是需要情感的，怒发冲冠和柔情似水都属于同一颗悲悯之心。当然才子中也有流氓恶棍，而且有才华的流氓恶棍比没有才华的更可恶。但我可以说，一个恶毒浅狭的人，内心不可能怀有温情和诗意，因此，这种人不可能是真正的莘莘大才，他们笔下大抵只有章法文辞之美，不可能呈现灵魂的声音。这些当然都与富弼无关，我只是把才子型士大夫和典型的文人官僚试作比较，看看他们各自的心性会如何影响襟抱乃至事功。如果我们再在北宋政坛上举出另外两个人——例如才子型的苏东坡和文人型的王安石——作为考察对象,我作出以上的立论应该更有信心。

欧阳修离开京师不能说是被贬斥,他这个河北都转运按察使权力很大。不要小看了这个"都",有没有这个字,分量是不同的,就像现在在职务前面加不加"总"一样。河北、陕西、河东三路处在国防前线,素称"烦剧之路",所谓"烦剧",也就是难事多,大事多,敏感的事情多,所以置都转运使。转运使相当于中央派出的财政专员,总管一路的钱袋子。管财政的都是大爷,见官大三级。这还不算,去年五月以后,根据新政的要求,各路转运使又兼按察使,负责一路官吏的考核升黜。这个按察使,实际上担负的是中央巡视组的职能,虽无尚方宝剑,却也立地通天,这就更厉害了。

欧阳修刚到河北,就有监察御史上了一道奏章,对巡视组(按察使)提出了激烈的批评。这位御史说起来大家再熟不过,他叫包拯。当然,严格地说他现在还不是监察御史,是监察御史里行,比御史还差一点资格。推荐他进入御史台的是王拱辰。

包拯、包公、包青天、包黑子、包大人、包待制、包龙图、包希仁、包合肥,可以毫不夸张地说,这些称呼在后世的知名度远远超过了同时代其他所有的官员。这中间,除去包黑子而外,其他称呼都是名副其实的。在庆历初年的这场变革中,有些人你很难说他是什么派,他们和君子党之间什么分歧都有,唯独谈不上政治路线分歧。他们反对新政,有的出于己有的个人恩怨,例如夏竦;有的出于个人仕途发展的考量,例如王拱辰;还有的仅仅

243

出于个人品质或曰性格因素,例如包拯。你说包拯是什么派?他是吕夷简发现的人才,又是王拱辰推荐进入御史台的。但他这种人,绝对谈不上希合举主知恩图报,他正直、古板,甚至倔强,一切都照规矩办,和所谓的改革派和保守派都会发生矛盾。例如欧阳修主张成立巡视组,包拯却抓住巡视组的弊端不放。在国人的心目中,包拯一直是以不畏权贵、为民请命、铁腕反腐、冷面无情的形象出现的。但是出现在庆历四年八月二十六日这道奏章背后的监察御史里行却谨慎、温情,绝不金刚怒目,他不仅为民请命,也为官请命。这似乎是另一个包拯。

稍加归纳,这道奏章的要点如下:一、巡视组在"体量"官员时——注意,是"体量",不是"体谅"。这个"体量"在奏章中反复出现,其含义大致相当于现在的调研考察——"颇伤烦碎",抓住小事大做表面文章。那些平时老老实实做事,而且廉谨自守的官员,被认为没有政绩。相反,那些酷虐非法、投机取巧的人,却被认为能干。这种风气若长此以往,则"人人相效,惟恐不逮,民罹此患,无所诉告"。二、在这种政绩观的影响下,各级官员为了出数字、求进用,千方百计地迎合巡视组的意图,擅自增加商人和民众的负担,通过"倍行诛剥",把财政的增长率搞得很漂亮。这种"惟务苛细、人不聊生"的状况,"窃恐未为国家之福也"。三、巡视组"务为苛刻",使官员无所措手足,官员有小的错误,往往就被抓住不放,以至成为"终身之累"。其实这类错误只要"情非故犯",都应"咸许自新"。

不知大家注意了没有,奏章中故意绕开人们耳熟能详的

"民不聊生",用了一个很生僻的说法"人不聊生"。这当然是为了使奏章中的诉求具有更大的涵盖面,这个"人"既包括了"民",也包括了"官"。不管奏章中的意见是否有道理,我们都应该感谢包拯,因为他让"民"和"官"一起站到了"人"的旗帜下。在这以前,让"民"回归"人"的本体,似乎只有在唐代出现过,不过那是为了避讳。当时为了避唐太宗名字中的"民",只得把典籍中的"民"都改成"人"。《管子》中的名句"王者以民为天,民以食为天",遂变成了"王者以人为天,人以食为天"。避讳是专制政治的畸形病象,和以人为本完全不沾边。倒是包拯的奏章中有几分人文关怀的味道,在奏章的最后,他特地提出,南郊大礼即将来临,到时朝廷照例会有一系列宽赦和恩赏,希望朝廷把加强对巡视组的约束,作为宽赦和恩赏的一项具体内容,"以安海内生灵之心"[20]。在他看来,巡视组的所作所为已到了人神共愤的程度,所以要把对他们的约束和南郊大礼这样神圣的仪式联系起来,以实际行动上答天意。

包拯的奏章是不是实事求是,我们先不说,因为欧阳修针锋相对的奏章随后就上来了。欧阳修的书法"方阔瘦硬"(苏东坡语),劲道十足,他又是巡视制度的始作俑者,因此,他这道奏章的文风肯定也是"方阔瘦硬",慨当以慷。

稍加归纳,这道奏章的内容大致也有三点。一、各路按察使是两府执政"聚厅数日"认真挑选的结果,这些人都是公认的优秀人才。巡视制度实行以后,虽然还不能说大见成效,但已经出现了一些新的气象,主要是调动了各级官员干事的积极性,而老病昏昧之人则望风知畏,最近,这类人主动提出退休的不少。二、巡视工作的阻力很大,因为他们纠察的对象,有的是权贵荐引之人,有的本身就是权贵之子。巡视组需要有"下当怨怒,上迕权势"的勇气。这种得罪人的工作,迫切需要朝廷为他们撑腰。但现在的情况是,巡视组的意见并没有得到朝廷足够的注意,相反倒是诋毁者的言论一来,朝廷就信以为真。三、既然台官对巡视工作提出了很多批评,那么皇上就应该让两府把上书的台官叫到中书来,让他们说清楚,是哪一路的按察使在什么事情上"因挟私怨",然后认真调查核实。如果查无实据,那么台官就是"妄说",朝廷根本不用听他们的。

两份奏章,一样的义正词严,一样的嘀嘀咕咕。孰是孰非,还真不好说。首先,上奏章的两位官员,其个人的操守都不用怀疑,如果说欧阳修不愧君子党的政治精英,那么包拯则是民众经数百年评议产生的第一号清官、好官。我只能说,巡视组也是由人组成的,其中有能臣也有庸官,有循吏也有酷吏,有秉公清正之人,也有险恶奸猾之辈。两份奏章中所涉及的情况应该都有事实根据,只不过他们出于自己的政治需要,各取所需而已。鉴于第一批按察使皆由该路转运使兼任,我甚至有一种奇怪的想法:以转运使而兼按察使,这样的安排很值得商榷。我并不是说这两个职务不能交流。我的意思是,按察使可以当转运使,转运使也可以当按察使,但不可以转运使兼按察使,"兼"不好,一"兼"就串味了,也坏了好多规矩。这就如同领导身边的某个女人,她可以是领导的秘书,也可以是领导的情人,但不可以是秘书兼情人。"兼"不好。转运使是搞钱的,现在又让他来兼管一路的人事,合适吗?不是说搞钱的人都不好,不是这个意思。我是说"干什么吆喝什么",在这句洋溢着朴素辩证法的俗语背后,掩蔽着的其实是某种职业性的思维定势。以搞钱为最高政绩的转运使,会很自然地用"能不能搞钱"作为评价官员的标准,甚至一票决定。他们欣赏的也必然是那些能搞钱的官员,其中可能有相当一部分酷吏。因为那时候的所谓搞钱,无非就是征敛;而所谓会搞钱,也只需给征敛轻轻地嵌入两个修饰语:横征暴敛,那也就是酷吏了。相比之下,那些体恤民众、照规矩办事的官员,很可能会被他们视为平庸无能。如果用这种"唯钱是举"的思路来左右官吏的考察和任用,那就肯定串味了。串什么味?铜臭味。包拯奏章中所涉及的有些问题,可能就与这种串味有关。

但巡视组所面临的情况比上面所说的还要复杂得多。这里只说一个京西路,看看巡视组在那里进进出出的几幕闹剧。

京西路可以说是全国的政治特区,这里靠近京师,其中心城市洛阳既是河南府治所在,又是王朝的西京。洛阳人到了外面,都自称"贵乡",一点都不客气的。从外面看,京师汴梁至今仍然是夯土城墙,只将城门墩台和城角包砖。而洛阳的宫城和皇城早在唐代均内外包砖,显示出不同寻常的经济实力和显要地位。风物繁阜,金翠耀目,良辰美景,罗绮飘香,就现今的城市规模和繁华程度而言,洛阳只略输东京而居其次。士大夫们退休以后多选择在这里颐养天年。京西路所辖的州府也多是富庶之地,这里离东西两京都不远,很多高级官僚在退休之前也喜欢选择这里作为仕途的最后一站,一边继续中饱私囊,一边提前适应前方夕阳下的那一段闲散岁月。这样一个高官大佬扎堆的京西路,巡视组的工作不会很轻松。

庆历三年五月实行巡视制度以来,京西路的首任转运按察使是陈泊,副使是张升。当时的河南知府范雍(就是那个当初被西夏人称为"大范老子"的)、许州知府王正举、陈州知府任中师、河阳知府任布都是二府旧臣,也都算得上是只会享福不能做事的老病昏昧之人。这就给新任的按察使出难题了,如果不折不扣地执行中央精神,按察就应该从这几个老同志开始,毫不手软地把他们调整出州府的领导班子。但老实说,拿几个在官场上人脉深广的老同志开刀,陈泊和张升没有这样的魄力。但不拿他们开刀,按察其他任何人都明摆着是不合理。陈、张二位还不算太恶劣,他们不敢拿老同志开刀,但也没有指鹿为马诬良为娼胡乱地揪几个无辜者来交差。像包拯在奏章中所说的——"并是掎摭微累(抓住一堆小问题),不辨虚实,一例论奏"[21]——那种事,他们倒没有做。他们就是不敢碰硬,不作为。这样,大半年以后,欧阳修的弹章上来了,说他们"自(去年)五月受朝廷诏书,半年内并不按察一人"[22],结果,其巡视区域内的官员屡屡因"庸昧无能"而扰民害民。欧阳修认为,陈、张二人应该"重行黜降"。但朝廷只是把二人撤回来,并没有处分他们。新任命的转运按察使叫李绚,这个李绚大刀阔斧,毫不留情,对范雍等四位老同志"皆以不才奏之"[23]。果然是新官上任三把火。但三把火一烧也就灰飞烟灭了。四位老同志原先都担任过二府宰辅,现在要把他们一齐拿下来,皇上也下不了这个决心。李绚的巡视意见在中央搁了半年,京西路的几位老同志仍在各自的位子上安然稳坐,就像一首歌里所唱的"一切都好,只缺烦恼",最后竟然是朝廷把李绚这个转运按察使调回京城了事。这就不能不让人感叹:近几年京西路虽然干旱连绵,但对于官场来说,这里的水还是太深了。

谁都知道,朝廷在巡视组问题上的左右支绌,其实映射着新政推行中的焦头烂额,进退两难。

派(巡视组),还是撤(巡视组),这是个问题。

在关于巡视组的争议声中,庆历四年的秋色越来越浓了。京师的大街小巷里,秋风吹送着纷飞的落叶,也吹送着远近兜售香印的锣声,一年一度的赛神会就要开场了。

注释

〔1〕（宋）蔡絛《铁围山丛谈》卷四。

〔2〕（宋）邵博《闻见后录》卷二十七。

〔3〕（元）脱脱等《宋史》卷二百八十三。

〔4〕（汉）班固《汉书·霍光传》。

〔5〕〔6〕〔7〕〔8〕〔12〕（宋）李焘《续资治通鉴长编》卷一百五十。

〔9〕（宋）吴曾《能改斋漫录》。

〔10〕王仲荦《金泥玉屑丛考》。

〔11〕《续资治通鉴长编》卷二十七。

〔13〕（清）潘永因《宋稗类钞》。

〔14〕（宋）朱彧《萍洲可谈》。

〔15〕（宋）叶梦得《避暑录话》、《闻见后录》。

〔16〕〔17〕〔18〕〔19〕〔20〕〔21〕《续资治通鉴长编》卷一百五十一。

〔22〕《续资治通鉴长编》卷一百四十六。

〔23〕《续资治通鉴长编》卷一百四十八。

第八章　菩萨蛮

一

卯牌时分，宋罗江叫第二次的时候，皇帝开始起床。"宋罗江"不是人，而是一条狗——来自蜀地的罗江狗，色赤而体小，极机警。这种体形的狗后来被称为哈巴狗，但红色的倒很少见。庆历初年宫中曾有卫士夜间作乱，当然很快就被"馘"掉了。事后有台官建议，养罗江狗于掖庭，以警仓促。因该台官姓宋，宫中遂称此狗为"宋罗江"[1]。

宋罗江果然机警。按理说，皇帝身边的内侍和宫女它早就混了个脸儿熟，看到熟人是不应该叫的。但该同志等级观念极强，它只对皇帝一个人负责。特别是夜间，只要有人走近皇帝的寝宫，不管生熟，它都要高声示警。这当然也可以理解为是一种提醒：皇上和皇后（或妃子）正在那个，尔等不得惊了圣驾。狗毕竟是狗,它虽然知道皇帝的一举一动都有专门的说法,但它不知道"睡觉"或"休息"该怎么表达,只能含糊地说成"那个"。在这里,"那个"就是"那个",不能胡乱地联想成"那个"。皇帝坐早朝,除夏季而外,起床时东方还未见曙色。一般先是负责夜班和早班警卫的内侍换岗,这时宋罗江叫第一次;然后是值夜的宫女送来供皇上洗漱用的汤水,宋罗江叫第二次。它这一叫,皇帝就开始起床。

天还没有亮,灯烛的光焰朦朦胧胧的,是那种华丽的慵懒。皇帝也和普通人一样,起床的第一个程序是穿衣服,只不过皇帝要穿的衣服有人给他准备好了,手把手地递过来。于是便有了以下这段采自宋人朱弁《曲洧旧闻》的情节:

当未明求衣之时,嫔御私易新衣以进,(仁宗)闻其声,辄推去之。

我不知道这个"闻其声"是什么意思,宫女给他拿衣服,会有什么声音呢?而且这声音还会提供换了新衣服的信息。一种解释是宫女私下商量的声音,这样解释当然很省事,也说得过去。还有一种解释就是衣服的声音,是衣服上装饰的那些带、钩、环、佩之类磕碰出来的声音。原来穿的衣服没有这些,现在"闻其声",就知道换了新衣。不管解释得对不对,但其中的大体意思是知道的,说的是仁宗生性节俭,喜欢穿旧衣服。后面还说他好多衣服补了又补,"将遍,犹不肯易,左右指以相告,或以为笑,不恤也"。这个"不恤"大概是说一点也不怜悯那些旧衣服,还要继续穿下去。在他的影响下,后宫的女人们衣着都很朴素,命妇(官员们有封号的女眷)入见,也"以盛饰为耻"。这是一个领导率先垂范,节俭蔚然成风的生动例证,很有说服力。仁宗的节俭不仅体现在衣着上,一次吃蛤蜊,觉得很好吃,但听说一枚千钱,就不肯再吃了。半夜批阅奏章,饿了,想吃羊肉。但又怕开了这个头,御膳房从此便成为惯例,每夜都要杀羊,只好忍住。这个皇帝生活中确实不讲究,也很懂得克制。当然也有不够克制的地方,例如和绝大多数男人一样,他好色,为此没让台谏官们少操心,有时甚至闹得双方很不愉快。皇帝固然喜欢女人,但台谏官们也太喜欢捕风捉影了,一看到皇帝上朝精神不好,马上就想到床笫之事,认为他沉湎女色,这叫人脸上怎么挂得住?

像仁宗这种具有多重性格的领袖人物,历史上我们见过不少。有人抓住正面的功德为他们涂金绘彩,把他们塑为神圣;也有人抓住负面的阴私深揭猛批,把他们斥为魔鬼。其实神圣和魔鬼都是同一个人。就说节俭,穿旧衣,衣服补了又补,或者某个时期不吃肉,这些都是很好的品德,但也不值得过度阐释。说到底,穿好衣服、新衣服、高档名牌的衣服,那往往是为了虚荣、摆阔、撑面子,其真实的心理动机在于怕别人看不起自己,以此来提高自信心。那么,他一个做皇帝的还要撑什么面子?难道还怕有谁看不起他,不买他的账吗?对于他来说,这些都不存在。因此,他尽可以率性而为——而且还可以落得好名声。有道是"衣服是新的好,人是旧的好",但也不尽然,有的人真的不喜欢穿新衣,他就喜欢穿旧的。特别是内衣,穿旧了,软和、舒服。其实一件衬衣才值几个钱呢?在他那个位子上,一个决策错误,那损失该值多少衬衣?这些就不说了。况且,给皇上的衣服打补丁,岂是粗使丫头干得了的?那都是百里挑一的高手啊,这种高手甚至要到宫外去找。高手的劳务费算了没有?说不定远远不止买一件衬衣呢。当然,给皇上补衣服不会收钱,但那也是社会成本呀。

上过了早朝,仁宗先用膳,然后到延和殿去处理政务,那里永远有一大堆奏章等着他批阅,他觉得庆历四年秋天的事情忒多,但又不能算多事之秋,因为多事之秋多指坏事。这个秋天有坏事,也有好事,还有不坏不好的事。

原宰相吕夷简病逝,仁宗很伤感,一边流泪一边说:"安得忧公忘身如夷简者!"他是对辅臣说的,所谓"安得",有没有"你们这些人都不如吕夷简"的意思呢?似乎有一点。当时的两府辅臣大体上是这些人:范仲淹和富弼已巡边去了,现在东府是宰相晏殊和章得象、参知政事贾昌朝;西府是枢密使杜衍、副使韩琦。说这些人都不如吕夷简有点过分。但人死了,说几句好话不为多。也不光是说好话,按照惯例,宰相死了,皇帝要亲自上门浇奠,并带去一套尚方礼器,皆纯金打造。到时候如果皇帝搴帷视尸,这一套金器就赐给主家;不搴帷,浇奠结束后则收拾好带走。[2] 曾有过这样的事,某宰相辞世,皇帝驾幸。死者的夫人便抓住这机会向皇帝哭穷,说两个儿子都是六品官,这个品级的官员丁忧守制期间没有俸禄(父母之丧为"丁忧",凡"丁忧",

官员应离职守制二十七个月），恳请朝廷体谅他家的困难，让儿子参照两府大臣的待遇，守制期间照常支俸。皇帝当然答应。但这边只顾着说话，不及搴帷视尸；那边礼部官员已走完了一应程序，收拾好礼器，于是圣驾回宫。事后算下去，这家争到了两个儿子守制期间的俸禄，却没有得到那一套金器，两相比较，一点便宜也没有占到。现在的问题是，吕夷简死在郑州，皇上是不可能亲自上门浇奠的，吕家也就不可能得到一套纯金礼器了。从这一点来看，吕夷简最后还真不能说死得其"所"。

皇上说你们这些人都不如吕夷简，透露了对两府执政班子的不满意。两天以后，晏殊罢相，知颍州。一个月前刚刚把富弼踢出中枢，现在又把老丈人踢出去，这两件事当然不一定要联系起来看，但也不能说绝对没有联系。宰相的位子，先把杜衍调过来顶一下。再把青州知府陈执中提上来当参知政事，这是补范仲淹的缺。此举是不是暗示着范仲淹不能回中书了？于是谏官蔡襄和孙甫等人抗议对陈执中的任命，认为这个人刚愎不学，如果进入中书，天下不幸。仁宗坚持要提，谏官又不肯让步。仁宗就私下派内侍去青州向陈执中传话：

> 朕用卿，举朝皆以为不可，朕不惑人言，力用卿尔。[3]

这话怎么听怎么耳熟是不是？耳熟不是因为我们在当代的官场中听得太多了，不是的，因为当代没有"朕"或"卿"这样的称呼。耳熟是因为这种话我们在前面已经听仁宗说过多次了。其实,你一个做皇帝的,用得着这样向下面的人卖好吗?而且卖好这种事,偶尔为之尚可,做得多了,会被人家看轻的。

仁宗这边刚向陈执中卖过了人情,第二天就向谏官板起了面孔:

> 明日,谏官上殿,上(皇帝)作色迎谓之曰:"岂非论陈执中耶?朕已召之矣。"谏官乃不敢复言。[4]

这位以"恭俭仁恕"好说话著称的皇帝,一旦板起面孔就刀枪不入。我们将会看到,在这个秋天,他的面孔还要继续板下去。

晏殊罢相,有人认为是算天圣末年的历史旧账。那年晏殊奉命为李宸妃撰神道碑,李宸妃实为仁宗生母,但仁宗从小一直被刘太后养育,认刘太后为母。李宸妃死时,刘太后仍然垂帘听政,执掌朝纲。这种微妙的人伦关系如何表述,老实说,很难。当年李煜死后,有人要陷害徐铉,推荐他撰神道碑。因徐是南唐旧臣,以他的身份,碑文怎样写都不合适。徐铉哭着对太宗说:李煜原来是我的主人,陛下如果容许我在碑文中存故主之义,我才敢写。太宗同意了。徐铉写碑只说历数已尽,天命有归而已,大而化之,连太宗看了也为之叹赏。[5]这叹赏不光因为碑文文笔楚楚端庄得体,还因为徐铉的聪明。那么晏殊怎么写呢?晏殊也很聪明,破题云:"五岳峥嵘,昆山出玉;四溟浩渺,丽水生金。"这种话你可以说是穿靴戴帽,云山雾罩,没有什么实际意思；也可以说其中暗示了李宸妃诞育了一位如"金"似"玉"的贵人。但仁宗后来知道李宸妃实为自己的生母后，却怪罪晏殊在神道碑中"没而不言"，似乎是晏殊而不是皇家要承担隐瞒历史真相的责任。实际上，在当时特殊的政治环境下，晏殊那样表述已经难能可贵，如果说仁宗在十几年以后仍然要对他秋后算账，似乎不大可能。但晏殊为文坛宗伯，大才槃槃，君子党的范仲淹、韩琦、欧阳修等人皆出其门下，富弼又是他的东床，从警惕朋党政治的角度来解释晏殊罢相，应该更加可信。

皇上坚持要用陈执中，作为持不同意见的谏官，蔡襄和孙甫如果要继续表示抗议，有两种做法：一种是居家待罪。既然皇上不采纳我们的意见，那就说明我们说错了，我们从明天开始就不上班，等待处分。一种是请求外放，意思也和不上班差不多，但程度上稍轻一点。既然皇上不采纳我们的意见，那就说明我们不能胜任谏院的工作，请求把我们调出中央，安排到州郡去。蔡襄和孙甫采取的是第二种做法，蔡襄是福建仙游人，他"以亲老乞乡郡"，也就是请求调一个离家近的州郡，以照顾年老的双亲。一般来说，对居家待罪的谏官，皇帝肯定不会真的处分他们，要么让他们一边休息一边消气，过一段时间再上班；要么索性把他们外放。对自己提出外放的谏官，如果皇帝对他们不反感，那就不准；再提，还是不准。这时谏官只得把"三而竭"的程序省略掉，见好就收。对于蔡襄的要求，仁宗很爽快，马上就同意了，让他衣锦还乡，去当福州知府。但孙甫的要求未获同意，原因是朝廷已决定派他出使契丹，调动的事，等回国以后再说。这也有道理,两个国家之间的礼尚往来,使者应该是中央机构的官员,派一个地方官去,对人家就不尊重了。

孙甫这次出使契丹,大致是为了通报宋夏和谈的最新进程。前不久,元昊的誓书送达京师,这说明双方的讨价还价已经尘埃落定,只剩下最后一个仪式:宋王朝对元昊正式册封加冕。辽国是宋夏关系最重要的第三方,及时向他们通报情况以取得互信和谅解是必要的。随着宋夏关系正常化,宋辽关系也走向云淡风轻。这些当然都是好事,毕竟从天潢贵胄到芸芸众生,谁不想过安稳日子呢?

但对于一个人来说,别人云淡风轻的安稳日子恰恰宣告他短暂的安稳日子到头了。

不用说,这个人就是半年前叛逃入宋的契丹驸马都尉刘三嘏。

宋辽关系的走向很好,但离"同志加兄弟"还差一点。"兄弟"是在澶渊之盟中就已明确了的,"同志"则仍需努力。"同志"含有为共同的事业而奋斗的意思,眼下双方共同"奋斗"的是把刘三嘏送回辽国。刘三嘏现在对宋朝已经没有任何价值了,因此,辽方督取的文书一到,宋方就积极配合,诏令河北缘边安抚司械送刘三嘏至涿州。刘三嘏也是有政治经验的人,他先前可能已经预感到不妙,在广信军做了一段时间的客人以后,就带着小情人和私生子秘密逃到定州,躲在一个叫杨均庆的农民家里。但躲得了初一躲不了十五,事关国家外交大事,河北缘边安抚司不敢怠慢。宋朝的各级官府,你要他们干其他事不好说,如果要他们在自己的治下抓人(当然有时也可以跨境追捕),那绝对是积极加热情。或者说,其他没有任何一桩事,让他们比抓人更加得心应手。几乎不费吹灰之力,他们就顺藤摸瓜将刘三嘏一家抓获,然后又械送到涿州。"械送"就是上了刑具押送,这是朝廷诏书中的要求。

刘三嘏休矣!

此公原想在大国政治的缝隙里求取生存,但一个吃软饭的驸马都尉,而且是汉人,分量太轻了,不足以撬动宋辽关系的基石——你以为你姓刘,就能像刘皇叔刘备那样到处有人收留,或者就能"留"得青山在吗?做梦去吧——虽然宋方也曾朝他多打量了几眼,但辽国稍有反应,这边马上就作出目不斜视、心无杂念的优秀公务员姿态。你说始乱终弃也好,说有贼心没贼胆也罢,反正风流早被雨打风吹去。于是刘三嘏命运中从"地毯红了帽子绿了"开始的悲剧性情节继续上演。

而在边境那边,霸悍的契丹公主早早就在等候着,她等候的目的当然不是期待着与刘郎重温鸳梦再筑爱巢,而是心热手痒、迫不及待地要实施自己的报复计划。刘三嘏等三人一解到,她亲自操刀,当场就把婢女和襁褓中的婴儿杀了。至于她的那个风流鬼丈夫,她暂时还不想让他做鬼,要带回去慢慢收拾。刘三嘏后来的结局有两种说法,《辽史》中说"归杀之",《儒林公议》中则说遭禁锢。这个可怜的男人究竟是一死了之还是从此生不如死,只能存疑。

元昊的誓书是十月初一送到京师的,誓书就是保证书,在朝廷正式对他册封加冕之前,先让他写一份保证书,高调阐述对宋

259

王朝的向往归顺之情，掏心掏肺加死心塌地，最后还要诅咒发誓地表忠心。这中间，最重要的一点是西夏对宋称臣，因此誓书中在提及所索条件时，皆以"乞"这样的卑辞打头，但尽管"乞"，要钱要物却狮子大开口，一点也不客气：

> 朝廷岁赐绢十三万匹，银五万两，茶二万斤；进奉乾元节回赐银一万两，绢一万匹，茶五千斤；贺正贡献回赐银五千两，绢五千匹，茶五千斤；仲冬赐时服银五千两，绢五千匹，及赐臣生日礼物银器二千两，细衣着一千匹，杂帛二千匹。乞如常数，无致改更。[6]

这样算下来，以称臣而换取的各种名目的"赐"，银、绢、茶总数为二十五万五千，和原先二十五万的底线基本相当。这个数字宋方是可以接受的。

到了正式册封时，又赐给元昊一应缘册法物：黄金带、银鞍勒、金涂银印、金涂银牌，反正都在金银里面打滚。另外还有银二万两、绢二万匹、茶三万斤。在这方面，宋王朝的手面是很大的。到了这时候，宋方的底气足了，于是又在册文中大言不惭地把元昊教训了几句，说他以前"称谓非正，……鄙民未孚"。现在"朕嘉尔自新"，给你一个重新做大宋臣子的机会。[7] 其实宋朝向西夏的付出都是实实在在的真金白银，而西夏对宋朝的承诺只体现在文书上，也就是给了宋方一个面子，对于素来视面子重于泰山的宋朝来说，这也就够了。例如所谓的"奉正朔"，西夏就一直没有"奉",他们用的还是自己的年号——天授礼法延祚,这个中国历史上字数最多的年号一直沿用到元昊死后。元昊死去那年,宋朝这边恰巧改元皇祐,西夏则改元延嗣宁国,还是不奉宋朝的正朔。对此,宋王朝也只能睁只眼闭只眼,权当练习瞄准。

但宋夏边境却安静下来,这种状态一直维持到神宗年间的熙河开边和灵州之役,其间整整三十七年。西线无战事,宋朝的军费每年少开支千万以上,仅就这一点而言,人家奉不奉正朔也就无所谓了,谢天谢地,只要他们不生事作耗就好。

现在,仁宗的内心和外部世界一样秋意盎然,甚至有点灿烂,这是最近四五年来难得的好心情。心情好了,情趣也来了,这天他问皇后,"申申"和"夭夭"这两个词怎么解。曹皇后虽然出自武将世家,但从小也受过良好的诗书教育,上层贵族淑女所谓的"德、言、工、容"其实都离不开诗教。她依稀记得这两个词应是出自《论语》:"子之燕居,申申如也,夭夭如也。"这是说孔子下班以后的状态。既然下班了,就用不着端着架子,正襟危坐,而是该怎么放松就怎么放松。但"申申"和"夭夭"到底是什么样子,谁也说不清。这两个词,《尔雅》和《小尔雅》中没有说,《广雅》中说了,但只笼统说是"容也"。经学大师马融则说是"和舒之貌",仍旧让人不得要领。皇后反问皇上到底怎么解,仁宗做了一套夸张的形体动作,手之舞之,足之蹈之,以示轻松愉快。皇后知道皇上心情大好,也唇红齿白地笑了一回,宫人们亦跟着凑趣。平日里规矩俨然的后宫一时生动活泼,真个是

"申申如也,夭夭如也"。

庆历四年的秋天真好,不是春光,胜似春光。

但对于一个日理万机的帝王来说,忧烦是无边的天空,轻松只是偶尔闪现的星星。或者说,轻松只是忧虑与烦恼之间的一站,而且停靠的时间很短。

迩英阁是学士们给皇帝讲解经史的地方,俗称经筵。都说中国的历代帝王专制独裁,但有一点他们既不"专"也不"独",即他们不认为自己是天下最有学问的人。他们是领袖,是统帅,甚至也是力挽狂澜的舵手,但他们不是导师。无论秦皇汉武还是唐宗宋祖,他们只是获得统治权的传承,并不是当然的理论权威和思想权威。理论权威和思想权威是知识精英,他们才是导师。应该说,这种类型的专制独裁要比后来那种政教合一、君师一体的专制独裁稍微好说话一些,因为知识精英们可以借助思想和理论来"说话",这就使他们具有了限制皇权的某种合法性。统治权的传承称之为治统,理论权威和思想权威的传承称之为道统,治统加道统等于铁桶。既然在宋朝那个时候人主还不是导师,不是思想权威和理论权威,他们就必须接受知识精英的教导。宋代的讲筵制度十分严格,每年春季的二月至五月端午节,秋季的八月至冬至日,这期间逢单日,皇帝要赴经筵听课。在这里,皇帝是学生,因此礼敬老师是应该的,赐坐赐茶自不必说,本来,臣子见了皇帝须行跪拜礼,但这里是唯一的例外。讲官有"帝师"之称,这称号至少说明,在这个世界上,执思想文化之牛耳者,并不是那些最有权力的人。

仁宗这天听完讲筵,穿过迩英阁后面的竹林往隆儒殿去,一边便想起流传在学士中间的一则笑话,说隆儒殿名字虽则堂皇,体量却很小。学士王遵叔在讲筵的资格是很老的了,但他身体特别矮小。一个人生理上有什么缺陷,常常会成为别人的笑料,同事们开玩笑,说他"宜为隆儒殿学士"[8]。当然,在本朝的职官序列中,并没有"隆儒殿学士"这样的设置,这只是一句讥讽矮人的玩笑。满腹经纶的学士们也喜欢开玩笑,只是开得斯文些罢了。玩笑要开得斯文也不容易,因为弄得不好就会斯文扫地。仁宗很欣赏前朝大臣胡旦的一则逸事:史馆为一贵侯作传,其人少贱,曾为屠夫。对于这段不大光彩的经历,若讳之则不能称为实录,照实写又难以措辞。求教于胡旦,胡旦说:"何不曰某少尝操刀以割,示有宰天下之志。"史官莫不叹服。

今天给皇帝讲课的就是"隆儒殿学士"王遵叔。

隆儒殿其实是为迩英阁配套的休息室,皇帝到迩英阁听课之前或之后,常常在这里小憩,轻描淡写地练练字。今天在这里,皇帝先写了一段《论语·为政》中的"子张问十世"。在这段话里,孔子阐述的是为政之道的变与不变,也就是如何既坚守祖宗家法,又要与时俱进。一边写着,脑海里却总是闪现着王遵叔那矮小的身影。此公身材虽则短小,学问却无愧优长,讲课时他常常双目微闭,如老僧入定,一边侃侃而谈。只是讲到紧要处,才会稍稍假以辞色。这种润物无声的授课风格,仁宗还是很欣赏的。但边写边想,笔下竟写错了,忘了避讳。孔子答子张的这段话中,有"殷因于夏礼"和"周因于殷礼"两句,其中的"殷"犯了宣祖——自己的曾祖父——赵弘殷的名讳,应改为"商",写作"商因于夏礼"和"周因于商礼"。写错了,就把两个字涂掉,改在旁边。这本也无妨,连《兰亭序》里也有这样涂改的。但这里的涂改关乎祖讳,他还是让内侍收拾好放到一边,这一张算是作废了。

王遵叔授课的风格一贯波澜不惊,今天却少见地表现了一次声色俱厉,这就有点石破天惊了。仁宗换了支小楷,信马由缰地随手涂鸦,似乎是练字,又似乎是在清理思路,落在纸上的却是老头子瞪着眼睛说的那句话。他看了几遍,若有所思,又放到蜡烛上烧掉了。望着那正在消散的一缕轻烟,他自己也觉得奇怪:今天怎么一直想着那位"隆儒殿学士"呢?

那句话其实不是王遵叔说的,而是唐文宗李昂。学士今天讲《论语·为政》,宋代的祖宗家法多以唐代为鉴,老头子说到唐王朝走向衰亡的两大痼疾——藩镇和朋党——时,引述了唐文宗的那句名言:

去河北贼易,去朝中朋党难。

二

进奏院案的发生虽然没有任何征兆,但各方面的反应却像是蓄谋已久的样子。

在赛神会中用公款吃喝且召妓,这本来算不上什么大事,但御史台在第一时间上章劾奏,皇帝雷霆震怒,随即诏令开封府"穷治"。案子一开始就交给开封府,这显然不是作为违纪,而是作为违法来处理了。南衙的厉害,天下人没有不知道的,对于那里的"张龙赵虎"们来说,抓几个用公款吃花酒的书生还不是如同探囊取物一般。诏令下达的当天晚上,参与宴会的一应人等全部锒铛入狱。都是风华正茂的青年才俊,按后来朝廷处理通报中的排列为序,他们是:刘巽、苏舜钦、王洙、刁约、江休复、王益柔、周延隽、章岷、吕溱、周延让、宋敏求、徐绶、陆经。

可能还有诗人梅尧臣。

说"可能"是因为种种迹象表明梅应该参与了宴会,但见诸《续资治通鉴长编》的处理名单中没有他。"苏梅"的关系那么好,苏舜钦做东请客,不可能不请梅尧臣。据朱东润先生考证,庆历四年春梅尧臣回老家宣城,不久即返京师。也就是说,进奏院案发生时梅正好在京。更重要的是,梅在这起事件中还担任了一个重要角色,洪州人李定听说进奏院有文酒之会,就托梅尧臣向苏舜钦传话,说愿意与会。梅尧臣把话传到了,但苏舜钦看不起李定,拒绝了,并因此生出事端。"李衔之,遂暴其事于言语,为刘元瑜所弹。"[9]李定的衔恨,是事件曝光的引信,梅尧臣还写过一首题为《客至》的诗,记录了这中间的恩怨因由。可以这样说,以梅尧臣对事件前因后果的关注以及和苏舜钦的关系,他不可能不是宴会的参与者。对此,魏泰在《东轩笔录》中也予以认定。魏泰是北宋徽宗初年人,距进奏院案四五十年。此人有一桩怪癖,喜欢讹托他人之名作书,其中也曾借梅尧臣之名作《碧血》,可见他对梅的身世经历应该是熟悉的。《东轩笔录》是他的一部笔记,关于梅尧臣在进奏院案中的遭遇,书中说最后"坐客皆斥逐,梅尧臣亦被逐者也"。由此看来,梅曾卷进邸案,不仅"可能",而且基本可以肯定。

上章劾奏的是监察御史鱼周询和刘元瑜,但背后的指使者却是王拱辰。

王拱辰其实是最早得到消息的,那他为什么不自己上章劾奏,却要指使下属出面呢?这似乎是因为身份不对等,被劾奏的大多是新进之辈,论职衔都在厅局级以下,由一个正部级的御史中丞亲自纠弹,便显得对他们太看重了。但要说不看重,显然是不现实的,这从王拱辰最初得到消息之后的反应可以看出来,他那种兴奋,说是幸灾乐祸还太轻飘了,应该用"大喜过望"或"梦寐以求"或"相见恨晚"来形容。但越是看重,便越要表现得不经意,这是玩政治的人最起码的素质,因为在看重的背后,有着难以告人的政治图谋和阴私。说政治图谋也许不很准确,因为王拱辰和这些人后面的君子党之间并不存在政治原则的分歧,况且政治原则的分歧也是可以摆到台面上来的,用不着"难以告人"。就新政而言,王拱辰其实并不反对,但他现在反感搞新政的那一拨人,那一拨人因新政而风头大劲,挤占了自己上升的通道。说白了,新政如果由我王某人来主持,就好得很;如果由别人来主持,就糟得很。但这种被称为忌妒的心理能够说"白"

了吗？忌妒是人性中最妖娆、最隐秘，因而也是最难以告人的阴私，这是一种内心翻江倒海却又不能说出来的自我折磨。一般来说，快乐能与人分享，痛苦却纯粹属于个人，没有任何痛苦是真正能被别人所理解的，由忌妒所引起的痛苦尤其如此。人性中的其他感情都不像忌妒这样隐秘，即使是恶，那也是可以广而告之而用不着遮遮掩掩的，因为忌妒针对的不是明火执仗的对手，而是周围那些和自己差不多的人，有的甚至还是自己的朋友。忌妒是人性的一部分，不在忌妒中奋起，就在忌妒中沉沦，人生在世大致如此。承认这些，我们才能真正理解王拱辰在进奏院案发之初为什么表现得那么不经意——那种彻底的、刻意的、阴谋到家的不经意；也才能真正理解王拱辰在庆历新政中的行为轨迹——由君子党的同路人到落井下石的倾陷者。

王拱辰的忌妒源于官场中同代人的竞争。他这个人少年得志，十九岁就大魁天下，皇上又对他青眼有加，在传胪大典上亲自为他改名，这些都无形中给了他一种强烈的心理预期，似乎从此以后，天下的好事都该有他的份。一个人成名太早，有时也不是好事。他太自负了，属于乡下人所说的吃屎都吃尖儿的主。当看到富弼、韩琦等同代人已先于自己进入了宰执行列，自己的连襟欧阳修也有蒸蒸日上之势时，他心中的那个醋意啊，足以翻江倒海泛滥成灾了。当然，他如果坐怀不乱无动于衷，那他就不是王拱辰了。自从"王拱辰"这个名字在官场上出现的那一天开始，他就注定了是一个铆着劲争先恐后的角色，请仔细体味一下这个"恐后"的"恐"，戚戚然，惶惶然，诸般滋味，纠缠在一起，其中有一份就叫"忌妒"。忌妒不仅扭曲人性，也污染官场生态。在政治原则和自己的仕途利益之间，王拱辰理所当然地会选择后者。官场上的人都知道，能不能进入两府的宰执行列，这一步很关键。进去了才能算出将入相位极人臣，也才能真正算是朝廷重臣。官场如此多娇，引无数英雄竞折腰。但也不是你"折腰"就能如愿的，要奋斗就会有牺牲，衮衮诸公，绝大多数都"滚"到一边去了，最终登顶者屈指可数。自己这些年已经在多个正部级的岗位历练过，有几个岗位——例如开封府知府、翰林学士知制诰，以及眼下的御史中丞——往往是通向两府宰执的晋身之阶，但过了这道阶不一定就能登堂入室，多少人止步阶前老死户牖之下。官场这种地方，最好是小步快跑，不知不觉就到位了。最忌瞎驴子进了黑磨房似的转圈子，转了半天，别人上去了，你还在原地。自古美人如名将，不许人间见白头。其实官场亦如战场，往上爬要趁早。人生中的很多事你错过了一次，就错过了一生。如果自己下一步还不能跻身两府宰执，你十九岁大魁天下有什么价值？皇帝亲自为你改名又有什么意义？一切不能兑换成官场实际利益的价值和意义，归根结底都是没有价值和意义的。

如果说在滕宗谅事件上王拱辰的揪住不放还燃烧着几分"大义凛然"，那么这次在进奏院事件上，他的煽风点火就完全是阴谋到家的策划了。揪住滕宗谅不放当然也是针对君子党的，主要是针对滕宗谅背后的范仲淹。在那件事上，本来王拱辰真理在手，正义在胸，但最后却被皇上说成是为了"取直名"，也就是作秀。因为当时皇上正倚仗老范推行新政，不可能把他拿下来；不想把老范拿下来，就不可能认真处理老滕。十六万贯公使钱这样的大事，最后连当事人的工资级别都没有受影响，如此轻描淡写，滕宗谅还像受了天大委屈似的，真是不知好歹。经历了这样的事情以后，王拱辰对自己的职务定位亦大有体悟。何为监察御史？"监"和"察"这两个字虽然都有"看"的意思，但"看"的姿态是有差别的。前者居高临下，稍显霸道，主要用于纠弹百官；后者更强调用心仔细，主要用于揣摩皇上的心意，所谓察言观色是也。监察御史本来就是皇帝的耳目，不把皇上的心思揣摩透了，你怎么当耳目？这样的体悟既不嘹亮也不堂皇，却朴素管用。世界上的道理，管用就好，要那么多的嘹亮堂皇作甚？就说这次的进奏院案，王拱辰虽然没有想到皇上会如此大动干戈，但他对政治大气候的判断基本对路，他现在也算是"曾经沧海"了。

王拱辰的判断总共两点：一点是鸡肋，另一点也是鸡肋。

这听起来像是在街头小摊上零刀碎剐地卖烧鸡，但台丞大人看来卖得很开心，一想到这个曾让当年的聪明人杨修变成聪明鬼的鸡肋，他尤其开心。

第一根鸡肋说的是新政。新政曾是皇上赐给君子党的令箭。令箭在手，那拨人一时真有大展经纶改天换地之势。但还不到一年时间，这支令箭已迅速贬值，即使还没有变成鸡毛，至少也已变成了鸡肋。范仲淹这个人既是理想主义者，又相当世故，他想用世故的手段达到理想主义的目标。作为政治家，这通常是比较讨巧的做法。新政从朝廷的人事制度入手,但人事这东西太敏感,一旦触犯了"人"的利益,这"事"就不好办了。最常见的遭遇是"上有政策,下有对策",而且所有的"对策"皆字正腔圆句句真理——字正腔圆地瞒天过海,句句真理地贩卖私货。最后是"对策"堂而皇之地上位,原先的政策变味了,甚至走向了反面。例如新政规定,在官员考核中增加保任者,官员升迁要有足够的荐举人数。这样做的本意是提高人事工作的透明度和公正性,让有才干有政绩者脱颖而出,但在具体操作中却发现,那些不顾廉耻长于钻营的人,反而更容易得到选票。这就逼得大家都走门子,一时"跑官"者络绎不绝,明目张胆地奔竞于市,官场风气大坏。其实,才能和政绩谁说了算,这本来就是一笔糊涂账,像章得象那样既无才能又无政绩的平庸之辈却坐在相位上评价别人的才能和政绩,谁还能保证举荐的公正性?于是那些用一道道诏令发出去的新政条文,又陆续被一道道诏令加以废除。反正政治家是不怕麻烦的。

第二根鸡肋说的是主持新政的那拨君子。范仲淹和韩琦由西线内调中央时,士大夫皆额手称庆,认为由他们主持新政不仅是朝廷之幸,更是天下苍生之幸。皇上对他们也信任满满,几乎言听计从。但曾几何时,随着新政式微,边事浸宁,皇上对他们的热乎劲很快就过去了。前些时,富弼、范仲淹,包括欧阳修和蔡襄等人相继调离京师,一叶知秋,此乃这拨人失宠的信号。皇上用不着再倚仗他们了,西线无战事,干戈已化为玉帛,皇上现在底气足了。因为在他看来,新政说到底就是甩包袱,想少养几个人。

现在只要不打仗，国家财政就没有问题；国家财政没有问题，多养几个人也根本没有问题。既然多养几个人根本没有问题，那新政至少可以缓行。巧得很，这时候进奏院出事了。进奏院虽是个不起眼的小旮旯，而且公款吃喝这种事情也可大可小，但涉案的十几条汉子都是君子党引荐的青年才俊，到了御史台这里，肯定要把事情往大处楦。这个"楦"本是名词，指制作鞋帽的一种工具，后来引申为动词，即把一件事尽可能地搞大，含有小题大做、不择手段、煽风点火之类的成分，稍带恶意。这是王拱辰老家的方言，京师人不这样说。要表达同样的意思，京师人就说"弄"，大而化之，和"弄"饭吃"弄"钱用合一个字，一点腔调也没有。一想到"楦"字的那股坏坏的意味，王拱辰就暗自得意，御史台就是要把进奏院案往大处"楦"，事情"楦"大了，接下去就有好戏看了。君子党诸公若施以援手，正好坐实了他们"胶固朋党，递相提挈"。如此，皇上自有定夺。况且范仲淹等人已不在中枢，说话的分量自然大打折扣，即使像在滕宗谅事件中那样耍赖似的"横身挡之"，也只有沾一身污水，自讨没趣。但如果他们坐视不救，听任这拨人被一网打尽，则君子党从此人气尽失，树未倒而猢狲已散矣。是进亦忧，退亦忧，然则何时而乐耶？王拱辰认为他们的快乐已在前一阵大权在握时支付殆尽，这局棋他们输定了。

  王拱辰的自负当然有他的道理，但我们不要忘记，他还说过一句话，即公款吃喝这样的事可大可小。要说大，本朝从立国至今，一直高悬反腐之剑，并且强调制度反腐，对官员的住房、出差、参加公私宴会，以及公务接待、公款吃喝、"公使钱"使用等事项都有非常详细的法律规范,违规者,将处以重典。历届人主亦三令五申,警钟长鸣。这里只说一桩小事,真宗时有个叫鲁宗道的官员,此人后来做到参知政事,因为性格耿直,"骨鲠如鱼头也";又因为姓鲁,鲁字亦鱼头,故称"鱼头参政"。他早年为东宫谕德,也就是仁宗当太子时的老师。这个人好酒,他家住在宋门外的浴堂巷,附近有一家小酒馆。鲁老师下班后,常常换了便服到酒馆里小酌两杯。一次真宗有急事,派使者到家里找他,等了好久,他才人面桃花地回来。使者说,等会儿皇上如果责怪你来迟了,你用什么理由来搪塞呢?鲁回答,照实说。使者说,那就违规了。鲁认为:喝酒,人之常情;欺君,臣子之大罪也。使者很佩服他。真宗知道后,虽然很欣赏他的品格,但也不无担心:"卿为宫臣,恐为御史所弹。"[10] 这说明,像鲁宗道这样的"宫臣"即使在下班以后,即使换了便服在小酒馆里独自小酌,即使是自己掏钱,也仍然是违规的。这样说起来,像进奏院这样公款吃喝的案子,若上纲上线地严肃追究,确实可以"楦"得很大。

但要说"可小",也不是没有理由。

宋代关于反腐的种种规矩虽则天网恢恢,却难说疏而不漏,所谓疏漏者,执行不力也。那些连篇累牍且三令五申的规定,其实只停留在纸上和嘴上,并没有真正落到实处。有的虽然一开始风声很紧,但风头一过也就过去了。于是各种突破规定的行为从偷偷摸摸到堂而皇之,又从堂而皇之到竞相攀比。长此以往,终于蔚成风气,不可收拾。人们也就见怪不怪,因为大家都在违规,利用职务之便吃点喝点捞点好处,似乎成了官员的一种福利,不但不耻辱,反倒是可以炫耀的。以至只要手中有点权,不搞点腐败都不好意思,人家会认为你没本事,吃不开。这样,在已有的制度性规定和制度实际操作过程中的变异之间就存在一个空间,可供任意阐释。同样一件事,若强调前者,则严处有据;若强调后者,则宽容有因。这也就是王拱辰所说的"可大可小"的依据。回到进奏院案本身,老实说,那点事说起来实在够寒碜的,进奏院是个清水衙门,平时很少有腐败的机会,几个穷酸文人利用赛神会的机会喝了点酒,单位卖废纸的那点公款不够开支,还要自己掏腰包凑份子。如果把这点事也说成腐败,简直……怎么说呢?只能说简直是丢光了腐败的脸,让古今中外的腐败分子们为之扼腕长叹:真他妈的黄鼠狼下耗子,一代不如一代。

王拱辰说得不错,公款吃喝这样的事"可大可小",而以前在处理此类事时,一般都是往"可小"上面靠的。

说桩发生在真宗朝的类似案件,看看当初是怎么处理的。事见《厚德录》:

> 李和文都尉好士,一日召从官,呼左右军官妓置会夜午,台官论之。杨文公以告王文正,文正不答,退以红笺书小诗以遗和文,且以不得预会为恨。明日,真宗出章疏,文正曰:"臣尝知之,亦遗其诗,恨不得往也。太平无象,此其象乎!"上意遂释。

"王文正"即真宗朝的名相王旦,"文正"是文臣谥号中最尊崇的,有宋一代,获得此美谥的大臣屈指可数。王旦的谥号实为文贞,后来因为避仁宗赵祯的嫌名,通称文正。李和文召从官聚饮,又呼官妓助兴,被台官弹劾。在处理此事时,王旦不仅表现得很有人情味,也不仅表现出很高的政治技巧,甚至还采用了不很光明正大的方式。他利用皇上对自己的信任,故意把自己和李和文捆绑在一起,说自己事先知情,亦很向往,只恨没能参加,而且有"红笺书小诗"为证,最后又委婉地劝告皇上:"太平无象,此其象乎!"言下之意,大臣们喝点小酒,娱乐娱乐,这是太平盛世的气象。真宗听了很高兴,没有处理李和文。

既然事情可大可小,那么最后就得皇上说了算。皇上虽然高高在上,但他的思维也和普通人差不多,无非趋利避害而已。而且正因为高高在上,他看问题应该更全面些。这样一来,事情似乎就比较乐观了,毕竟赛神会公款宴客是历年惯例,今年各单位也不例外,相比而言,进奏院那区区几十贯的涉案金额只能算毛毛雨,放在别的财大气粗的单位,连塞牙缝也不够。毕竟苏舜钦是范仲淹推荐的,又是当朝宰相杜衍的女婿。而此案中问题最严重——涉嫌作诗诋毁先圣——的王益柔,则是真宗朝名相寇准的外孙、前宰相王曙的儿子。寇准最后之所以被贬死在蛮荒之地,就是为了给年少的仁宗争一个亲政而得罪了刘太后,这些云烟旧事中的情感因素不能不影响仁宗的决策。毕竟进奏院只是个不起眼的小单位,作为负责人的苏舜钦只有从八品下,其余的工作人员大多是在官场上没有任何指望的小吏,因为按照朝廷现有的人事制度，那里的胥吏每人提升一级须得等上七十二年。拿这样一个苦巴巴的清水衙门，这样一个清水衙门里用卖废纸的钱聚餐的案件大做反腐文章，不仅可能会引起舆论对涉案者的同情，甚至可能会让一个很严肃的话题沦为人们饭后茶余的笑料，那就很不严肃了。况且南郊大礼在即，这时候处罚官员也很不合适。

那就看皇上如何定夺了。

西北风一吹，冬天就来了，所谓的"冬闲"也开始了。在一个农业社会里，冬闲本是乡下人的待遇，但城里人其实也差不多。原先的"闲"字是"门"里一个岁月的"月"，关上大门消磨岁月，这就是"闲"，意思再贴切不过。冬闲开始了，人们都猫在家里喝酒赌钱，或专注于男女之事。男女之事只是为了快活，并不在乎收获，因此那是真正的任劳任怨，也是真正的宠辱不惊。西北风刮去了秋日的繁盛，京师显得朴素而清冷，御街南北，顿失滔滔——"滔滔"者，当日摩肩接踵之人流也。汴河也变得消瘦了，来往的航船大多吃水不深，那些高桅深舱的漕船已经像候鸟一样返回南方去了，他们春天北上秋后南归，来去都可以借助风势。漕船走了，汴河两岸那些称之为"塌房"的仓库也随之显得孤独了，塌房之中最醒目的要算后周留下来的"巨楼十二处"，光听这名字，其雄硕高敞就可以想见。一个立国只有九年的王朝，却为后世留下了这样伟岸的营造，柴荣父子的雄才大略令人追忆。仅凭这一点，赵家皇帝就应该善待柴氏子孙。时令已是小雪，虽然今年的第一场冬雪还没有降临，但进入十一月以后，雨水却多起来。今年一个夏秋没有下过透雨，现在不好意思下得很张狂，也不能说风雨如晦或如磐，只能说下得极有耐心，是舞台上那种紧拉慢唱的节奏，天地间似乎有一位伟大的主宰在翻手为云，覆手为雨。这倒正应了民间的一句说法——雨逢甲子则连阴，因为十一月初六适逢甲子。

初五，癸亥，也就是甲子的前一天，朝廷嘉奖了一个和尚。皇上最近情绪不错，情绪好就会想到施恩行赏，但马上就是南郊大礼，到时候少不了有批量的封赏，现在只能零零碎碎地略施雨露。受到嘉奖的这个和尚叫方谏——"文死谏"的"谏"。他一个出家人，既用不着死谏，也用不着死战，却可以用自己的一技之长为死战者服务。他善疗箭伤，有中箭后箭头留在骨头里的，用了他的药，箭头可自行脱出。在冷兵器时代，这一手足以活人多多，要知道，当年太宗皇帝就是因为在高粱河之役中大腿中箭，箭头留在骨头里，后来反复发作，终于不治。在西线战场，这个叫方谏的和尚很受欢迎，他救了不少人，被称为"出箭头僧"，连西夏人也"颇知其名"。朝廷曾要给他官职，他不要。一个和尚，要什么鸟行政级别？可见那时候还不兴什么正处级和尚或副厅级住持之类——只好赐以紫衣和师号。前些时保州兵乱，他又被派上前线，总共为二十一名官兵疗伤出箭头。所以这次朝廷又赐给他每月斋粮钱四千。[11]但问题是，前面曾说保州兵乱是和平解决，兵不血刃，这里怎么又有二十一名官兵骨头里有箭头呢，莫非是他们生了骨刺不成？有点令人费解。

嘉奖和尚的第二天，十一月初六，皇上便处罚了一批书生。

这一天,关于进奏院案的处理结果在连绵的阴雨中下达:

甲子,监进奏院右班殿直刘巽、大理评事集贤校理苏舜钦,并除名勒停。工部员外郎、直龙图阁兼天章阁侍讲、史馆检讨王洙落侍讲、检讨,知濠州;太常博士、集贤校理刁约通判海州;殿中丞、集贤校理江休复监蔡州税;殿中丞、集贤校理王益柔监复州税,并落校理;太常博士周延隽为秘书丞;太常丞集贤校理章岷通判江州;著作郎、直集贤院、同修起居注吕溱知楚州;殿中丞周延让监宿州税;校书郎、馆阁校勘宋敏求签书集庆军节度判官事;将作监丞徐绶监汝州叶县税。[12]

所有的涉案者都被赶出中央机关,发配得远远的。苏舜钦以"监主自盗"定罪,"减死一等"判决,被开除公职(除名勒停)。王益柔作《傲歌》谤讪先圣,罪名是大不敬,本来要判死刑,幸亏韩琦为他说了句公道话,这才刀下留人,改派到边远小邑当税官。臣罪当诛兮谢主隆恩,这已经算是很宽大的了。如此苛酷的处理结果让很多人惊愕异常,面面相觑。

只有王拱辰奔走相告于同僚:

吾一举网尽矣![13]

幸灾乐祸之心,喜出望外之情,溢于言表。而汉语中一个新的成语——一网打尽——亦由此而诞生。

三

著名诗人、书法家,太宗朝名臣苏易简的孙子,真宗朝名相王旦的外孙,本朝宰相杜衍的女婿,政坛上一颗正在升起的新星苏舜钦,因为请朋友吃了一顿饭,自己的饭碗被敲掉了。

进奏院案的处理显然太重了,最重的当然是苏舜钦。但除去枢密副使韩琦和纠察刑狱赵棨此前说过几句公道话,处理结果公布以后,举朝噤声、万籁俱寂,肃穆得有如追悼会一般。人们已经看出了皇上此举背后的意图,山雨欲来风满楼,这是政坛上新一轮洗牌的先兆,谁愿意撞上去触霉头呢?所谓做政治上的明白人,就是不该说的话坚决不说,咬紧牙关打死也不说。正因为人们都太明白了,或者说都对明白太痴迷了,而"明白"和"痴迷"一旦牵手,就成了"白痴"。

苏舜钦不是政治上很成熟的人,从春风得意到负罪削籍,这个跟斗跌得太诡异了。他郁闷,想不通,牢骚太盛无以排解。他当然盼望有人站出来为他说话,但是没有,包括他的老丈人杜衍,包括曾为滕宗谅"横身挡之",也曾赏识和推荐过自己的范仲淹,都没有站出来说话。他想起了欧阳修,永叔是他的好友,而且一向疾恶如仇,八年前,他曾书责谏官高若讷不敢仗义执言而被贬斥夷陵，他那篇痛快淋漓的《与高司谏书》也因此朝野争传。但欧阳修现在已不在中央，更不在谏院。还记得他离开京师陛辞时对皇上说过的话：我当谏官的时候可以风闻言事，今后如果还那样提意见，就犯越职罪了。皇上的回答是：有意见还是要提，是不是谏官不重要。看来皇上对他还是很信任的。

他给欧阳修写了一封信，除去为自己辩解和发泄牢骚而外，还透露了事件前后的一些背景情况，这些对他本人的重新甄别或许作用不大，却为后人了解事件的来龙去脉以及认识当时的政治生态提供了鲜活的现场材料，其中最重要却又一直被后人忽视的一个情节是，进奏院案曾有过一次预演，在赛神会前不久，苏舜钦在进奏院搞过一次小规模的聚餐，参加者有孙甫、蔡襄、王益柔和尹源。席间因议论时政，互相曾有争论，但大家都是就事论事，也没有说什么过激的话。在平时的饭局中，这是常有的事。不料事后便有人议论，说他们"谤及时政"，御史台马上给皇帝上折子揭发此事，要求处理。皇帝英明，留中不发，这让御史台的人很失望。后来发生了赛神会的聚餐事件，台臣听说蔡襄参加了——这其实是个误会，当天蔡和赴会的几个人下班后一同出集贤院，而且到了进奏院门前，但蔡襄因有事，未曾与会——他们再次向皇帝上折子，皇帝仍旧没有理会。台臣更加愤怒，便"重以秽渎之语上闻"，正式启动了弹劾程序，终于铸成大狱。[14]

这一段叙述看似琐碎，但其中传递的信息却很值得玩味。首先，进奏院第一次小规模聚餐用的不是公款，这一点苏舜钦在信中没有说,是小可推测的,但我相信这种推测不会错。孙甫和蔡襄都是谏官,谏院是中央监察机构,位高权重,孙、蔡二人的级别亦远在苏舜钦之上。从情理上讲,上级部门来人,是可以用公款招待的。但苏舜钦肯定没有,因为进奏院卖废纸的钱就那么点,要留着赛神会的时候聚餐。再说,如果用的是公款,台臣在折子里应该抓住不放,不会仅仅拿"谤及时政"说事。再说这个"谤及时政"。几个国家公职人员,在吃饭时对时政有所议论,甚至可能有所指摘,这算不算违法或违纪?应不应该处理?在中国的政治史上,这确实是一个问题。我们应该记得,始皇帝之焚书坑儒,就是因为儒生诽谤朝政引起的。在中国封建社会的绝大部分时期,"谤及时政"都不会有好下场,也就是说,在嬴政挖下的那只大坑里,坑灰一直不曾冷却过。所以旧时代的饭店茶馆等公众场所,常常有一张"莫谈国是"的小帖子,虽落满尘埃,却"粉"面含威。但这个"绝大部分时期"不包括宋代,宋代的政治相对开明,人们对政治问题说三道四不算什么大不了的问题,因为太祖皇帝在太庙密室的誓碑上写着:不杀士大夫及上书言事人。"上书言事"就是提意见,而且常常是不大中听的意见。在宋代,这一点大致可以宽容。不是说宋代的皇帝度量特别大,老实说,人主对提意见的人总是不太喜欢的,这是人之常情,更不要说对政治问题说三道四了。但是有祖宗家法在,你不喜欢也得作出喜欢的样子,因为人家既不违法也不违纪,你抓不上手糊不上墙,能拿他咋的?你不仅不能发怒,有时还得敷衍一句"爱卿所言有理"。关于进奏院的那点事,台臣前两次上折子，指控的只有"谤及时政"，而这样的指控是没有多大杀伤力的，因此皇上皆留中不发。但第三次弹章一上，皇上马上跟进，下诏令开封府"穷治"，因为弹章中搜集了若干"秽渎之语"，也就是涉案者的四大罪状：一、监主自盗，公款吃喝；二、王益柔作《傲歌》，诋毁先圣；三、与妓乐"杂坐"，举止轻肆；四、宴者有多人"服惨未除"，不孝。这中间，第一条、第二条、第四条，属于违法，第三条属于违纪。违法加违纪，有了这四条，当然可以下手了。搞你不是因为你"谤及时政"，不是的，我们政治上很开明的，不会抓辫子扣帽子打棍子。搞你是因为你腐败，作风有问题，不孝，以及对先圣不敬。这一手厉害吧？太厉害了！所以说皇上不仅英明，而且伟大——"伪"人中之莘莘"大"者。

英明伟大是人主的光环，苏舜钦只能在光环下作徒劳的争辩。对于宴会上有人与妓乐界限不清及王益柔作《傲歌》，他承认"聚集不肖"，自己有责任，但对于御史台的腐败指控，他很不服气：

> 且进邸神会，比年皆然，亦尝上闻，盖是公宴。台中谓去端闱不远，以榷货务较之孰近（榷务后邸中两日作会，甚盛）？若谓费用过当，以商税院比之孰多？[15]

这一段话似乎很雄辩。既然赛神会是每年的惯例，皇上也知道用的是公款，那为什么偏偏处分进奏院呢？御史台说进奏院离端闱很近（端闱即宰相府），影响很坏。可是榷货务比我们离得还要近,而且他们在我们两天以后搞赛神会,那排场何等盛大?要说费用超标,我们和商税院根本不能比。确实,"榷货务""商税院",光听这两个名字,就应该知道是财源茂盛的强势部门。"榷货务"是个比工商局还要工商局的部门,因为他们握有盐、茶等生活必需品的专卖权,这个"榷",就是专卖的意思。至于"商税院",那就更不用说了,地球人都知道他们有多牛。一个靠卖废纸的钱搞聚餐的进奏院能和他们比吗?借用鲁迅小说《风波》里赵七爷那句气势汹汹的话:"你能抵挡他么?"

在强权面前,雄辩其实是一种天真。天真是艺术上的高品位,在政治生活中却无缚鸡之力。你和不讲道理的人有什么道理可讲呢?人家不和你讲道理,他只是要搞你——其实也不是要搞你,而是要通过你搞其他人——只是找一个由头而已。你再雄辩,雄辩得句句真理,又句句真理得放之四海而皆准也没用。欧阳修虽然只比苏舜钦大一岁,但因为职位较高,经历的风浪多,政治上要成熟不少。到了这个时候,进奏院风波背后各方的政治意图已见端倪,他知道皇上是冲着君子党来的,他自己也是党内同志,难免有惊弓之恐。苏舜钦在信中责怪对进奏院案的处理"举朝无一言以辨之,此可悲也!"[16]"无一言"当然也包括他欧阳修没有讲话。可他能讲什么呢?他只能在信的后面写道:

子美可哀,吾恨不能为之言!

子美是苏舜钦的字,中国文学史上有两个子美,前一个是大诗人杜甫。看来叫子美的文人注定要与穷蹙相厮守。

少顷,意犹未尽,提笔又写:

子美可哀,吾恨不能言![17]

前后两句话,关键词都是"恨",但后面一句少了"为之"两字,所指便宽泛无垠:我现在不仅不能为苏舜钦讲什么,而且什么也不能讲。他知道,对君子党诸公来说,今年的冬天将格外阴冷。

进奏院案处理结果下达五天以后,皇帝发布诏书。那一天是十一月十一日,虽然那时还没有光棍节的说法,诏书中却棍棒齐下。诏曰:

> 朕闻至治之世,元、凯共朝,不为朋党,……而承平之弊,浇竞相蒙,人务交游,家为激讦,更相附离,以沽声誉,至或阴招贿赂,阳托荐贤。又按察将命者,恣为苛刻,构织罪端,奏鞫纵横,以重多辟。至于属文之人,类亡体要,诋斥前圣,放肆异言,以讪上为能,以行怪为美。自今委中书、门下、御史台采察以闻。[18]

最大的棍子就是"朋党"。"朋党"就是小集团,在政治斗争中,一旦祭起这根棍子,几乎所向披靡。诏书中,皇上把所有政治上的弊端——所谓的"承平之弊"——一股脑儿都归结在"朋党"名下，所有的腐败、低效率、非组织活动，以至按察使的"恣为苛刻，构织罪端"，甚至进奏院案中那些"属文之人"的"讪上"和"行怪"，根子都因"朋党"。"朋党"是个筐，什么都往里面装。

当天，范仲淹上表请求罢去参知政事，知邠州。皇上本来正想把他赶出中枢，便准备顺水推舟，这时宰相章得象说：

> 仲淹素有虚名，今一请遽罢，恐天下谓陛下轻黜贤臣。不若且赐诏不允，若仲淹即有谢表，则是挟诈要君，乃可罢也。[19]

邠州是宋夏前线的边陲小郡，而范仲淹此前已担任陕西宣抚使。皇上对新政已失去了热情——就像对后宫的某个妃子了无兴趣一样——在这种情况下，范仲淹请求脱去中央的职务，专心于西线边事，这绝不是意气用事，而是一个以天下为己任的大臣负责任的表示。但这种负责任的表示却被那些人理解为一种官场秀，是为了试探皇帝的底线。本来，皇帝不同意大臣的罢政请求，大臣要上表谢恩，这是例行程序。章得象却在这上面做文章。这个人身居相位一直碌碌无为，但自己碌碌无为却特别忌惮别人敢于作为，担心自己会被取而代之。一个工作上碌碌无为的平庸之徒，构陷同僚时则心思缜密，老谋深算，这样的人在官场上并不鲜见。在小人的算计之下，范仲淹现在怎么做都不合适。他们反正要把你赶走，但又不想背一个"轻黜贤臣"的名声，就先假惺惺地表示不允许，这时候如果你上谢表，他们就说你原来不是真心请辞，是"挟诈"。但如果你仍然坚持辞职，他们又说你"要君"。当然不管是"挟诈"还是"要君"，最后的下场都是被赶走。章得象是个小人，使出这样下三滥的伎俩并不奇怪。但皇上是有名的仁厚之君，范仲淹并不贪恋权位，只是想为国家做点事，这一点皇上应该知道，他怎么会对那种小人伎俩言听计从且"愈信得象言"呢？真宗的时候，吕端罢相，第二天皇帝对辅臣说："听说吕端被罢后，哭泣不已。"枢密副使钱若水厉声说："谁说有这样的事？"退朝后钱对同僚说："我辈眷恋爵禄，为上（被皇帝）见薄如此。"当即请求辞职。其实不管是当初的吕端，还是今天的范仲淹，都并不贪恋爵禄，所谓"为上见薄如此"，乃是皇帝以刻薄之心度坦荡之腹。都说仁宗厚道，但从他处理老范罢职这件事来看，他实在不厚道——不是说他这个人不厚道，而是说政治不是一种可以厚道的职业。

皇上认定范仲淹"挟私要君"，但也不忙着处理，先在那里挂着。等过了冬至的南郊大礼，又过了元旦的普天同庆，到了庆历五年一月，才正式解除了他的参知政事，派他去知邠州，外加一个安慰性的虚衔——资政殿学士。同一天，富弼的枢密副使也被免去，知郓州，当然，他也是资政殿学士。"资政"有政治顾问或政治协商的意思。这种虚衔，人主若宠你，可以给你解决一个职级，你似乎很风光；人主若不宠你，那只是为了打发你，你其实什么也不是。

在罢免范仲淹和富弼的第二天，杜衍的宰相被罢，知兖州，他在相位上只坐了一百天。翰林学士起草的制词中有"颇彰朋比之风,难处咨谋之地"这样严厉的话,也就是说,在皇上眼里,杜衍成了新政朋党的总后台。按照惯例,宰相去职多赠以资政殿大学士,但杜衍没有,别说"大学士",连"学士"也没有,这就明摆着有惩罚的意思了。韩琦不避风险,上书为富弼鸣不平。仁宗想,既然你一定要和他们站在一起,那也只得成全你了。于是韩琦的枢密副使也被解除,派他去知扬州,顺手也给了一顶资政殿学士的虚衔。

这样,中央高层的新政人士全被雨打风吹去。

就在韩琦被打发到扬州以后不久,朝廷提拔了三名内侍,理由是:"自西夏议和,遣使五至阙下,而永和等主辩有劳,特迁之。"[20] 也就是说,"永和等"是负责接待西夏使团的官员,接待工作做得周到、得体。现在边事浸宁,他们首当其"功"。但我总怀疑这几位是沾了名字的光,请看三位的芳名:张永和、王守忠、刘从愿,连缀在一起就是:始终坚持议和的基本方针(永和),恪尽职守忠于王事(守忠),最后终于天从人愿大功告成(从愿)。若在此基础上稍微发挥一下,就是一篇《宋夏议和纪略》。意思确实不错,该赏!议和成功了,负责和西夏打仗的范仲淹、韩琦等人被一一贬逐,而负责接待西夏使节的内侍们却在在风光,有意思。

远在河北的欧阳修听到范仲淹等人被贬的消息,他知道自己这个转运使兼按察使的日子也不会太长了,这不光因为自己难免被贬逐的命运,而是因为人亡政息,巡视制度恐怕早晚也要

撤销。政局的变化他是有预感的,但他没有想到皇帝翻脸会翻得这么快。夜阑灯炧,酒入愁肠,庭院冷寂,心事浩茫。他要填词了:

庭院深深深几许……

这阕《蝶恋花》并非儿女情长的浅斟低唱,而是寄托了深沉的家国之慨,其中"雨横风狂三月暮""乱红飞过秋千去"等语,实寓政令暴急、君子党诸公横遭斥逐的政坛现实。有人认为这首词的作者是南唐冯延巳,但李清照认定是欧阳修。李清照和欧阳修生活的时代相去不远,李出生时,欧阳修去世才十二年,而且作为中国文学史上最优秀的女性词人,她在审美上的鉴赏水平是完全可以信任的。李清照看到的也许是一种只属于欧阳修的艺术特质,也许是平平仄仄中溅起的几滴不应该属于冯延巳的忧时之泪和男儿之血。欧阳修的成就在于散文,就词坛上的地位而言,他比不上李清照,但他这一句"庭院深深深几许"却让李清照学了半辈子。"予酷爱之",这是李清照自己说的,易安居士才高气傲,何曾这样谦恭过?她曾作"庭院深深"数阕,以至开创了一个新的词牌《临江仙》。庭院深深深几许?只有自家人知道,李清照不愧是词坛上知根知底的"自家人"。

苏舜钦被开除公职后,决定全家南下苏州定居。他虽然才三十八岁,但头发已经白了,这有他的诗句为证("去国丹心折,流年白发多")。现在又遭此无妄之灾,未老先衰啊,是要考虑找一个地方托付余生了。很多官员退职后，都把洛阳作为养老的首选之地，苏舜钦显然不愿意到那里去，到那里养老的高官太多了，那些人虽然退休了，但官气犹在。什么东西一旦与"官"字沾上边，就面目可憎。苏舜钦是个落魄之人，和他们低头不见抬头见，难为情。况且洛阳离京师太近，官场的喧闹甚嚣尘上，他要离得远一点。他选中了苏州。苏州山温水软，富庶而安宁，自己倾慕的韦应物、白居易、刘禹锡都当过苏州太守。本朝的范仲淹不仅当过苏州太守，自己还是苏州人。所谓"苏州太守例能诗"就是刘禹锡酬答白居易的诗句，写这首诗时刘禹锡还没到苏州，但向往之情已跃然如见。苏舜钦的祖父苏易简早年也在苏州当过通判，"江南好，风景旧曾谙"。苏家人对苏州的生活情调应该是谙达而神往的。大宋的天底下只有两个地方敢比作"天"，一个是自己的故乡四川，号称天府；还有一个就是自己要去的苏州，号称天堂。天堂谁不歆羡？定居苏州，归隐园林，虽说不一定就"朝饮木兰之坠露兮，夕餐秋菊之落英"，却绝对是可以托付余生的好地方。

到苏州去！

但在整个冬天，苏舜钦还一直住在京师，他希望在南郊大礼时朝廷会有恩赦。最后当然是失望了。南郊大礼的恩赦名目纷繁，但没有一条与他有关。而且郊祭之后，朝廷的政治气候越发恶劣，范仲淹、韩琦，还有自己的岳父杜衍相继出京。这期间，他终于听说，皇帝对他一度有宽赦之意，曾示意翰林学士在郊祭的赦文中增加一条，应监主自盗情节稍轻者，许刑部理雪。台官闻知,激烈反对,认为这明显是"挟情曲庇"某某人,并要求立法者说出增加这一条的法律根据。皇帝只好作罢。苏舜钦知道那些人是一点也不会费厄泼赖的,自己再待在京师就没有意思了。失望加上愤怒,他不由得信口甩出一句粗话:"戳嫩朵酿必!"

这是句苏白。

说苏舜钦"信口甩出"其实是我信口开河,但仔细一想,不对了,苏舜钦虽然姓苏,以前却从来不曾做过一天苏州人,他祖籍四川铜山,出生于京师汴梁。做一个苏州人,是他以后的事。他现在肯定不可能"信口甩出"一句苏州话,就是让他当苏州市长也不可能。况且,一个从世代官宦的家庭走出来的文人士大夫,怎么会出口成"脏"呢?小可唐突了,罪过罪过!

庆历五年初春,苏舜钦带着妻小取道运河,南下苏州。

注释

〔1〕〔5〕（宋）魏泰《东轩笔录》。

〔2〕（宋）朱彧《萍洲可谈》。

〔3〕〔4〕〔6〕〔7〕（宋）李焘《续资治通鉴长编》卷一百五十二。

〔8〕（宋）宋敏求《春明退朝录》。

〔9〕（宋）阮阅《诗话总龟》增修卷之三十五。

〔10〕（宋）欧阳修《归田录》。

〔11〕〔12〕〔13〕〔18〕《续资治通鉴长编》卷一百五十三。

〔14〕〔15〕〔16〕〔17〕（宋）费衮《梁溪漫志》。

〔19〕《续资治通鉴长编》卷一百五十四。

〔20〕《续资治通鉴长编》卷一百五十五。

第九章　秋水江湖

一

从京师南下苏州当然是走水路。水路有两条：一条是从汴河向东南到山阳，然后沿扬楚运河南下，过江后再取道江南运河到苏州；一条是出京师内城正南的朱雀门，从蔡河上船，向东至宛丘入颍水，转棹淮河到山阳，再沿扬楚运河南下。苏舜钦走的是蔡河线。

在这个季节乘船沿着运河下江南，或许会联想到锦帆高挂的意象，但那是属于风流皇帝杨广的。"春风举国裁宫锦，半作障泥半作帆。"那是多大的排场！他一个削籍离京的人，根本谈不上什么排场，甚至不可能指望有多少人来为他送行，但该来的人还是来了，例如梅尧臣。梅尧臣不仅来了，还写了诗；也不仅写了诗，还在诗中义愤填膺地为苏舜钦鸣不平。他借当年曹丕宴请建安七子、刘桢因平视甄氏而被曹操治罪的故事，表达了对当局粗暴处理进奏院事件的不满。曹氏父子一向以文学为标榜，刘桢等七位大才子是他们请来的客人，客人"平视"了一下女主人何以就要被治罪呢？"平视"就是正视，现代一般认为在礼仪场合正视对方是一种尊重。如果客人"平视"女主人就是不敬，那么女主人根本就不应该在这样的场合露面。你又要让自己倾国倾城的漂亮老婆出来招摇，又不让人们正眼看她，这是什么意思？我们设想一下当时的场面，"酒酣坐欢，（曹丕）命夫人甄氏出拜，坐中众人咸伏，而桢独平视"[1]。女主人出来了，客人一个个都伏在地上不朝她看一眼，这是送葬还是什么？至少也是无视，无视不也是不敬吗？不敬是一个裁量的自由度很大的罪名，完全出自专制者的主观感受，他说你不敬就是不敬。这次对进奏院案的处理也是如此，"公干才俊或欺事，平视美人曾不起"[2]。我们这些人都和刘桢当年一样，莫名其妙地就获罪了。

既是同榜学友又是同案犯的陆经过来了，他不是来送行的，而是与苏舜钦结伴南下。陆经也参加了进奏院的赛神会，可能因为那天没有什么出格的举动，在后来的处理决定中没有出现他的名字。但御史台不肯罢休，一个多月以后又再次劾奏，除去追究他参与进奏院聚餐而外，又深究细找他以前的问题。于是新账老账一起算，责授袁州别驾。别驾是个无职事的九品散官，多用于安置贬降者。而且凡贬降者责授别驾，俸禄只有一半。从大的地理概念来说，袁州与苏州同属江南，为了与苏舜钦结伴同行，陆经特地提前了自己的行期。两人买舟南下，一路观山观水，吟咏唱和，倒化解了不少失意和伤感。轻舟迤逦而行，从蔡河入颍水，又从颍水入淮河，两岸风景如画，有雪月风花也有哀鸿遍野。离开京师时船舷上尚能看到碎银似的薄冰，到达淮北濠州时已是一片繁盛的春景。

濠州是他们南行中的重要一站，因为同案中被贬为濠州知府的王洙已经到任。王洙是邸案一干人中原先职位最高的：直龙图阁、赐三品服。赐三品服不是赐给他衣服，而是赐给他穿某种颜色衣服的特许。因为本朝制度，官员需三品以上才可着紫色官服、佩金鱼袋；四品五品则穿绯（红）色官服、佩银鱼袋；再低级的就只能穿绿色的了。所谓赐三品服，又称赐金紫，即未及三品的官员特许可穿紫色官服并佩金鱼袋。赐三品服虽然还不是三品官阶，但朝廷对王洙的器重是显而易见的，他的官场前程也很值得期待。而现在，濠州这种小地方的知州只有从六品。本朝官员六品以下为郎，五品以上为大夫，从郎到大夫，这是仕途上一个很重要的门槛，王洙奋斗了这么多年才爬到了大夫，现在又跌回了郎，不仅不能穿特许的紫色官服，连"穿红"也不够格了，只能"着绿"。对这位才华横溢本来事业如日中天的兄长，苏舜钦心中充满了歉疚。在濠州，三人都很珍惜这难得的聚会，那几天里，虽不能说灯红酒绿，却少不了纸醉金迷——几阕新词"醉"了粉笺，那极富男儿气概的《金缕曲》令满堂宾客着迷。王洙还是为苏舜钦担心，因为毕竟他受的处分最重，经此挫折，他已成布衣书生，以后恐怕连生计都很成问题。苏舜钦出身名门，自己才气过人且抱负宏远，加之性情孤傲，他的诗文，总有一股勃勃之气奔突其中。正所谓"峣峣者易缺",他能不能承受这样的打击,这是不能不让朋友们耿耿于怀的。王洙再三叮嘱陆经一路上要精心些,尽力照顾好苏舜钦一家。

离开濠州沿淮水东下,不久就到了淮阴,在这里,苏舜钦写下了著名的《淮中晚泊犊头》:

春阴垂野草青青,时有幽花一树明。
晚泊孤舟古祠下,满川风雨看潮生。

用不着两百年后的刘克庄说,谁都看得出这首诗很像韦应物的《滁州西涧》。韦应物有"韦苏州"之称,苏舜钦在走向苏州的途中,是用这首诗向"韦苏州"致敬吗?

看看韦应物的诗:

独怜幽草涧边生,上有黄鹂深树鸣。
春潮带雨晚来急,野渡无人舟自横。

两首诗各二十八个字,其中有十一个字是相同的。《滁州西涧》胜在情怀,毕竟是唐诗,虽然是晚唐,但那种动静裕如落落大方的艺术自信还在,一点也不"做"。而苏舜钦的这首诗用力还是稍微有点过,"春阴垂野草青青",一个"垂"字,让全诗笼罩在一片压迫感之下,心思太重了。这或许是诗人各自的心境使然,或许就是宋诗和唐诗在艺术格局上的差距。

苏舜钦一行抵达苏州时已是四月,这是江南最好的季节,满眼都是让人很舒服的绿肥红瘦,就像居家过日子的良家少妇一般,虽不妖娆却可称丰饶。陆经挥泪告别,继续南下袁州。苏舜钦以一首《送子履》酬答好友一路的相伴相慰。从"人生多难古如此,吾道能全世所稀"来看,他似乎对荣辱得失看得很透了。但最后他又用"君亲恩大须营报,学取三春寸草微"来和对方共勉,此时此刻仍念念不忘"君亲恩大",这究竟是发自肺腑的真情还是讲惯了的套话呢?还真不好说。

吴中居,大不易。刚到苏州时,苏舜钦全家暂住在两浙转运使王雍在苏州的临时官署里,虽然王雍是苏舜钦的舅父,但毕竟寄人篱下,很不方便。于是又四处寻找住所,最初的那段时间里竟然搬了三次家。当时正值江南的梅雨季节和盛夏酷暑,每次租到的房子又小又窄,闷热、潮湿、阴暗,空气中弥漫着好几个世纪的霉烂气息。这种枕河人家的老房子,在文人笔下常常充满了生活的诗意,其实住在里面很不受用,特别是在梅雨季节或盛夏,又特别是一个北方人初来乍到,简直连呼吸也不畅快。苏舜钦很想找一处高爽空旷而且僻静的地方,可以自由地呼吸,也可以仰天长啸引吭高歌。

这地方还真让他找着了。

在府学东边,他发现了一块废弃之地,初看一片狼藉,再看则崇阜广水,草木葱茏。附近还有荒芜的房舍,相传为五代吴越国广陵王钱元璙的池馆,也做过中吴军节度使孙承佑的别墅。这个孙承佑不光是权倾一方的节度使,还是吴越王钱俶的小舅子,国王的小舅子要什么没有?可见这地方眼前虽则荒凉,却是有底蕴的。

苏舜钦花四万钱买下了这块废园,经整治修葺,取名"沧浪亭"。

四万钱是个什么概念呢?当时一两银子合一千多文铜钱,四万钱大致相当于三十多两银子。以苏舜钦原先的官阶,也就是三个月的俸禄。那么他用这笔钱买了多大一块地呢?根据苏舜钦后来在《沧浪亭记》中的介绍,这块地"纵广合五六十寻",也就是长宽各五六十寻,一寻为八尺,以此推算,至少也有三四十亩,这还不包括周围的水面和树林。一个县处级的官员,花三个月的工资就可以在号称天堂的苏州城区买三四十亩地,还连同上面的老房子,这种事情现在看来简直是天方夜谭。沧浪亭建成后,欧阳修寄来长诗祝贺,其中有"清风明月本无价,可惜只卖四万钱"的句子,他也认为买得很便宜。

其实不仅便宜,而且讨巧。在一座废园上起步,最大的讨巧就是原先有树。从吴越国"小舅子"的时候算起,到庆历年间已近百年,当时种的树,已经很成气象了。经营一座园林,房子可以造,假山可以堆,池塘可以开,这些只要有钱都不难,做起来甚至可以立竿见影。但种树就不那么容易了,树不是今天浇水明天就能长大的。那时候人们还不善于移栽大树、老树,不像现在这样,深山老林里那些合抱粗的大树,立马就满门抄斩移栽到千百里以外的城市公园里。那时候的人们迷信一条古老的法则:树挪死人挪活。这样,一座园子等树长成了样子,已是几代人以后了。所谓"树小房新画不古,一看就是内务府",就是从园子里的树看出人家的底蕴,内务府是清代为皇家管后勤的,经手的钱多,容易贪污也容易成暴发户。但暴发户的园子里没有大树、老树,人家一眼就能看出来。

对废园的改造大多因陋就简,工程不大,这当然是因为囊中羞涩。但即使有钱,苏舜钦也不喜欢那种俗气的奢华。况且,你一个落职的官员,把房子修得那么漂亮也容易引起非议。对于私人住宅的规格,朝廷是有限制的,你是什么身份就只能住什么规格的房子,这不是你钱多钱少的问题。首先是名称:"执政、亲王曰府,余官曰宅,庶民曰家。"具体到住宅的细节:"凡民庶家,不得施重栱、藻井及五色文采为饰,仍不得四铺飞檐。庶人舍房,许五架、门一间两厦而已。"我不理解像《宋史·舆服志》这样古板严肃的正史里为什么要用"而已"这词,但对庶民的轻蔑不屑是毋庸置疑的。苏舜钦现在还不能算退休官员,退休官员可以享受原先的政治待遇。他是开除公职,现在就只是庶民。"庶民曰家",他就是很简单地找一个安身的"家",规格也只能"而已"。而已就而已吧,有家就好。

苏州园林现在已成了世界文化遗产,而沧浪亭则是苏州现存最古老的园林,沿河一带黄石堆叠的假山,据说是宋代造园艺术唯一的遗存。从艺术上看,沧浪亭也是苏州最朴素的园林,朴素当然不是寒碜,相反,有些到处闪耀着土豪金光环的所在,倒恰恰可能很寒碜——寒碜得只剩下钱了。有人说沧浪亭恰似王禹偁、梅尧臣的诗作;又仿佛欧阳修、黄庭坚的书法,这说的是一种艺术品格。沧浪亭没有后来明清园林的富贵气,例如拙政园。拙政就是不会做官,不会做官的人往往会弄钱,造园子也就能挥金如土。苏舜钦既不会做官也不会弄钱,但他是一个诗人,沧浪亭的朴素是一种诗性蕴藉的艺术品格。

造了一座园子,自然要写篇记,不图发表,只为述怀。贬谪是中国诗文长河最重要的源头之一,所谓"屈原放逐乃赋离骚"就不去说了,他是贬谪文学的老祖宗,动不动就把老祖宗抬出来,不好。庾信北迁而有千古传唱的《哀江南赋》,所以杜甫说"庾信文章老更成"。最有意思的是南朝的江淹,他因为被贬,写出了那么漂亮的《恨赋》和《别赋》。但上苍似乎太吝啬了,在仕途和才情之间只让你据有其一,江淹后来官场得意,诗文中却再无佳句,从而留下了一句令人沮丧的成语——江郎才尽。今天,当我们欣赏他那些摇曳生姿的优美诗文时,是否应该对作者当年的贬谪生涯说一声"幸甚"。

苏舜钦自己先这样说了:

予既废而获斯境,安于冲旷,不与众驱,因之复能见乎内外失得之原,沃然有得,笑傲万古……

这是《沧浪亭记》中的一段,口气相当轻松。他说,我虽然遭贬谪,却得到了这样的好地方,让我安于冲淡旷远,不与众人一同争名逐利,因此也找到了以往抑郁烦躁患得患失的原因,这收获真是太大了,甚至可以笑傲万古了……

听了这样的自述,相信所有为他担心的人都应该放心了。梅尧臣以一首《寄题苏子美沧浪亭》见贺,他的诗也和沧浪亭一样朴素醇厚,有点"以文为诗"的味道:"闻买沧浪水,遂作沧浪人。置亭沧浪上,日与沧浪亲。宜曰沧浪叟,老向沧浪滨。沧浪何处是,洞庭相与邻。"像绕口令似的一路"沧浪",尽管饶舌,但你能感受到他那由衷的轻松:子美,你终于从痛苦和纠结中走出来了!

但我总怀疑,无论苏舜钦还是梅尧臣,这种轻松都有夸张的成分。一个人倒霉了,落难了,人性褶皱中最幽微的细部亦常常袒露无遗。有的人喜欢夸大自己的不幸,到处叫苦,以图博取别人的同情,例如那个"文起八代之衰"的韩愈,开始向皇帝进言时,俨然有万死不辞的英雄气概。可一旦被贬,即不堪于穷愁,忙不迭地向皇帝写悔过书。有的人则把痛苦包扎得严严实实,故作欢愉,以维护自己的尊严。苏舜钦就属于这种类型。所谓故作欢愉,说到底是为了活得让亲者快,仇者痛。我再苦,也只能苦在自己心里,决不能苦给别人看,更不能苦给自己的亲朋好友看,尤其不能苦给自己的敌人看,让他们幸灾乐祸。《沧浪亭记》中,在洋溢于苏舜钦笔端的超然闲适背后,恰恰是旁人无法想象的深创剧痛,又岂是沧浪亭的清风明月短时间之内就能平复的?

苏舜钦一家在沧浪亭安顿下来,已是深秋了。"凉风起天末,君子意如何?鸿雁几时到,江湖秋水多。"[3]秋天是怀人的季节,怅望云天,他思念远方的朋友了。朋友们传来的消息大多很沉重,秋水寒凉,江湖凶险,新一轮政治陷害的步伐越来越紧了。七月,富弼、范仲淹并罢安抚使,范仲淹改知邓州,理由是"边事宁息,盗贼衰止"。也就是天下太平无事了,用不着二位在前线辛苦。这样处理,大面子上还说得过去。八月,谏院和开封府联手,捏造出一个"张甥案",竟然诬蔑欧阳修和外甥女有染,把政治斗争弄到这种地步就太下作了。仁宗明知是无理取闹,却作出不予深究的宽容姿态,将欧阳修贬知滁州。这期间,欧阳修有书致苏舜钦,叫他不要写诗,以免被那些人抓住什么把柄,可见当时的政治气候相当恶劣。

最恶劣的是连死人也不肯放过。

徂徕先生石介,因一首《庆历圣德诗》得罪了夏竦。夏竦这个人心胸极小,不仅睚眦必报,而且没有底线。他先是让家中的女婢伪造石介的书信,似乎石介与富弼图谋废立。此举虽未能置对手于死地,却让范仲淹、富弼等人不自安于朝,只能自请问边。石介亦自请外出,通判濮州,但不久即死于任上。石介死了,夏竦感到很遗憾,因为这就太便宜他了。一个人死了,对他最大的报复莫过于掘坟剖棺,夏竦处心积虑地要以"最大"来报复石介。这期间,山东发生了举子孔直温谋反事件,但旋即平定。夏竦便以此为题材,编造了一系列离奇的谣言。他说,孔直温曾经是石介的学生,孔直温谋反事件的背后是石介,而石介的背后则是时任京东安抚使的富弼。石介其实没有死,他家乡的葬礼是一场骗局。活着的石介被富弼派遣到契丹去了,企图联络契丹出兵叛乱。又说,石介没有说动契丹出兵,便前往登州和莱州，暗中纠集凶徒数万人，打算起事作乱。夏竦进而要求朝廷派员去山东掘开石介的坟墓，开棺验尸。任何心智健全的人都知道，这完全是裤裆里拉二胡——瞎扯鸡巴蛋。但仁宗居然真的当回事，居然派出内使会同京东路官员到石介的家乡奉符准备掘坟开棺，并且将石介的妻儿老小全部羁押，只等着验尸坐实后开刀问斩。

这时候，一个叫吕居简的官员说话了，他问朝廷派来的内使：

> 若发棺空……则虽孥戮不足以为酷（就是把他的妻子儿女全部杀光也不算过分）。万一介尸在，未尝叛去，即是朝廷无故剖人冢墓，何以示后世耶？[4]

吕居简问得好，万一开棺后石介的尸体在，谁来承担责任？他说的虽然是"万一"，但大家心里有数，尸体在的概率十有八九。老实说，这责任谁也承担不了，特别是皇帝，因为这可不是一般的责任，无缘无故掘人家的坟，开人家的棺，这在以孝道和仁爱为核心价值观的古代社会，是伤天害理大逆不道的事。而且吕居简还把问题提到了"何以示后世"的高度，这话实际上是对皇帝说的，因为只有皇帝才要对"后世"负责，对历史负责。也就是说，这种伤天害理大逆不道的事将会在历史上留下非常丑陋的记录，说遗臭万年也不为过。

这种事，其实就像皇帝的新衣一样，大家心里都有数，但谁也不敢说破。现在吕居简说了。吕居简的身份是提点刑狱，宋代官职中的"提点""提举"都是掌管的意思,"提点"刑狱显然与法律有关,他有责任维护法律的尊严。他把话说破了,内使也表示同意。但回去如何向皇帝交差呢?吕居简说好办,石介丧葬不是自家就能操办的,参加的应该有很多人。现在只需召集参加丧葬一事的所有人来询问,如果大家说法一致,就让他们具结作保,这样不就把朝廷的旨意落到了实处吗?

那就照此办理呗。事毕,内使回朝向仁宗汇报时,仁宗也很赞同,大概事后他也觉得此事太荒唐了吧。这当然是我厚道的推测,如果不那么厚道,我完全可以说,从一开始他就知道夏竦那厮是在瞎扯鸡巴蛋,但他乐见其"扯",因为这件事牵涉到的不光是一个死人,还牵涉到兼领京东安抚使的富弼和知兖州的杜衍,他要借此敲打他们,让他们胆战心惊,然后再大度地从轻发落。这是人主的一种驭人之术。我作出这种不很厚道的推测是有根据的,因为皇上事后并没有追究夏竦的诬陷罪,不久反而提拔他当了宰相,这就有奖励的意思了。

我寄愁心与明月,随风直到夜郎西。苏舜钦的一腔愁绪凭何寄予呢?范仲淹在邓州,富弼在青州,韩琦在扬州,欧阳修在滁州,王洙在濠州,陆经在袁州,老丈人杜衍在兖州,石介的墓则在泰山脚下的奉符。亲朋星散,同侪飘零,不管东西南北风,都寄托着他的绵绵忧思邈邈深情。沧浪亭里的日子看似平静而悠闲,但主人的内心却难说轻松,因为从根本上说,这并不是一个轻松的季节。一次苏舜钦想带着妻小去润州(镇江)走走,润州素有"天下第一江山"的美誉,在眉清目秀的江南独以山水雄奇而著称。但那里的知州听到消息后便放出风声，说不欢迎他去。在强调政治站队的大气候下，世态炎凉有时并不能完全归结于当事人的个体品性。苏舜钦已经不是那个朝野瞩目的政治新星了，他也不是当朝宰相的女婿了，他身上原有的那些光环已经黯淡，剩下的只有一顶诗人的桂冠。诗人是这个世界上最高贵的物种，也是这个世界上最廉价的物种，在世俗的目光中，他似乎自己不能发光，须得借助于其他的身份光环——当然最好是官员，官员兼诗人，那就厉害了，倚马之才加上权力的魔杖，立马气场飙升，在任何场合都足以让人肃然起敬。但如果仅仅是一名诗人，那么对不起，你只能让人肃然起"警"——担心你是来蹭吃蹭喝打秋风的。润州也去不成了，苏舜钦只能把失望寄托于诗词，在这首《水调歌头》中，他自问自答：

壮年何事憔悴，华发改朱颜？拟借寒潭垂钓，又恐鸥鸟相猜，不肯傍青纶。

入世难，出世亦难。那些世俗的身份光环黯淡就黯淡吧，他好歹还是一位诗人，千种无奈万般情怀最后只能寄予诗魂。他的诗早期倜傥豪迈，进奏院案后转向疏淡，但疏淡中仍流露出不平和不甘，因此他的诗境很特别，例如上文说到的《淮中晚泊犊头》，那种诗境何等奇诡：一片春阴中绽出一树明丽的花色，宁静的古寺下却有风雨潮生。我曾认为那是"心思太重"，其实不是心思重，而是内心不甘。表面的宁静和内心深处的不甘纠结在一起,构成强大的张力,撕扯着他的艺术境界,也撕扯着他刚刚走入中年的生命。类似的意境后来在他的诗中一再出现,例如《夏意》中的"树阴满地日当午,梦觉流莺时一声",这种惊醒夏日午梦的一声流莺唐突而怪诞,有如命运的敲门声,让人不寒而栗。到了后来,纠结的双方越发趋于极端,宁静归结于死寂,不甘则膨胀为漫天愤懑,例如《春睡》中这样的句子:

身如蝉蜕一榻上,梦似杨花千里飞。

欧阳修一见这样诡异的诗句,便担心他离死不远了。不久果然应验。

苏舜钦死于庆历八年,享年四十一岁。一个多月前,他刚刚接到朝廷的任命,起用他为湖州长史。

"湖州长史",这个带着原罪印记的低级职衔,成了诗人苏舜钦最后的政治冠冕,也成了后世称呼他的"名号"之一。

《宋代官制辞典·散官门》:州长史,宋代十等散官之第六等,正九品。

二

欧阳修贬知滁州的任命是庆历五年八月下达的,当时他在河北都转运使兼按察使任上。我们还记得,作为新政的一项重要举措,巡视制度当初就是欧阳修最先提出来的,"始作俑者,其无后乎?"似乎为了验证孔老夫子的这句诅咒,现在,随着欧阳修的被贬谪,巡视组亦在此后不久的十月初被下诏废止,理由是"比闻过为烦苛,吏不安职"[5]。"比闻"就是屡屡听说,这么大的一桩事,仅仅因为"比闻"云云就宣告废止,举重若轻啊。但这些都与欧阳修无关了,他先回京师复命、陛辞,然后风尘仆仆地赴任,赶到滁州时已是十月下旬。秋风淮水,芦荻萧萧,感时伤世,满目怆然。在这里,他或许会想到当年也在这座濒淮小郡当过太守的孟玄喆,这种联想的感觉不大好:滁州这个地方似乎就是专门为那些不被朝廷信任而等死的人准备的。

孟玄喆是降王孟昶的儿子。宋王朝定鼎之初,采取优待降王的政策,名义上一个不杀,但其中真正善终的只有吴越王钱俶,因为他是主动归顺的。他的儿子钱惟演后来甚至做到全国武装力量的最高统帅枢密使,可见宋廷对他相当放心。南唐后主李煜和后蜀主孟昶都是在兵临城下时才投降的,投降后不久便死于非命。这两位之所以死得这么快,很大程度上是因为老婆太漂亮,被宋朝的皇帝看上了。杀了人家男人睡人家老婆,这在改朝换代和政治斗争中是堂而皇之的事情,一点用不着难为情的,赵家天子当然也不会客气。但孟昶的儿子孟玄喆后来又在宋王朝的天空下生活了二十六年,甚至官至节度使。宋朝的节度使级别很高,但也仅仅是一个级别而已。对这位原先后蜀的皇太子,朝廷是不大放心的。宋军平蜀时杀人太多,相当长的时间内蜀中人心不稳，对中央政权的归附感十分勉强，一旦有风吹草动，不能小看孟玄喆这种人的号召力。孟玄喆当然也知道自己的身份，一举一动都很知趣。五十岁以后，他借口身体不好，向朝廷请求换一濒淮小郡养疾，朝廷就安排他当滁州太守。对这种人，朝廷总的政策是虚位以待，养起来。这个"虚"是虚头巴脑没有实权的意思。在具体安排上，既要方便照管，鞭长可及；又要体现政策，内紧外松。因此，离京师太近不好，太远也不好，于是就选中了滁州。孟玄喆当了几年滁州太守，最后不出意外地死在这里。他死的前一年，王小波和李顺在蜀中起事，一度攻占成都。在这种情况下，朝廷对孟玄喆的防范和"照顾"可以想见，估计这位原先后蜀的皇太子是被吓死的。

欧阳修被贬到滁州来是由于"张甥案"。

他得罪的人太多了，文章写得好，骂人也骂得狠。例如我们看到的《与高司谏书》，用了"君子之贼"及"不复知人间有羞耻事"这样刻薄的说法；《朋党论》中则把不同意自己政见的人一概打入小人之列，痛快则痛快矣，但怨仇积深了，对方报复起来就无所不用其极。欧阳修这辈子经历了两次大的政治风波，政敌的手段都很刻毒且下流，一次说他和外甥女张氏有染，一次说他和儿媳妇吴氏不干净，都是乱伦大事，不仅名声难听，而且都是要往死里整，因为按照宋朝的刑法，这种乱伦罪一旦坐实，可是要杀头的。

"张甥案"之所以成为一个"案"，最初是由"张甥"惹出来的。

"张甥"即欧阳修的外甥女张氏，但这个外甥女和他没有血缘关系。欧阳修的妹妹嫁给一个姓张的，张某此前已有过婚姻，前妻死后留下一个女儿。也就是说，欧阳氏既是去做填房的，也是去做后母的。但不久张某也死了，欧阳修见妹妹可怜，将她接到身边，连带着前妻留下的七岁的女儿张氏。张氏长大后，嫁给了欧阳修的侄子欧阳晟。欧阳晟是州府里的司户，负责掌管户籍财税和仓库受纳。官不大，大概从八品，但安分过日子，应该很滋润。偏偏张氏是个不安分的女人，她与家里的仆人私通，事发后被拘于开封府。

开封知府是接替吴育的杨日严。吴育进入了中央执政班子，任枢密副使。这个杨日严恰巧对欧阳修有意见，以前他在益州时，欧阳修弹劾过他的"贪墨恣为"。平心而论，那次欧阳修可能有点小题大做，事情没有那么严重。杨日严心中有积怨，听说案件与欧阳修有关，劲头来了，一开始就大刑伺候。张氏吃不消了。她认为欧阳修是大人物，如果和他有私情，别人肯定不敢追究，就说自己在未嫁之前，与欧阳修有那个。

这下事情搞大了。舅舅和外甥女的丑闻，这话题太具有刺激性，估计在那些日子里，朝野上下，人们唾沫星子的生产量会呈现暴发式增长。谏官钱明逸立即上章弹劾，朝廷派太常博士苏安世和内侍王昭明督查此案，这是宰相贾昌朝的刻意安排。去年欧阳修任河北转运使时，朝廷令王昭明同往，以措置治河事宜。欧阳修素来看不起宦官，他扬言：与宦官同行，我觉得耻辱。朝廷只得取消了动议，但两人从此互不待见则是板上钉钉的了。

贾昌朝的安排即"刻意"于此：你欧阳修不是看不起人家没有鸡巴吗？这次就让他来整你的鸡巴事，看他不把你整成个鸡巴样。

但是贾昌朝低估了王昭明，如果不是低估了他的正义感，就是低估了他的智商。王昭明知道贾昌朝是想借刀杀人，他不想被"借"，就对苏安世说："我在官家左右，听官家三天两头说起欧阳修。如今宰相要把大罪加于他，我们如果迎合宰相，日后恐怕也难有好下场。"苏安世听了也觉得害怕，像欧阳修这样的大才，谁知道会不会东山再起？两人商定，在上奏中隐去欧阳修和张氏有染的案情，只说欧阳修用张家的资产购买田产。一桩骇人听闻的乱伦案以财产侵吞案告结。[6] 于是欧阳修贬知滁州。

贾昌朝肯定不满意，但他知道，皇上不喜欢的是朝廷朋党中的欧阳修，而不是和外甥女乱伦的欧阳修。也就是说，皇上并不想把欧阳修往死里整。既然如此，宰相虽是小肚鸡肠，也要装出肚里能撑船的样子，见好就收。谏官钱明逸当然也不满意，他挖空心思编造了不少花边新闻，四处散发败坏欧阳修的人品。例如朝廷曾派欧阳修知贡举，也就是为科举考试出题。这是一种临时差遣，很有面子，非文坛大腕不能荣膺。但日子却并不好过，因为受诏后就要被送到贡院关起来，与外界隔绝，称之为"锁院"，直到考试完毕。这种制度一直延续到现在的高考，估计还要一直延续下去。这次欧阳修出的试题为"通其变而使民不倦赋"，语出《周易·系辞》，意思是说，历代圣王先后继起，他们善于变通前代的典章制度，使百姓进取而不懈。用现在的话说，就是与时俱进，原话为"通其变，使民不倦"。作为试题，为了使句式更加柔和且富有整体性,欧阳修嵌入了一个"而"。钱明逸便抓住这一点大作歪诗,其中有"试官偏爱外生儿"这样的句子,他把"而"偷换成"儿","外生儿"者,影射外甥女张氏也,那种挤眉弄眼卖弄小聪明的小人嘴脸实在令人恶心。搞政治当然离不开人身攻击,但人身攻击专往下三路去,则是政治的堕落。庆历五年秋天,宋王朝的政治天空中浮动着一股浑浊暧昧的堕落之气。

欧阳修这一年三十九岁,据他自己说已"苍颜白发"。"白发三千丈,缘愁似个长。"但他这期间的诗文却少见颓唐之气,也见不到一个"愁"字,见到的只有"乐"。他以前是经历过贬谪的,景祐三年他因为一封《与高司谏书》被斥逐夷陵。后来他在给梅尧臣的信中,多次谈到在贬谪地的生活感受:

> 修昨在夷陵,郡将故人,幕席皆前名,县有江山之胜,虽在天涯,聊可自乐。
>
> ……
>
> 某居此久,日渐有趣,郡斋静如僧舍,读书倦即饮射;酒味甲于淮南,而州僚亦雅。

此中的关键词是"乐"——"聊可自乐"。因为他觉得周围的环境很好,说得夸张一点,简直如鱼得水。下面的助手和僚胥有的是老朋友,有的学问优长("前名"应该是关于学历和官阶的说法,这句话的意思是手下的僚胥素质不错,加之下文的"州僚亦雅",都是说这里的人好)。人好、酒好、山水好,三"好"换一"乐"。再加上自由。读书、娱乐,随心所欲,这样的贬谪生活简直有点让人忌妒了。

这是十年前在夷陵,现在到了滁州有什么新的感受呢?有。请看:

> 已而夕阳在山,人影散乱,太守归而宾客从也。树林阴翳,鸣声上下,游人去而禽鸟乐也。然而禽鸟知山林之乐,而不知人之乐;人知从太守游而乐,而不知太守之乐其乐也。醉能同其乐,醒能述以文者,太守也。太守谓谁?庐陵欧阳修也。

不用介绍,这是《醉翁亭记》的最后一段。如果说十年前在夷陵他还只是没事偷着乐——"聊可自乐",那么到了滁州则是一帮人浩浩荡荡大呼隆地"之乐其乐"。《醉翁亭记》不愧千古名文,在上文总共不足一百字的段落中,竟用了七个"乐",五个"也"。一般人是不敢这样用的,一般人用了,会因过多的重复而显得单调呆滞。欧阳修敢用,这就像提着两把菜刀杀入敌阵,直杀得血雨飘风自己却毫发无损,凭的是非凡的身手。他笔下的这段文字回环往复,闪展腾挪,摇曳生姿,神韵独造,而句末往往用一个斩钉截铁的"也",文气骤然收束,虽无幽愁暗恨生,此时无声胜有声。欧阳修似乎也不在乎人家说他"偏爱外生而",这一小段文字中竟然还用了七个

"而"。这些"而""也""乐",使文章形成一种富有音乐感的吟咏句调,渲染了作者置身于一方山水和一方民众中的愉悦和感恩——是的,感恩,从《醉翁亭记》中你可以读出作者的感恩情愫。我们很难把人区分为好人和坏人,却可以区分为善良的人和邪恶的人,而知道不知道感恩应该是这种区分的一个重要标志。我可以武断地说,像欧阳修这样的文化大师都应该是心地善良的人,也是懂得感恩的人。因为文化不是一种纯粹技术性的操作,而是心灵深处的秋波暗送,一个人如果没有良知,还谈什么文化创造?在谪居夷陵时期的另外一首诗中,欧阳修的这种情愫体现得更加直白:

行见江山且吟咏,不因迁谪岂能来?

如果不是迁谪,我怎么会有机会享受这里的山水胜境和吟咏之乐呢?他是很看重"吟咏之乐"的,在《醉翁亭记》里,他引以为豪的是"醉能同其乐,醒能述以文"。在这首诗中,他也以能够"吟咏"作为标榜。在他看来,如果只有山水胜境而没有自己心灵深处的秋波一转,那样的乐是肤浅而苍白的。他很在乎自己能够把生活中的美好感受升华为诗文,这是一个文人士大夫的文化自觉。

但迁谪毕竟意味着人生的挫折,意味着政治上的失意、人品上的被质疑或名声上的被诽谤。没有哪一个官员喜欢迁谪,这是肯定的。那么,"不因迁谪岂能来?"这究竟是真话,还是矫情呢？

在我看来，一半真话，一半矫情。

欧阳修是个兴趣广泛的人，他自称"六一居士"，即藏书一万卷，集录三代以来金石遗文一千卷，琴一张，棋一局，常置酒一壶。五种爱好，再加上自己一介老翁，是为"六一"。其实他的爱好何止五种，他喜欢读书，喜欢金石，喜欢弹琴，喜欢下棋，喜欢饮酒作乐，这"五个一"其实是大路货，当时的文人大多都能来几下，不足为奇的。他也不仅喜欢写文章，喜欢赋诗填词，喜欢书法——既写"方阔瘦硬"的大字，也写气韵饱满的小字，他的名言是："作字要熟，熟则神气完实而有余。""熟"就要多写，这是不用说的。他还喜欢修史，喜欢山水，喜欢美食（例如他喜欢吃鱼，光是到梅尧臣家去蹭鱼吃而被梅写入日记的就有几十次之多）。当然，他也喜欢女人。兴趣不光体现了生命的质量，也是一种生命的能量。一个人兴趣多一分，他应付复杂环境的自由度就大一分，他的内心也就强大一分。因此，即使身在僻地，他也总能找到和自己对接的兴趣点，从中自得其乐。况且，这些年经历的政治风波和贬斥，让他对官场的无聊和倾轧有着更为痛切的认识，对人生也有着更为现实的理解，在自得其乐之外，往往还要加上及时行乐。及时行乐常常被看作一个贬义词，似乎一沾上边就颓废了，不思进取了。但对于欧阳修这样的知识精英来说，及时行乐恰恰是他在逆境下对抗放逐的一种特殊形式。从这个意义上说，虽在天涯，聊可自乐，这是真话。

欧阳修又是个很在乎尊严的人。这就牵涉到一个问题：中国的知识分子有尊严吗？本来，在专制体制下，知识分子的尊严往往是最不值钱的。但"不值钱"不等于就可以抛弃，因为个人尊严的实现包括两个方面的内涵（以下照抄《辞海》相关条目）：一、对自身价值的自我肯定；二、自身价值的不可贬损性。所谓"不值钱"其实是他者的评价，专制皇权——或者别人借助于专制皇权——贬损你的价值，你当然无能为力，但你完全可以保持清醒而坚定的自我肯定，这不需要任何条件。也就是说，在专制制度下，个人尊严还是可以部分实现的。欧阳修对被贬后如何自处以不失尊严有着相对于前人更加理性的认识，我们都知道，欧阳修非常欣赏韩愈的文章，他十岁时偶然得到一套《昌黎先生文集》，即深爱其文，手不释卷，说此举成为他日后主导北宋诗文革新运动最初的播种大概也不为过。但欧阳修并不欣赏昌黎先生的人品，特别是对他被贬后急急忙忙地写悔过书一事多有微词。"云横秦岭家何在，雪拥蓝关马不前。"这是多好的诗句！可就因为随后的一封悔过书，让这样光芒万丈的诗句也跟着蒙羞。欧阳修会随时提醒自己千万不要去重复前人做过的不堪之事。身处逆境，他总是主动去发现生活中的美，并降低身段，随遇而安。这中间不能排除是用故作欢愉来保持尊严，而他的"聊可自乐"也不能不说有基于世故的动因而刻意为之的成分，这也许就离矫情不远了。

当然，我不得不说，欧阳修之所以能在贬谪地自得其乐，某种程度上与他虽然被放逐，但毕竟是一个地方的最高长官有关。在中国的政治生活中，一把手是很强势的，单位所据有的公共资源，差不多就掌控在他一个人手里。有了这些资源，他至少可以在这个小环境里活得很滋润，甚至还能呼风唤雨作威作福。所谓赢者通吃在他们身上体现得尤为雄辩。这一结论，凡当过官的中国人都会一致同意，没有当过官的中国人估计也会鼓掌通过。所以世间才有"宁为鸡头不为牛尾"的说法。大家都想做"头"，做"头"好啊！头领、头目、头面人物，意思都不错；头头是道（此原为佛教语，谓随处皆有道）更好，路路通。尾巴再大有什么用？尾大不掉，无论是翘尾巴还是夹尾巴都令人讨厌。从欧阳修对手下人的良好感觉以及《醉翁亭记》的有关描写中，我们不难想见周围那些人对他的倾心逢迎，让他处处如坐春风。在这个小天地里，他是一把手，主宰着那些人的仕途饭碗，衣食父母啊！谁敢和自己的"父母"过不去呢？作为一个被贬谪的官员，这实在是不幸中之大幸。

但并不是所有的贬迁者都这样幸运，当年柳宗元被贬谪永州司马，永州固然是蛮荒僻地，司马更是末品下僚。柳宗元虽然才名远扬，但才华这东西有如支票，如果没有恰当的官场身份作为背书，就是废纸一张，谁会把一个小小的司马放在眼里呢？柳子厚在那种生存环境里很不开心，以致人也变得很不厚道，这种情绪典型地体现在他的《囚山赋》中。古语云，仁者乐山，常人心目中可爱的山川草木，在他眼里却往往面目可憎。这里没有隐逸的闲适，没有超然的愉悦，只有囚禁人的樊笼和陷阱。"海畔尖山似剑芒，秋来处处割愁肠。"永州司马心中充满了挫败感和绝望感。

我们再来看看另一个人的遭遇——刚刚因为进奏院案责授袁州别驾的陆经。"责授"就是因为犯了错误而降级安排，按照规定，贬降官授予别驾之类的散官，只给半俸。陆经家里人多，经济状况本来就不好，现在又只有半俸，日用之拮据困窘可以想见。生活是非常实在非常油盐柴米的一件事，不是空喊"君子固穷"或"不改其乐"所能解决的，养家糊口中的"糊口"本意是吃粥，谓生活艰难，勉强度日。看来陆经一家只能吃粥了。身在滁州的"醉翁"欧阳修时常惦记着"糊口"的陆经，总想给他一点力所能及的帮助。他现在还有什么"力"呢？只有文章写得好，但有了这份"力"也就够了。欧阳修的文名太大了，所谓"文章太守"的称号就得之于这一时期。他常常要为人家写碑文，这种差事的润笔倒是相当丰厚，但欧阳修每次接单时都有一个附加条件：他写的碑文，必须由陆经书丹。不用说，他这是为了让陆经也得一份濡润，补贴家用。陆经的书法本来就很不错，经欧阳修提携，出手的机会多了，在书法界的名声也越来越大。[7]

庆历新政水过地皮湿，这场改革在中国政治史上留下的东西其实不多，但随后的那几年却成就了中国散文史上一座小小的高峰，一批因参与支持新政而被贬谪的文人士大夫虽然星散四方，却以他们在文学上的建树而星光灿烂。这些人中，既有中国历史上第一流的政治家兼文学家（例如范仲淹），也有中国历史上第一流的文学家兼政治家（例如欧阳修）。至于可以称之为才子的，那就不胜枚举了。这些人身上可以缺少其他任何东西，唯独不缺少才华。这是一批政治使命感和文化使命感高度合一的知识精英，他们指点江山则纵横捭阖，舞文弄墨则文采风流。真羡慕那个文治昌明的宋代，一个人政治上失败了，却仍然能够凭借诗文的影响力而东山再起；真忌妒那个文风腾蔚的宋代，一个人可以凭借诗歌和文章写得好而登堂入室，步入权力金字塔的顶层。总之，那个时代彰显了知识精英的空前自信，让我们对政治有了更多文学性的解读。

贬谪文学当然源远流长，但在这之前还只是溪水四溅，虽偶有激流跌宕却难见拍岸惊涛。在庆历四年秋天以后的那段时间里，横空出世，中国的散文星空中相对集中地涌现了一批出自贬谪者的华彩篇章，他们的共同特点是，面对着命运中的困厄和不公，他们都应之以适度的随遇而安和知足常乐，而心中却始终高扬着崇高理想的旗帜。这种特殊的精神气质成就了一种特殊的审美范式，主人公既是受难者，又是享乐者；既有旁人无法想象的苦痛怨尤，又有安之若素的超然闲适。这中间的代表作有苏舜钦的《沧浪亭记》，欧阳修的《醉翁亭记》《丰乐亭记》《菱溪石记》等。而在这之前，可以视为其先声的则有王禹偁贬谪黄州期间所作的《黄冈竹楼记》。庆历年间贬谪书写的流风遗韵又理所当然地影响了后来的王安石和苏氏兄弟，特别是苏轼的《前赤壁赋》和《后赤壁赋》，再加上一阕铜琶铁板的《念奴娇·赤壁怀古》，几乎写尽了天地人寰所有的大怀抱和大气象。能写出这种文章的大师身后肯定要羽化升天的。苏子升天了，应该还是翰林学士吧？那么借问苏学士：不知天上宫阙，今夕是何年？

现在，让我们还是先回到欧阳修在醉翁亭喝酒的那个时间节点,遥望潇湘,静心期待,因为,范仲淹那篇震古烁今光芒万丈的《岳阳楼记》就要喷薄而出了……

三

庆历五年秋冬之际,差不多就在欧阳修贬知滁州的同时,范仲淹上书朝廷,请求调离邠州,退居闲职。理由是:宋夏和议已成,他在西北前线已无所事事。而他调任邠州时还"兼领陕西四路沿边安抚使",这本来是战时体制下的权宜之计。现在边塞无事,西北前线再也没有需要四路安抚使统一协调指挥的重大事务,这个职位完全可以撤销,具体事务交由各路经略使处置。加之他身体一直不好,当边塞军务紧急繁重时,他"不敢自求便安,且当勠力"。现在西事已定,他希望皇上"察臣之多病,许从善地,就访良医"。

他说得很恳切,也合情合理。但作为一个政治家,这背后有没有什么其他意思呢?似乎没有。

朝廷也似乎成全了范仲淹的心愿,派他改知邓州。北宋有一部分州郡,因政务清简、民风淳朴,加之风景宜人而成为朝廷要员退居闲职最理想的去处,朝廷亦以此照顾老臣。邓州便是这样的州郡之一。

但这些只是"似乎"。似乎——"似"是而非,岂可信

"乎"？

我们不妨回顾一下有关的背景情况。范仲淹到邠州来是以参知政事的身份巡边主持西北前线工作的，现在边塞无事，也无须"陕西四路沿边安抚使"这样的设置，他应该仍然回到中央，或重新出任参知政事，或接受其他相应的职务。但由于众所周知的原因，朝廷并不希望他回中央工作，在这种情况下，范仲淹主动请求退居闲职，不能排除其中有试探朝廷的意思。作为政治家，退居闲职往往是一种策略，不到最后关头，谁愿意自动退出政治舞台呢？但当前的政治气候他也非常明了，如果朝廷顺水推舟安排他退居闲职，他也很乐意。到了他这个年纪，皇上这次不让他回中央，他的政治生涯大体上也就结束了，找一个清闲的地方颐养天年，那也很好。人在江湖，身不由己，退一步就自由了。而对于朝廷来说，他们本来就要把范仲淹赶出中央，现在范自己提出退居闲职，当然"甚合朕意"，因此才有如此爽快的安排。其实要说照顾老范的身体，双方都只是借口而已。范仲淹既然能在荒凉的边塞坚持工作，回到京师更应该没有问题。况且，按照朝廷的惯例，以照顾老臣的方式退居于政务清简的州郡，这样的恩眷一般须是七十岁左右的老臣才可以享受，对一个五十七岁的大臣如此呵护，有点破格了。但皇上对范仲淹已生疑忌，对他的新政也早就厌倦了，以这样的方式将他排斥出中央决策层，对双方来说还算体面。政治并不总是赤裸裸的穷凶极恶，在更多的时候还是很讲究体面的，举手投足皆温文尔雅甚至温良恭俭让，这是政治与生俱来的表演性决定的。因此，奉劝诸君，凡不善表演者，还是不要吃政治这碗饭。

"数年风土塞门行,说着江山意暂清。求取罢兵南国去,满楼苍翠是平生。"这是范仲淹的《与张焘太博行忻代间因话江山作》,"行忻代间"应该是他离任南下经过的河东路那一段,张焘那时任河东路提点刑狱,两人遂有唱和。范仲淹在诗中流露的退隐之意不难体会,却并不颓唐,自有一股洒脱豪健之气。他就吟着这样的诗句,从风沙扑面的邠州来到了草绿花红的邓州。

宋代的中央高层用人多从馆阁中挑选,翰林学士尤为清望,从这里进入东西两府担任执政者十常六七。范仲淹进士及第后一直在低层州县和中央部委之间颠沛流离,从未担任过众望所归的文学之职,这是他一直觉得很遗憾的。来到邓州以后,以他的从政能力和从政经验,处理一州政务绰绰有余,更何况这里本来就政务清简。现在他有的是时间,邓州的三年也理所当然地成了他文学创作的丰收季节。国家不幸诗家幸,赋到沧桑句便工,他在这里创作的诗文,仅留存至今的就有六七十篇之多。行云在天,流水在地,目送归鸿,手挥五弦,他很陶醉这样的生活。平心而论,范仲淹的诗并不出色,只能算本分。做人要本分,坐怀不乱;写诗需出格,色胆包天。范仲淹的诗不出色,不是因为他缺少才情,而是因为那不是一个诗的时代,诗的时代是唐朝,所谓"盛唐之音"已成绝响矣。宋诗并不缺少技术,缺的是气象。无论是单个诗人还是整座诗坛,如果只有技术而没有气象,是不会有大出息的。可以说,北宋没有出色的诗人,包括鼎鼎大名的苏东坡,他是豪放派词宗,是大书法家,画可能也不错,但他不是第一流的诗人。苏东坡的诗还不如他的学生黄庭坚,黄庭坚学老杜,虽然只学了点皮毛,但像杜甫那样的大师,能学到他一点皮毛就足够在北宋的诗坛上嘚瑟了。范仲淹同代的梅尧臣算是大诗人了,他是连大便和蛆虫都可以入诗的。有一次范仲淹请他吃河豚鱼,那时候吃河豚鱼似乎不紧张,一边吃还一边赋诗。梅尧臣的一首《范饶州坐中客语食河豚鱼》据说很为欧阳修称赏。老实说,我实在看不出该诗有什么好,也就顺口溜而已,而且有的地方只是"顺口"(押韵),佶屈聱牙得连"溜"也谈不上了。仁宗后期,梅尧臣被推荐进入馆阁,名单报到皇帝那儿,仁宗指着他的名字说:"能赋'一见天颜万人喜,却回宫路乐声长'者也。"[8]这是仁宗幸景灵宫时,梅尧臣写的一首诗中的两句,传入宫中,竟然给皇帝留下了印象。其实这两句除去马屁,其他什么都不是,可见拍马屁总是不吃亏的。北宋的诗不好,好的是词和散文,词就不说了,只说散文,唐宋八大家,北宋占了六家。这六家中,不知为什么没有范仲淹,其实就凭一篇《岳阳楼记》,他也是完全够格的。

《岳阳楼记》太有名了,需从头看起:

> 庆历四年春,滕子京谪守巴陵郡,越明年,政通人和,百废具兴。乃重修岳阳楼,增其旧制,刻唐贤、今人诗赋于其上。属予作文以记之。

滕宗谅是个喜欢干事的人,他在岳州任上当然干了很多事,其他的事大多在历史上湮没无痕,只有一件事让他名垂青史。这说明人只要干好了一两件值得干的事,一世人生也就值得了。滕宗谅干的这件事就是重修岳阳楼并请范仲淹作记。我是初中二年级学习《岳阳楼记》的,如今五十五年过去了,该文我仍能倒背如流。这不光是因为幼学如漆,更因为文章写得太好了,好文章总是让人更容易记住。但好文章各有各的"好",有的文章,你在人生的某个阶段一见钟情,如痴如迷,可是等到时过境迁,再看时就觉得很一般甚至不好了。也有的文章,你任何时候看了都会心旌摇荡,由衷叹服,《岳阳楼记》就属于这样的作品。有的文章,一部分人认为很好,而另一部分人却觉得很一般甚至不好。也有的文章,只要是心智和审美感知正常的人都会认为好,《岳阳楼记》就属于这样的作品。我们当时的那位语文教师刚从学校毕业,他教毛泽东诗词,翻来覆去就是一句"气魄大";教情辞并茂的散文,覆去翻来就是一句"一唱三叹"。一篇《岳阳楼记》,我们不知听他"唱"了多少次"叹"了多少遍。但有一件事我一直不好意思说,即在很长时间内,我只知滕子京其人而不知滕宗谅为何许人,这大概是因为"滕子京谪守巴陵郡"一句太强势了,屏蔽了其他记忆的痕迹。屏蔽就屏蔽吧,只要记住岳阳楼就好,在"江南三大名楼"中(滕王阁、黄鹤楼、岳阳楼),岳阳楼虽然资历最浅,却因其高标独立的精神文化意义,影响了一个民族的心灵史。

"记"是古典文章家族中身份最高的文体,为一座文化积淀深厚的地标性建筑作记,对作者的选择无非三点,一个是文名,一个是在政界的影响力,再一个是和当地主政者的私交。综合这三点,最适合为岳阳楼作记者非范仲淹莫属。对此,滕宗谅请范仲淹作记时,在信中讲得很清楚。

他说:"天下郡国,非有山水环异者不为胜,山水非有楼观登览者不为显,楼观非有文字称记者不为久,文字非出于雄才巨卿者不成著。"

他又说,范仲淹"文章器业,凛凛然为天下之时望,又雅意在山水之好"。

他没有说两人之间的私交,也用不着说。真正的好朋友是不会挂在嘴上的。这句话如果需要证明,最适合用反证法。

后来的情况大家都知道了,范仲淹不愧"雄才巨卿",出手便不凡,《岳阳楼记》写得非常漂亮,其中写登楼览胜的那两段文字,骈散结合,辞藻富丽,文学造诣极高。但这中间有一个问题,让人们一直纠缠不休,即范仲淹从未到过湖南,也没有见过洞庭湖,却把登楼所见的形胜大观写得那样自然真切、出神入化,他下笔的依据何在?一般的论者都认为,景祐年间,范仲淹曾先后在苏州和饶州任职,苏州濒临太湖,饶州依傍鄱阳湖,因此,他笔下的洞庭湖是以太湖和鄱阳湖为摹本的,这种联想不能说没有道理,但以此来解释一部文学作品生成的内在因果,难免刻舟求剑。刻舟求剑不好,文学作品——特别是优秀的文学作品——被这样一"刻"一"求",就没有意思了。优秀的文学作品不仅仅是客观现实的记录,它与客观现实的关系,应该在似与不似之间,它是辉煌明亮的,又是暧昧朦胧的。太似或不似,品位都不高。文学当然离不开回忆，但对于范仲淹来说，回忆不一定就是回忆太湖或鄱阳湖，他可以回忆早年在泰州主持修筑捍海堰工程时淫雨霏霏连月不开的遭遇，也可以回忆京师金明池上春和景明波澜不惊的情景。但想象力比记忆更重要，那是一个作家最起码的本钱，如果一个作家的想象力有如穷瘪三的钱包（假使他有钱包的话），那是很悲哀的。想象力其实就是无中生有，但这里的"无"不是无源之水的"无"，而是老子所谓的"天下万物生于有，有生于无"的"无"，[9]是产生"有"的一种精神本源。有人可能要说这是唯心主义，那我就不说了，我们还是多研究些问题，少谈些主义。

我研究的结果是，《岳阳楼记》其实和洞庭湖没有多大关系，通读全文，我觉得除去"北通巫峡，南极潇湘"这两句路标而外，其他没有任何一句是只属于洞庭湖的。而且就是那两句路标，范仲淹也老实承认"前人之述备矣"，他是从前人的文章中偷来的。其后两段素称华彩的情景描写，放到任何一座湖上都适用。这就是说，范仲淹不需要到过洞庭湖，甚至也不需要到过太湖和鄱阳湖，他都能写出这样大而化之的文章。因此，从某种意义上说，我们应该庆幸范仲淹从未见过洞庭湖，他对洞庭湖没有任何现成的"回忆"，他只能在绝望中诞生，发挥自己的想象。文学想象有如白日梦，那是可遇而不可求的，谁能选择自己做什么梦呢？范仲淹做了一个通体锦绣的梦，他很奢侈。借助于瑰丽的想象，他可以不必拘泥于平实的具象描绘，而着眼于迁客骚人之登楼异情，阐发关于人生信念的大命题。他其实是在借洞

庭之杯,浇胸中块垒:

> 嗟夫!予尝求古仁人之心,或异二者之为。何哉?不以物喜,不以己悲。居庙堂之高,则忧其民;处江湖之远,则忧其君。是进亦忧,退亦忧。然则何时而乐耶?其必曰:先天下之忧而忧,后天下之乐而乐乎!噫!微斯人,吾谁与归!

如果没有这段文字,《岳阳楼记》只是一篇辞藻华丽的美文而已,这样的美文在六朝和唐人的山水游记中并不少见。但现在不同了,一下子就震古烁今光芒万丈了。在十一世纪苍茫的夜色下,在中国古代知识分子精神面貌演变的历史进程中,一颗新的太阳升起来了,那是一种把"先天下之忧而忧,后天下之乐而乐"写在旗帜上的光风霁月般的人格境界和精神风范。

十一世纪的中国太需要这颗太阳了。

十一世纪前夜适逢残唐五代的乱世,这个乱世的"乱",原先的繁体字最难写,不是笔画多,而是笔画歪歪斜斜的没有规矩。现在把最"乱"的那半边简化为"舌","舌"代表语言,这说明在所有的"乱"中,乱说话是最危险的。何谓乱世?简单地说,就是规矩不值钱,人命不值钱,人的气节和风骨更不值钱。士风衰弊,斯文扫地,士大夫都把有奶便是娘奉为圭臬。当然有时候没有奶也是娘,那是为了保命。一个新的王朝开张了,朝堂上的三朝元老四朝元老比比皆是,不是这些人的寿命特别长,而是王朝更迭的速度太快；也不是这些人功劳特别大，而是他们见风使舵的功夫太好。有个叫陶谷的大臣，历仕后晋、后汉、后周和北宋，作为四朝元老，他只有一样看家本领：厚颜无耻。赵匡胤陈桥兵变后回师汴梁，急吼吼地要在屠刀下上演一幕周室禅让的闹剧，但仓促中没有准备禅文，这时候陶谷出场了：

> 太祖将受禅，未有禅文，谷在旁，出诸怀中而进之曰："已成矣。"太祖甚薄之。[10]

作为后周的大臣，陶谷并没有参与政变的谋划，也就是说，他事先并不知情，但是他怀里居然藏着一份预先写好的赵匡胤当皇帝的禅文。改朝换代之际，奔竞忘义之徒何可胜数？但陶谷的表演还是太过分了，难怪赵匡胤"甚薄之"。以上是正史中的记载，野史中的那个陶谷就更让人恶心了。一次他以翰林学士的身份出使南唐。南唐以小事大，对宋使十分巴结，中书侍郎（相当于副宰相）韩熙载亲自安排了一次色情服务，他派一名家妓去驿馆陪宋使睡觉。韩熙载的家妓姿色都相当不错，我这样说是有根据的，请看南唐画家顾闳中的名画《韩熙载夜宴图》，那上面全是写真。韩熙载的家妓风情万种地走进了驿馆，第二天一早，陶学士的感谢信就送来了，但云："巫山之丽质初来，霞飞鸟道；洛浦之妖姬自至，月满鸿沟。"没头没脑的就这两句，什么意思？照理说，南唐军事不行，外交不行，出类拔萃的文人却多的是，韩熙载本人就因高才博学而有"韩夫子"之称，但朝堂上诸公衮衮,大才槃槃,谁也不能破译那两句谜语。只得召家妓问之,答曰:"是夕忽当浣濯。"[11]这个好懂,"浣濯"者,女子月事也。陶学士运气不好,送上门的尤物,偏偏当晚身上不干净。但此人不仅无耻,而且无聊,他居然还要堂而皇之地通报对方,用诗的隐喻和华美的文辞把一个嫖客的床笫糗事渲染得扑朔迷离,既炫耀了自己的才华,又暗示对方"这次没能成事,你们看着办吧"。南唐方面有没有把美人计继续"办"下去,史无记载,但陶穀那种下三滥的德行已经足够让人们长见识了。

赵匡胤可以看不起陶穀,但陶穀不仅仅是陶穀,而是"陶穀们"。"陶穀们"中间有一个叫范质的,整整一个五代,除了第一代后梁他没赶上,他历仕后唐、后晋、后汉、后周四朝。周世宗死时,他是宰相,也是世宗托孤的顾命重臣。入宋后,宋太祖私下评说其"欠世宗一死"。虽然内心看不起他,话也说得刻薄,但新天子要表示应有的姿态,新王朝也需要他的行政经验,还是让他当了过渡宰相。过渡期过去,旧宰相退休回家,但弥漫在士大夫中间的旧的习气并不会随之风流云散。北宋初年承五代旧习,士大夫寡廉鲜耻,唯利益之所趋,少道义之所存。宋代帝王"与士大夫共治天下",士风盛衰,乃王朝命脉所系。因此,新王朝定鼎之初,除了军事统一南北,恢复国内经济,重建国家制度等要务而外,弘扬士德、转变士风也成为当务之急。一种风气的转变绝非一蹴而就的功业,也不像开国帝王挥剑决浮云那样痛快。宋太祖立"不杀士大夫及上书言事人"的誓碑,其意也在于鼓励士大夫正直敢言,不苟同时俗。太祖、太宗、真宗三朝,从君王到士大夫都致力于转变士风。至仁宗朝,这一转变大致完成。范仲淹这样的人物走上历史前台,出将入相,成为当时知识分子的精神领袖,无疑是这一转变完成的重要标志,而他在《岳阳楼记》中所表达的以天下为己任的"先忧后乐"的精神,则成为中国古代知识分子精神境界的最高写照,也成为中华民族精神文化史上的千古丰碑。

丰碑巍峨,让一代又一代的后人高山仰止。景仰之余,心头又各有各的想法。

南宋末年,国势倾颓,风雨飘摇,朝政腐败得一塌糊涂。盛世的清明都是相似的,末世的衰乱各有各的衰乱。宋度宗本来就是个天生的智障儿,这时候索性一门心思享乐,把王朝苟延残喘的希望都寄托在贾似道身上。为了换取贾似道的忠诚,朝廷一再给他加官晋级,三天两头地就赏赐财物,后来干脆在西湖风景区给贾似道造了一座豪华庄园,取名"后乐"。范仲淹的"先天下之忧而忧,后天下之乐而乐",竟被昏君奸臣滥用于此,真令人有佛头着粪之慨。贾似道其实也知道宋王朝是没救的了,既然早晚都要完蛋,何不抓紧时间享乐呢?他也知道皇帝虽然脑残,在享乐方面却一点也不偷懒。宋代制度规定,有嫔妃宫女被皇帝临幸,次日就要赴阁门谢恩,以便记录在案。在当今皇宫的阁门之下,最多的时候一个早上竟有三十多名谢恩者。贾似道有理由认为,天下是你赵家的,你都一点不"忧",反而这样争先恐后地"乐",凭什么要我"后乐",对不起,我也争先恐后。因此,在"后乐园"里,他不仅一天也没有耽误享乐,而且还玩出了创意。例如在女人方面,姬妾而外,他特别喜欢玩娼妓;娼妓而外,他还特别喜欢玩尼姑。他每天在湖畔的亭台楼阁里与姬娼尼妾花天酒地,纵情声色。初秋与群妾趴在地上斗蟋蟀,也是发生在"后乐园"里的事,他也因此赢得了"蟋蟀宰相"的千古骂名。有一天,他与众姬游西湖,某姬见到一少年男子,脱口赞叹了一声:"美哉,少年!"贾似道就说:"你愿意嫁给他,我就让他来聘你。"少顷,他召集众姬,说少年送来了聘礼。大家打开盒子一看,大惊失色,竟是那姬女血淋淋的头颅。这个故事就是后来的传奇《红梅阁》和戏剧《李慧娘》的蓝本。

"后乐园"里还藏着一幅范仲淹手书的《伯夷颂》。《伯夷颂》是唐代韩愈的名文,"伯夷之行,昌黎颂之,文正书之,真三绝也"[12]。作品一时传播甚广,当时及后世观赏、题跋者甚多。有意思的是,这件歌颂气节的作品,在南宋时曾被秦桧和贾似道收藏,秦桧且有题诗。贾似道的才华不及秦长脚,他不题诗。他把《伯夷颂》作为奇货可居,偶尔来了有身份的客人,就挂出来炫耀。很难想象,当他一边和娼妓尼姑们花样翻新地鬼混,一边琢磨着欺君、整人、敛财以及和蒙古人私下做交易时,偶尔看到范仲淹的手迹,内心会作何感想。也许在他眼里,气节还不如"节气","节气"至少可以告诉他什么时候赏到什么花,吃到什么时鲜。而气节只会让他死得更难看。所以后人都认为,像秦桧和贾似道这样的败类,根本没资格景仰范仲淹,也没资格谈论气节。

景仰伟人需要怎样的资格,这是一个可以讨论的问题,例如,像朱元璋那样一个杀人不眨眼的专制魔王,有没有这种资格。

明代洪武初年,苏州人范文从在朝廷官至御史,因违背皇帝旨意而入狱,随即被判处死刑。洪武初年虽不见战乱,全国却杀人如麻,这都是因为皇帝太喜欢杀人了。先是杀功臣,接着杀贪官,后来又杀文士,杀有过失的人、乱说乱动的人、不顺眼的人,直杀得血流成河。因此,在那样的大环境下,一个因违旨而被判处死刑的官员,命是肯定保不住的,如果能免于腰斩剥皮之类的酷刑就算是他的福气了。

但专制者往往是事必躬亲的。行刑前,朱元璋查看死刑犯的案卷,看到范文从的姓名和籍贯,便传唤到跟前,问道:"你不会是范仲淹的后人吧?"范文从回答说:"我是范仲淹的十二世孙。"朱元璋沉默少顷,命令左右取来锦帛,写了两句话赐给范文从,并下旨:"免除你五次死罪。"

朱元璋字不好,但他的字不是艺术,而是权力。人命关天,这时候他应该有景仰范仲淹的资格。

他写的那两句话是:

先天下之忧而忧,后天下之乐而乐。

四

庆历五年三月,韩琦罢枢密副使,出知扬州。"烟花三月下扬州",多好的诗句啊!一句诗照亮了一座城市,三月的扬州艳压群芳。朝廷为他选定的这个时间节点很够意思。

扬州府衙里有一名从八品的签判,前几年刚刚进士及第。韩琦见他上班时经常蓬头垢面衣冠不整,便认定他像当年牛僧孺手下"赢得青楼薄幸名"的"杜书记"一样,沉湎于扬州的夜生活,就好心劝诫他要趁着年轻多读点书,不要自暴自弃荒废年华。其实这位年轻人不仅胸有大志,而且是个学习狂,每每通宵读书,弄得上班前都来不及盥漱。但他不屑于向长官解释,仍然我行我素。韩琦当时实在看不出这个不修边幅的年轻人日后会有什么大的作为。年轻的签判也对长官印象不佳,他在自己的日记中评价说:"韩公但形相好尔。"[13]认为韩琦只是长得帅,一张面孔政通人和,其实……而已。

这位签判的性格有点"拗"是不是?"拗"不是"傲",它是倔强、固执,有点"我偏要这样"的意思。但他现在还只是一名低级僚佐,属于他的那场大戏要等到二十四年以后才会拉开帷幕,到那时,他在剧中担任的角色就姓"拗",叫"拗相公"[14]。

王安石,字介甫,属鸡,今年实足二十四岁,本命年。再过二十四年,恰巧又是他的本命年,本命年是应该干点大事的。

那就再等二十四年吧,反正历史是不在乎等待的。

戊戌惊蛰前夕,初闻春雷

注释

〔1〕（西晋）陈寿《三国志·魏书·王粲传》。

〔2〕（宋）梅尧臣《邺中行》。

〔3〕（唐）杜甫《天末怀李白》。

〔4〕（宋）魏泰《东轩笔录》卷九。

〔5〕（宋）李焘《续资治通鉴长编》卷一百五十七。

〔6〕（宋）王铚《默记》。

〔7〕（清）厉鹗《宋诗纪事》引（宋）魏泰《续东轩笔录》。

〔8〕（宋）邵博《闻见后录》。

〔9〕（春秋）李耳《老子·四十章》。

〔10〕（元）脱脱等《宋史》卷二百六十九。

〔11〕（宋）黄朝英《缃素杂记》。

〔12〕（元）董章跋（唐）韩愈《伯夷颂》。

〔13〕（宋）邵伯温《邵氏闻见录》。

〔14〕拗相公：王安石主持熙宁新法时，政敌给他取的绰号。